Hans Fallada

Der Alpdruck

1947

„Im April 1945 ist der Krieg vorbei, doch in Dr. Dolls Träumen lebt er fort. Immer und immer wieder derselbe Traum von Stalin, Churchill und Roosevelt im Bombentrichter. Erst flieht er aus seiner Kleinstadt, dann in die Drogenabhängigkeit. Als ihm auch seine junge Frau in die Morphiumsucht zu entgleiten droht, beginnt er von Neuem zu kämpfen und zaghaft an eine Zukunft zu glauben." Redaktion Gröls-Verlag (Edition I Werke der Weltliteratur)

Redaktionelle Hinweise und Impressum

Das vorliegende Werk wurde zugunsten der Authentizität sehr zurückhaltend bearbeitet. So wurden etwa ursprüngliche Rechtschreibfehler regelmäßig *nicht* behoben, denn kleine Unvollkommenheiten machen das Buch – wie im Übrigen den Menschen – erst authentisch. Mitunter wurden jedoch zum Beispiel Absätze behutsam neu getrennt, um den Lesefluss zu erleichtern.

Wir sind bemüht, ein ansprechendes Produkt zu gestalten, welches angemessenen Ansprüchen an das Preis/Leistungsverhältnis und vernünftigen Qualitätserwartungen gerecht wird. Um die Texte zu rekonstruieren, werden antiquarische Bücher von leistungsfähigen Lesegeräten gescannt und dann durch eine Software lesbar gemacht. Der so entstandene Text wird von Menschen gegen eine Aufwandsentschädigung gegengelesen und korrigiert – Hierbei können gelegentlich Fehler auftreten. Wenn Sie ebenfalls antiquarische Texte einreichen möchten, wenden Sie sich für weitere Informationen gerne an

www.groels.de

Informieren Sie sich dort auch gerne über die anderen Werke aus unserer

Edition | Bedeutende Werke der Weltliteratur

Sie werden es mit 98,044 %iger Wahrscheinlichkeit nicht bereuen.

Die Deutsche Nationalbibliothek verzeichnet dieses Werk in der Deutschen Nationalbibliografie.

Verleger: Marcel Hermann-Josef Gröls, Poelchaukamp 20, 22301 Hamburg.
Externer Dienstleister für Distribution und Herstellung: BoD, In de Tarpen 42, 22848 Norderstedt

Inhalt

Vorwort

Der Verfasser dieses Romans ist keineswegs zufrieden mit dem, was er auf den folgenden Seiten schrieb, was der Leser jetzt gedruckt vor sich hat. Als er den Plan zu diesem Buch faßte, schwebte ihm vor, daß neben den Niederlagen des täglichen Lebens, den Depressionen, den Erkrankungen, der Mutlosigkeit – daß neben allen diesen Erscheinungen, die das Ende des schrecklichen Krieges unvermeidlich jedem Deutschen gebracht hat, auch Aufschwünge zu schildern sein würden. Taten hohen Mutes, Stunden voll Hoffnung – es war ihm nicht beschieden. Das Buch ist im wesentlichen ein Krankheitsbericht geblieben, die Geschichte jener Apathie, die den größeren und vor allem den anständigeren Teil des deutschen Volkes im April des Jahres 1945 befiel, von der sich viele heute noch nicht frei gemacht haben.

Daß er dies nicht ändern konnte, daß er nicht mehr Leichtigkeit und Heiterkeit in diesen Roman bringen konnte, liegt nicht allein an des Verfassers Art, die Dinge zu sehen, es liegt vor allem an der Gesamtlage des deutschen Volkes, die heute, fünfviertel Jahr nach Beendigung der Kampfhandlungen, noch immer düster ist.

Wenn der Roman der Öffentlichkeit trotz dieses Mangels übergeben wird, so darum, weil er vielleicht ein "document humain" ist, ein möglichst wahrheitsgetreuer Bericht dessen, was deutsche Menschen vom April 1945 bis in den Sommer hinein fühlten, litten, taten. Vielleicht wird man schon in naher Zeit die Lähmung nicht mehr begreifen, die so verhängnisvoll dies erste Jahr nach Kriegsende beeinflußte. Eine Krankheitsgeschichte also, kein Kunstwerk – verzeiht! (Auch der Verfasser konnte nicht aus seiner Haut, auch der Verfasser war "gelähmt".)

Soeben ist von "wahrheitsgetreuem Bericht" gesprochen worden. Aber nichts von dem, was auf den folgenden Seiten erzählt wird, ist so geschehen, wie es hier berichtet ist. Ein Buch wie dieses kann schon aus räumlichen Gründen nicht alles sagen, was geschah; es mußte ständig eine Auswahl getroffen, es mußte erfunden werden, Berichtetes konnte in der berichteten Form nicht verwendet, sondern mußte abgewandelt werden. Daß das Ganze darum doch "wahr" sein kann, wird davon nicht berührt: alles hier Erzählte *konnte* so geschehen und ist doch ein Roman, also ein Gebilde der Phantasie.

Das gleiche ist von den eingeführten Personen zu sagen: so, wie sie hier geschildert sind, lebt keine außerhalb des Buches. Wie die Geschehnisse den Gesetzen des Erzählens folgen mußten, so auch die Personen. Manche sind erfunden, andere sind aus mehreren zusammengesetzt.

Es war nicht erfreulich, diesen Roman zu schreiben, aber das Buch schien dem Verfasser wichtig. Immer, zwischen Aufschwüngen und Niederlagen, blieb ihm wichtig, was innerlich und äußerlich nach Beendigung des Krieges erlebt wurde. Wie fast alle den Glauben verloren und endlich doch ein wenig Mut und Hoffnung wiederfanden – davon ist auf diesen Seiten zu lesen.

Berlin, August 1946

H. F.

Erster Teil. Der Sturz

Erstes Kapitel.
Die eine Täuschung

Immer in diesen Nächten um den großen Zusammenbruch herum wurde Dr. Doll, wenn er wirklich einmal einschlief, von dem gleichen Angsttraum heimgesucht. Sie schliefen sehr wenig in diesen ersten Nächten, stets angstvoll irgendeine Bedrohung des Leibes oder der Seele erwartend. Längst war die Nacht gekommen – nach einem Tage voller Qual –, und noch immer saßen sie an den Fenstern und spähten auf die kleine Wiese, nach den Büschen, zu dem schmalen Zementfußweg hinaus, ob ein Feind käme, bis ihren schmerzenden Augen alles ineinanderfloß und sie nichts mehr sahen.

Oft fragte dann eines: "Wollen wir nicht doch lieber schlafen gehen?"

Aber meist antwortete niemand, sondern weiter saßen sie, starrten und fürchteten sich. Bis Dr. Doll dann plötzlich vom Schlaf wie von einem Räuber überfallen wurde, dessen große Hand sich erstickend über sein ganzes Gesicht legte. Oder es war auch wie dichtes Spinnengewebe, das mit der Atemluft in seine Kehle drang und sein Bewußtsein überwältigte. Ein Alpdruck ...

So eingeschlafen zu sein, war schon schlimm genug, aber solchem schlimmen Einschlafen folgte sofort der Angsttraum, immer der gleiche. Und zwar träumte Doll dies:

Er lag am Grunde eines ungeheuren Bombentrichters, auf dem Rücken, die Arme fest an die Seiten gepreßt, im nassen, gelben Lehm. Ohne den Kopf zu bewegen, konnte er die in den Trichter hinabgestürzten Baumstämme sehen, auch die Fassaden von Häusern mit den leeren Fensterhöhlen, hinter denen nichts mehr war. Manchmal quälte Doll die Befürchtung, diese Dinge könnten tiefer in den Bombentrichter und damit auf ihn stürzen, aber nie änderte eine dieser bedrohlichen Ruinen ihre Lage.

Noch quälte ihn der Gedanke, daß tausend Wasseradern und Quellen, Doll überschwemmend, seinen Mund ganz mit dem gelben Lehmbrei füllen würden. Dem war nicht zu entgehen, denn Doll wußte, er würde aus eigener Kraft nie aus diesem Trichtergrunde aufstehen können. Aber auch diese Befürchtung war grundlos, denn nie hörte er einen Laut von den Quellen und dem Rieseln der Wasseradern, wie es überhaupt totenstill war in dem riesigen Bombentrichter.

Dann war auch der dritte quälende Eindruck eine Täuschung: ungeheure Raben- und Krähenschwärme zogen ununterbrochen über den Himmel des Bombentrichters dahin; er fürchtete sich sehr, sie könnten ihr Opfer im Lehm erspähen. Aber nein, alles blieb weiter totenstill, es gab diese ungeheuren Vogelschwärme nur in Dolls Einbildung, er hätte wenigstens ihr Krächzen hören müssen.

Aber zwei andere Dinge waren keine Einbildung, von ihnen wußte er ganz genau. Das eine dieser Dinge war dies, daß endlich Friede geworden war. Keine Bombe zerriß mehr kreischend die Luft, kein Schuß fiel mehr; es war Friede, es war still geworden. Eine letzte ungeheure Explosion hatte ihn noch in den Grundlehm dieses Trichters hinabgerissen. Nicht allein lag er in diesem Abgrund. Obwohl er nie einen Laut hörte und nichts wie das Beschriebene sah, wußte er doch: mit ihm lag seine ganze Familie hier und das ganze deutsche Volk und überhaupt alle Völker Europas, alle ebenso hilf- und wehrlos wie er, alle von den gleichen Ängsten wie er gequält.

Aber immer, in all den endlosen qualvollen Traumstunden, da der am Tage tätige und energische Dr. Doll ausgelöscht und nur Angst in ihm war – aber immer in diesen mörderischen Schlafminuten sah er noch ein anderes. Und das, was er sah, war dies:

Am Rande des Trichters saßen schweigend und still und ohne eine Bewegung die Großen Drei. Noch im Traume nannte er sie nur mit diesem Namen, den der Krieg unauslöschlich in sein Hirn gebrannt hatte. Dazu fanden sich dann die Namen Churchill, Roosevelt und Stalin, obwohl ihn der Gedanke manchmal quälte, daß es da vor kurzem noch eine Veränderung gegeben habe.

Diese Großen Drei saßen dicht bei- oder doch nicht weit auseinander; sie saßen, wie sie eben aus ihrer Weltgegend gekommen waren, und starrten voll stummer Trauer in den ungeheuren Trichter hinab, auf dessen Grund Doll mit seiner Familie und das deutsche Volk und alle Völker Europas wehrlos und beschmutzt lagen. Und während sie so stumm und voller Trauer saßen und starrten, wußte Doll mit aller Bestimmtheit in seines Herzens tiefstem Grunde, daß die Großen Drei ununterbrochen darüber nachgrübelten, wie ihm, dem Doll, und mit ihm allen andern wieder aufzuhelfen und wie aus einer geschändeten wieder eine glückliche Welt aufzubauen sei. Ja, darüber grübelten sie ununterbrochen, die Großen Drei, während endlose Krähenschwärme über das befriedete Land heimzogen, von den Schlachtfeldern der Welt zu ihren alten Horsten, und während stille Quellen unhörbar rieselten, deren Wasser den gelben Lehmbrei seinem Munde immer gefährlicher nahebrachten.

Er aber, Doll, konnte gar nichts tun, mit den eng an seinen Leib gepreßten Armen mußte er stille liegen und warten, bis die traurig grübelnden Großen Drei zu einem Entschlusse gekommen waren. Dies war vielleicht das Allerquälendste in diesem Angsttraum für Doll, daß er, noch immer von vielen Gefahren bedroht, nichts tun konnte, sondern stille warten mußte, eine endlose, endlose Zeit! Die leeren Häuserfassaden konnten noch über ihn einbrechen, die leichenhungrigen Krähenschwärme den Wehrlosen entdecken, der gelbe Lehm seinen Mund füllen: er konnte gar nichts tun, nur warten, und vielleicht wurde es über diesem Warten für ihn und die Seinen, die er sehr liebte, zu spät ... Vielleicht gingen sie doch noch alle zugrunde!

Es dauerte eine sehr lange Zeit, bis die letzten Reste dieses quälenden Angsttraums Doll verließen; völlig frei wurde er erst von ihnen, als eine Wendung seines Lebens ihn zwang, das Grübeln aufzugeben und wieder ein tätiger Mensch zu sein. Aber noch viel länger dauerte es, bis Doll klar erkannte, daß dieser ganze, aus seinem Innern gespenstisch aufgetauchte Angsttraum ihn nur narrte und täuschte. So qualvoll dieser Traum auch war, Doll hatte an seine Wahrheit geglaubt.

Sehr lange dauerte es, bis er begriff, daß da niemand in der Welt war, bereit, ihm aus dem Dreck aufzuhelfen, in den er gestürzt war. Kein Mensch, nicht die Großen Drei, von seinen Landsleuten ganz zu schweigen, interessierte sich für Dr. Doll. Wenn er im Lehmbrei verkam, um so schlimmer für ihn, aber nur für ihn! Kein Herz auf der Welt wurde schwerer darum. Wenn er ernstlich den Wunsch hatte, noch einmal etwas zu arbeiten und darzustellen, so war es seine Sache allein, diese Apathie zu überwinden, aufzustehen, den Dreck von sich abzuklopfen und ans Werk zu gehen.

Aber von dieser Erkenntnis war Doll in jener Zeit noch sehr weit entfernt. Nachdem nun endlich Friede geworden war, meinte er noch lange, die ganze Welt warte nur darauf, ihm auf die Beine zu helfen.

Zweites Kapitel.
Die andere Täuschung

Am Morgen dieses 26. April 1945 war Doll endlich einmal wieder in guter Stimmung erwacht. Nach Wochen und Monaten tatenlosen Wartens auf das Kriegsende schien der Augenblick der Befreiung nahe. Die Stadt Prenzlau war genommen, der Russe konnte jede Stunde kommen; am Vortage hatten schon Flieger über der Stadt gekreist, und es waren keine deutschen Flieger gewesen!

Die beste Kunde aber hatte Doll am späten Abend gehört: die SS war im Abrücken, der Volkssturm aufgelöst: die kleine Stadt würde nicht gegen die anziehenden Russen verteidigt werden! Damit war eine Bergeslast von seiner Seele genommen: seit Wochen hatte er nicht mehr sein Haus zu verlassen gewagt, um nur niemanden auf seine Person aufmerksam zu machen. Denn er war fest entschlossen gewesen, nicht im Volkssturm zu kämpfen.

Nun, nach diesen günstigen Nachrichten, konnte er sich wieder vor die Tür wagen, ohne Sorge um das Gerede der lieben Nachbarn, von denen ihm mindestens drei über Zaun und Hecke schauen konnten. Er trat also mit seiner jungen Frau in den herrlichen Frühlingstag hinaus. Die Sonne schien warm, und ihre Wärme tat – namentlich hier unten am Wasser – nur gut. Das Grün hatte noch die tausend leichten frohen Schattierungen des ersten Wachstums, und der Boden schien unter den Füßen vor drängender Fruchtbarkeit zu schwellen und zu schwanken.

Als Doll so mit seiner Frau behaglich vor dem Hause stand, fiel sein Blick auf zwei lange Staudenbeete, die rechts und links von dem schmalen, zementierten Wege, der zu seiner Tür führte, lagen. Auch auf diesen Staudenbeeten grünte es, ja, es blühte dort sogar schon ein wenig mit den ersten Traubenhyazinthen, Primeln und Anemonen. Aber dieser an sich erfreuliche Anblick war verdorben durch ein Gewirr von Drähten, die, teils abgerissen, teils an häßlichen Pflöcken festsitzend, das junge Wachstum durch Unordnung beleidigten und mit ihren hinterlistig hängenden Drahtenden sogar das Betreten des Zementfußweges gefährlich machten.

Kaum war sein Blick auf diese Unordnung gefallen, als Doll schon ausrief: "Da habe ich ja meine Arbeit für heute! Dieser elende Drahtverhau hat mich schon lange geärgert!" Er holte Zange und Hacke und machte sich eifrig an die vorgesetzte Arbeit.

Während er so in der Sonne beschäftigt war, hatte er endlich einmal wieder Einblick in die Anwesen seiner nächsten Nachbarn. Bald merkte er dort eine ungewohnte Geschäftigkeit. Da war, nahe wie fern, ein ständiges Hin- und Hergelaufe, ein Schleppen von Koffern und Möbeln in die Schuppen aus den Häusern und umgekehrt, ein anscheinend zielloses Umherwandern mit Spaten, die da und dort wie aufs Geratewohl in den Boden gestoßen wurden.

Schon lief ein Nachbar eilig auf den Bootssteg hinaus und blieb auf ihm stehen, die Hände in den Taschen, als habe er plötzlich viel Zeit. Dann plumpste etwas ins Wasser, und nachdem der Nachbar sich so unauffällig -auffällig wie nur möglich umgesehen, ob er auch beobachtet gewesen – Doll hackte munter fort –, ging er breitbeinig, wie in tiefen Gedanken, zu seinem Haus zurück, wo er alsbald eine neue fieberhafte Tätigkeit entfaltete.

Dann plötzlich kam das alles wieder zum Stillstand. Gruppen sammelten sich an den trennenden Zäunen und flüsterten eifrig miteinander. Schon wechselten große Pakete über den Draht fort den Besitzer, und alles lief auseinander, wiederum sich eifrig umschauend, wiederum mit anderen Heimlichkeiten beschäftigt.

Doll, der erst seit einigen Monaten auf diesem, seiner zweiten Frau gehörigen Grundstück wohnte, blieb von all dieser Geschäftigkeit als "Fremder" ausgeschlossen, und er freute sich dessen. Denn alle diese so offenkundigen Heimlichkeiten wurden fast nur von Frauen und sehr alten Männern betrieben und wurden als "Weiberkram" von ihm entsprechend verachtet.

Freilich, lange konnte er sich nicht seiner Vereinzelung freuen, denn es erschienen zwei Damen auf seinem Grundstück, vorgebliche Freundinnen seiner Frau. Diese Frauen, die er nie hatte ausstehen können, blieben bei ihm stehen und taten sehr überrascht, daß er an solchem Tage zu solcher Arbeit Zeit habe. Der Russe stünde doch vor der Tür –!

Mit ein wenig spöttischem Lächeln erklärte Dr. Doll, zu dem sich nun auch seine Frau gesellt hatte, er mache eben grade für diese so lange erwarteten Besucher die Wege frei. Überrascht erkundigten sich die Damen, ob er denn den Feind hier an Ort und Stelle zu erwarten gedenke, das sei bei zwei Kindern, einer alten Großmutter und einer jungen Frau doch wohl kaum ratsam. Sie hier im Ausbau des Städtchens wenigstens hätten alle miteinander beschlossen, bei Einbruch der Dämmerung mit den Kähnen das andere Ufer des Sees zu erreichen und, im tiefen Walde verborgen, die weitere Entwicklung der Dinge dort abzuwarten.

Für Doll antwortete die Frau den Freundinnen: "Wir werden nichts Derartiges tun. Nicht einen Schritt gehen wir von hier, nichts verstecken wir; auf der Schwelle unseres Hauses werden mein Mann und ich die so lange erwarteten Befreier begrüßen!"

Eifrig sprachen die Damen dagegen, aber je eifriger sie sprachen, um so wankender wurden sie in ihrem eigenen Entschluß, um so zweifelhafter erschien ihnen die eben noch gepriesene Sicherheit der tiefen Wälder, und als sie schließlich gingen, meinte Doll lächelnd zu seiner Frau: "Du wirst sehen, sie werden gar nichts machen. Sie werden noch ein paar Stunden, wie die Hühner vor einem Gewitter, ziellos herumklucken, hier etwas ablegen und dort etwas aufnehmen. Aber schließlich werden sie sich erschöpft irgendwo hinsetzen und tun, was wir alle seit Wochen tun: nur auf den Erlöser warten."

Was ihre Freundinnen anging, so war Frau Alma völlig einer Ansicht mit ihrem Manne, was sie selbst anging, so fühlte sie sich weder erschöpft, noch wartegeduldig. Nach dem Essen eröffnete sie Doll, der sich nach der ungewohnten Morgenarbeit ein wenig auf die Couch legen wollte, sie radele jetzt schnell noch einmal in die Stadt, um ihren Vorrat an Gallenmedizin zu ergänzen, in den nächsten Tagen werde kaum Gelegenheit dafür sein.

Doll hatte leichte Bedenken, da die Russen jeden Augenblick kommen konnten und am besten gemeinsam im eigenen Heim erwartet wurden. Er wußte aber aus mancher Erfahrung, daß es vollkommen aussichtslos war, die junge Frau mit dem Hinweis auf etwa drohende Gefahren von einem Vorhaben abzubringen. Dutzendemal hatte sie ihm im ärgsten Bombenhagel, die Feuersbrünste Berlin bekämpfend, bei Tieffliegerangriffen bewiesen, daß sie völlig furchtlos war. Er sagte also mit einem leichten Seufzer: "Meinethalben! Mach's gut, meine Süße!", sah sie durchs Fenster abradeln, legte sich lächelnd auf die Couch und schlief ein.

Frau Alma Doll strampelte unterdes eifrig bergauf und bergab dem Städtchen entgegen. Ihr Weg führte sie zuerst über abgelegene Pfade, an denen kaum ein Haus lag, dann durch eine Allee, deren Seiten mit Villen bestanden waren. Schon hier fiel ihr auf, daß kein einziger Mensch auf den Straßen zu sehen war und daß die Villen – vielleicht durch die ausnahmslos geschlossenen Fenster – einen unbewohnten, fast gespenstischen Eindruck machten. ›Womöglich alle schon im Walde‹, dachte Frau Doll und fühlte ihre Unternehmungslust noch steigen.

Dort, wo die Allee in die erste wirkliche Stadtstraße einmündete, stieß sie endlich auf ein Lebenszeichen; es war ein großer Wehrmachtslastwagen. Ein paar SS-Männer waren einigen jungen Frauen und Mädchen beim Aufsteigen behilflich.

"Kommen Sie rasch, junge Frau!" rief einer der SS-Männer Frau Doll fast befehlend an. "Dies ist das letzte Wehrmachtsauto, das die Stadt verläßt!"

Wie ihr Mann war Frau Doll sehr zufrieden gewesen, daß die Stadt nicht verteidigt, sondern kampflos übergeben werden sollte. Das hinderte sie aber nicht, jetzt zu antworten: "Das sieht euch Scheißkerlen ähnlich, jetzt, wo der Russe kommt, auszureißen! Seit ihr hier seid, habt ihr getan, als wäret ihr die Herren der Stadt, alles habt ihr uns weggefressen und weggetrunken, aber nun, wo's ernst wird, reißt ihr aus wie Schafleder!"

Noch am Vortage hätte sie nicht ohne die schlimmsten Folgen für sich und ihre Angehörigen so zu einem SS-Mann sprechen dürfen. Die Lage mußte sich in den letzten vierundzwanzig Stunden wirklich grundlegend gewandelt haben, denn der SS-Mann antwortete ganz friedlich: "Machen Sie, daß Sie auf den Wagen kommen und reden Sie keinen Kohl! Die russische Panzerspitze ist schon oben in der Stadt!"

"Um so besser!" rief Frau Doll. "Da kann ich denen gleich Guten Tag sagen!"

Trat auf die Pedale und fuhr fort von dem wohl letzten Wehrmachtsauto, das sie in ihrem Leben sehen sollte, tiefer in die Stadt hinein.

Wieder verstärkte sich der Eindruck, daß sie da durch eine verlassene Stadt fuhr – vielleicht waren jene paar Frauen bei dem Wehrmachtsauto wirklich die letzten Einwohner der Stadt gewesen und alle andern geflohen. Kein Mensch, ja, nicht einmal ein Hund oder eine Katze waren auf der Straße zu sehen. Alle Fenster waren geschlossen, alle Türen sahen verrammelt aus. Und doch, während sie da, sich immer mehr dem Stadtkern nähernd, durch die Straßen fuhr, hatte sie das Gefühl, als halte dieses vielhundertköpfige Wesen nur den Atem an, als könne es jetzt gleich hinter ihr, neben ihr in einen schrecklichen Schrei gequälter Warteangst ausbrechen! Als wohnten eben doch hinter all diesen blinden Fenstern Menschen, fast irr vor Angst um das, was nun kam, vor Hoffnung, daß der grauenhafte Krieg nun wirklich zu Ende ging.

Dieses Gefühl wurde noch verstärkt durch ein paar weiße Lappen, die da und dort, kaum handtuchgroß, über den Türen hingen. In der gespensterhaften Atmosphäre, in der sich Frau Doll seit ihrem Eintritt in die Stadt befand, dauerte es einen Augenblick, bis sie verstand, daß diese weißen Tücher bedingungslose Ergebung bedeuten sollten. Seit zwölf Jahren sah sie zum ersten Male andere Fahnen als die mit dem Hakenkreuz an den Häusern hängen. Unwillkürlich beschleunigte sie ihre Fahrt.

Sie bog um eine Straßenecke, und sofort war das Gefühl dieser unbestimmten Gespensterangst von ihr abgefallen; unwillkürlich mußte sie lächeln. Auf der holprigen Kleinstadtstraße bewegten sich, anscheinend regellos in allen Richtungen fahrend, acht oder zehn Panzer. An den Uniformen, an den Kopfbedeckungen der Männer, die in den geöffneten Deckenluken standen, erkannte Frau Doll sofort, daß dies keine deutschen Panzer waren, nein, es war die russische Panzerspitze, vor der sie eben gewarnt worden war!

Aber dies schien nichts zu sein, vor dem man gewarnt werden mußte. Wie da diese Panzer in der schönen Frühlingssonne hin- und herfuhren, jetzt mühelos die Kante eines Bürgersteiges nehmend, nun wieder, hart an den Lindenbäumen vorbeistreifend, auf die Fahrbahn zurückkehrend, hatten sie nichts Bedrohliches. Im Gegenteil: es schien ein leichtes, fast fröhliches Spiel. Nicht einen Augenblick überkam sie eine Ahnung von Gefahr. Sie fuhr mit ihrem Rad zwischen die Panzer und sprang dann, an ihrem Ziel, der Apotheke, angekommen, ab. In der befreiten Stimmung, in der sie plötzlich war, hatte sie nicht darauf geachtet, daß auch die Häuser dieser Straße ängstlich verrammelt und verschlossen waren und daß sie die einzige Deutsche unter all den Russen war, von denen übrigens auch einige mit Maschinenpistolen auf der Straße standen.

Nur zögernd löste Frau Doll ihren Blick von diesem ungewohnten Straßenbild und wandte sich der Apotheke zu, deren Eingang wie der aller Häuser fest verrammelt und verschlossen war. Da Klopfen und Rufen nichts halfen, zögerte sie nur einen Augenblick und ging dann rasch auf einen Russen mit Pistole los, der ganz in der Nähe stand. "Hör mal, Wanja", sagte sie zu dem Russen, lächelte ihm dabei zu und zog ihn am Ärmel in der Richtung auf die Apotheke, "mach mir doch den Laden da mal auf!"

Der Russe begegnete dem lächelnden Blick ihrer Augen mit einem gleichgültigen Zurückschauen, einen Moment hatte sie das ein wenig beunruhigende Gefühl, als werde sie angesehen wie eine Hauswand oder ein Tier. Aber dieses Gefühl verging so rasch, wie es entstanden war, als sich der Mann willig genug von ihr zur Apotheke ziehen ließ und dort, rasch ihre Absicht verstehend, mit dem Kolben seiner Maschinenpistole ein paarmal donnernd gegen die Türfüllung schlug. Schon erschien der Löwenkopf des Apothekers, eines Mannes in den Siebzigern, an einem Glasfensterchen oben in der Tür, ängstlich nach der Ursache dieses Lärmens spähend. Das sonst stets von einem freundlichen Weinrot gefärbte Gesicht sah jetzt fahlgrau aus.

Frau Doll nickte dem alten Manne aufmunternd zu und sagte zu dem Russen: "Es ist gut, danke auch schön. Du kannst jetzt wieder gehen."

Der Soldat trat, ohne eine Miene zu verziehen, ohne sich auch nur nach ihr umzusehen, auf die Straße zurück. Jetzt drehte sich der Schlüssel im Schloß, und Frau Doll konnte in die Apotheke, in der sich außer dem Siebzigjährigen noch seine wesentlich jüngere Frau und deren nachgeborenes Kind von zwei oder drei Jahren befanden. Sofort nach Frau Dolls Eintritt war die Apothekentür wieder verschlossen worden.

So lebhaft jede einzelne Erinnerung an diesen ersten Besetzungstag noch viel später in ihr lebte, so unbestimmt war Frau Dolls Erinnerung an das, was in der Apotheke gesprochen worden war. Ja, ihr Medikament bekam sie mit der gewohnten Präzision ausgehändigt, sie wußte auch noch, daß die Bezahlung dafür abgelehnt, dann mit einem trübe lächelnden Auge wie das Spiel eines törichten Kindes angenommen worden war. Nachher aber kam nur Geschwätz, zum Beispiel, sie könne jetzt keinesfalls zwischen den Russen den weiten Weg nach Haus machen, sie müsse unbedingt hier in der Apotheke bleiben. Und doch bezweifelten die Überredenden einige Augenblicke später selbst, ob dieses Haus noch einige Sicherheit biete, ob es nicht doch besser gewesen wäre, sich in den Wäldern zu verstecken. Schon begann man sich Vorwürfe zu machen, warum man nicht schon viel früher in den Westen Deutschlands geflohen sei – kurz, Frau Doll stieß hier auf das gleiche unselige, sinnlose Geschwätz der von endlosem, gequältem Warten Zermürbten, wie es um diese Tage herum in fast jedem deutschen Hause zu hören war.

Hier aber war es – angesichts der vor den Apothekenfenstern herumrollenden Panzer – besonders sinnlos; keine Entscheidung war mehr zu treffen – alles war entschieden und das Warten vorbei! Dazu kam Frau Doll von draußen, aus der sonnigen Frühlingsluft, sie war zwischen den Panzern gefahren, hatte kurz entschlossen einen Russen beim Ärmel gepackt, der letzte Rest von Gespensterangst war von ihr abgefallen – sie konnte dies Geschwätz einfach nicht mehr ertragen. Sie bat schließlich ziemlich kurz, ihr die Tür wieder zu öffnen, trat auf die Straße, in die Helle zurück, bestieg ihr Rad und fuhr, immer zwischen den stets zahlreicher werdenden Panzern hindurch, weiter in die Stadt hinein.

Vermutlich ist Frau Doll die letzte gewesen, die den Apotheker mit Frau und Kind an diesem Nachmittag am Leben gesehen hat: ein paar Stunden später gab er sich, seiner Frau und dem Kinde Gift, anscheinend völlig sinnlos: im letzten Augenblick hatten die gequälten Nerven versagt. So vieles hatten sie nun durch

Jahre ertragen, nun, da es doch aussah, als könne manches besser, nichts mehr aber schlimmer werden, weigerten sie sich, die Ungewißheit allerkürzesten Wartens noch zu ertragen.

Aber die gleiche Apothekerhand, die eben noch Frau Doll mit größter Präzision ihr Narkotikum gegen ein Gallenleiden zugemessen, war nicht so glücklich in der Bemessung des Giftes für sich und die eigene Familie: der sehr alte Mann und das sehr junge Kind starben. Die Frau aber genas nach längerem Leiden zum Leben und wiederholte – obwohl vereinsamt – den Selbstmordversuch nicht.

Alma Doll war noch nicht viel weiter gefahren auf ihrem Rade, als ein wesentlich anderes Bild ihre Aufmerksamkeit fesselte und sie zu einem neuen Halt bewog: vor dem größten Hotel des Städtchens hatte sich eine Gruppe von etwa einem Dutzend Kindern versammelt, zehn- bis zwölfjährige Jungen und Mädchen. Sie sahen dem Fahren der Panzer zu, schrien und lachten, während die russischen Soldaten sie überhaupt nicht zu sehen schienen.

Die fast wild ausgelassene Stimmung dieser sonst ländlich stillen Kinder erklärte sich durch die Weinflaschen, die sie in ihren Händen hielten. Eben gerade, als Frau Doll von ihrem Rade sprang, schlüpfte ein Junge aus dem Tor des Hotels, die Hände voll neuer Flaschen. Die Kinder auf der Straße begrüßten ihren Kameraden mit einem Jubelgeschrei, das fast dem Aufheulen eines jungen Wolfsrudels glich. Sie ließen die Flaschen, die sie in der Hand hatten, ob sie nun ganz, teilweise oder gar nicht gefüllt waren, achtlos auf dem Pflaster zersplittern und stürzten sich auf die neuen, denen sie ohne weiteres die Hälse auf den Steinstufen der Hoteltreppe abschlugen, worauf sie die Flaschen zu den Kindermündern erhoben.

Dieser Anblick rief in Frau Doll sofort den äußersten Zorn wach. War ihr schon als Mutter der Anblick eines betrunkenen Kindes verhaßt, so steigerte es noch ihren Zorn, daß diese noch nicht Halbwüchsigen den ersten Einmarsch der Roten Armee durch Trunkenheit schändeten. Fast laufend stürzte sie sich auf die Kinder, entriß ihnen die Weinflaschen und verteilte so ausgiebig Ohrfeigen und Püffe, daß einen Augenblick später der ganze Spuk um die nächste Ecke verschwunden war.

Aufatmend blieb Frau Doll stehen. Der eben noch heftige Zorn war schon wieder verebbt, und fast heiter blickte sie auf die von ihren Einwohnern verlassene Straße, auf der es außer ihr nichts gab als Panzer und vereinzelte russische Soldaten mit Maschinenpistolen. Dann erinnerte sie sich daran, daß es nun doch wohl an der Zeit sei, heimwärts zu fahren, und mit einem leichten glücklichen Seufzer wandte sie sich wieder ihrem Rade zu. Sie hatte es aber noch nicht erreicht, als diesmal ein russischer Soldat auf sie zutrat, der, auf ihre Hand weisend, ein Päckchen aus der Tasche zog, das er aufriß.

Sie sah auf ihre Hand und entdeckte erst jetzt, daß sie sich beim Wegnehmen der Flaschen die Hand zerschnitten hatte: Blut tropfte von ihren Fingern. Mit lächelnder Miene ließ sie sich von dem hilfreichen Russen die Hand verbinden, klopfte ihm zum Dank auf die Schulter – er sah fremd durch sie hindurch –, stieg aufs Rad und fuhr nun ohne weitere Abenteuer nach Haus. An eben jener Stelle aber, an der vor einer Stunde noch das Wehrmachtsauto gehalten, fuhren nun auch schon russische Panzer. Ob der Wagen wohl noch fortgekommen war? Sie wußte es nicht, sie würde es wohl nie erfahren.

Als Frau Doll mit diesen neuen Nachrichten vor ihrem Manne erschien, hörte er aus dem Bericht nur eine Bestätigung des Entschlusses, an der Schwelle seines Hauses die Sieger und Befreier zu erwarten. Aber da die Ankunft der Russen auch an dieser abgelegenen Stelle des Städtchens nun jeden Augenblick erfolgen konnte, brach Doll das Gespräch mit seiner Frau kurz ab und kehrte mit einer in solcher entscheidenden Stunde fast unbegreiflichen Hartnäckigkeit zu seiner Arbeit an den Staudenbeeten zurück, um die letzten Drahtschlingen zu entfernen und säuberlich aufzurollen und die letzten häßlichen Pfähle zu entfernen.

Weder Abfahrt noch Rückkunft der jungen Frau waren auf den Nebengrundstücken unbemerkt geblieben. Bald fanden sich diese Nachbarn – natürlich stets unter schicklichen Vorwänden, wie etwa, ein Werkzeug zu entleihen – bei Doll ein, schauten seiner Arbeit zu und suchten hintenherum zu erkunden, was Frau Doll wohl in der Stadt gewollt und etwa Neues gesehen habe –? Doll, der auf eine direkte, in solcher Lage völlig berechtigte Frage sofort Auskunft gegeben hätte, haßte dieses feintuende, katzenhafte Herumschleichen um den heißen Brei sehr und dachte nicht daran, eine so verhohlene Neugier zu befriedigen.

So hätten die Nachbarn unverrichtetersache wieder abziehen müssen, wenn sich nicht Frau Alma, aus dem Hause kommend, zu ihrem Manne gesellt hätte. Nach Art der meisten jungen Menschen brannte sie darauf, ihre Erlebnisse zu erzählen, und dies um so mehr, da sie doch höchst erfreulich und beruhigend gewesen waren.

Wirklich führten die Erzählungen der jungen Frau einen völligen Umschwung in der Meinung der Nachbarn herbei: kein Gedanke war noch daran, in den Wald zu flüchten. Alle würden sie, wie Dolls, ihre Befreier in den Häusern erwarten. Ja, manche fingen schon mit deutlichen Worten davon zu reden an, daß es vielleicht gut sein würde, Verstecktes oder Vergrabenes auf den gewohnten Platz zurückzubringen, schon um die Sieger nicht durch Mißtrauen zu kränken. Solche Bemerkungen wurden freilich von den Familienmitgliedern mit ärgerlichen Ausrufen und Kopf schütteln aufgenommen: "Du wirst doch nicht, Olga!" – "Was du auch redest, Elisabeth, sicher bleibt sicher!" – Oder auch: "Ich weiß bei uns von nichts Versteckten, Minnie, du phantasierst wohl!"

Dies nachbarliche Gespräch fand seine Krönung durch zwei greise Männer, von Alter schon in den Siebzigern, deren Phantasie sich an der Schilderung der kindlichen Trinkszene vor dem Hotel entzündete. Zuerst war die Wut der beiden Alten unbeschreiblich gewesen. Waren sie denn nicht seit Wochen und Monaten gerade zu diesem Hotelier, dessen Stammgäste sie seit undenklichen Zeiten waren, gepilgert – und das trotz ihrer hohen Jahre und des weiten Weges fast alltäglich –, und hatte dieser Schurke, dieser Verbrecher, dieser Verräter am eigenen Volke ihre Bitten um eine Flasche, ja, nur um ein Glas Wein nicht stets mit dem Bemerken zurückgewiesen, er habe selbst nichts mehr, die SS habe ihm alles weggetrunken –?! Und jetzt stellte sich heraus, daß doch noch Wein da war, viel Wein vermutlich, ein Keller voll, viele Keller voll, der ihnen gegen alles Recht vorenthalten war, den jetzt Kinder auf die Straße schütteten –!

Und die beiden Greise stellten sich einander gegenüber, ihre eben noch sorgengrauen Gesichter waren wie vom Widerschein des Weins lieblich gerötet, bis in ihr weißes Haar hinein. Sie klopften sich gegenseitig auf die im letzten Jahre so schlaff gewordenen, längst nicht mehr hosenfüllenden Bäuche und schrien einander die geliebten Namen der von ihnen bevorzugten Kreszenzen ins Gesicht. Der eine Kleine, immer im grünen Jägeranzug, reiner Anbeter des Moselweins, der andere Lange, stets in Hemdsärmeln, mehr den französischen Weinen hold. Wie sie da bäucheklopfend umeinander tanzten und brüllten, schienen sie bereits trunken von dem Wein, den sie noch gar nicht hatten. Die höchst ungewisse Stunde, der kaum erst zu Ende gehende Krieg, die vielleicht nahe Gefahr waren vergessen, jede Erinnerung an lange ertragene Qual verdrängt durch die Aussicht auf einen Trunk. Und als sie nun, einander ständig steigernd, beschlossen, mit zwei Handwagen sofort in die Stadt zu ziehen und auf der Stelle die ihnen widerrechtlich vorenthaltenen Weine zu holen, glichen sie Doll völlig jenen, die sich auf einem ausbrechenden Vesuv zum Tanzen anschicken.

Gottlob hatten sie beide Frauen, und diese Frauen sorgten dafür, daß heute aus dem geplanten Ausfluge nichts mehr wurde, zumal der Lärm von durchfahrenden schweren Fahrzeugen sich von der Stadt her klar über den See schallend ständig verstärkte. "Aber", sagte Doll und kehrte damit zu seinen Drahtenden zurück, "aber kommt etwas anders, als wir jetzt erwarten, werden wir immer schuld sein, daß sie nicht in den Wald flohen. Wie wir überhaupt an allem, was kommen wird, schuld sein werden ..."

"Ich habe ihnen doch mit keinem Worte ab- oder zugeredet", verteidigte sich die junge Frau.

"Es kommt nicht darauf an, was du geredet hast", antwortete Doll und riß mit einer Zange eine Drahtkrampe vom Pfosten los. "Sondern es handelt sich vielmehr darum, daß die lieben Nachbarn jetzt einen Sündenbock für alles, was schiefgeht, gefunden haben." Er wickelte einen Draht auf. "Sie werden uns nichts ersparen, verlaß dich darauf! Sie waren in den vergangenen Jahren schon immer darauf aus, die Schuld für alles, was geschah, stets bei den andern, nie bei sich zu suchen – warum sollten sie sich geändert haben –?!"

"Wir werden es mit Fassung ertragen", antwortete die junge Frau mit lächelndem Trotz. "Wir sind schon immer die bestgehaßten Menschen im Städtchen gewesen – ein bißchen mehr oder weniger macht da auch nicht viel aus, nicht wahr?"

Damit nickte sie ihm zu und ging in das Haus zurück.

Der Rest des Nachmittags verging qualvoll langsam. Noch einmal kamen sie wieder in dieses schreckliche Warten hinein, das sie doch endgültig vorüber hofften – und wie oft sollten sie in den nun folgenden Tagen und Monaten noch warten, warten, warten! Manchmal unterbrach Doll seine Arbeit und ging allein oder mit seiner Frau bis an das Seeufer, von wo sie über das Wasser fort eine Zeile der Stadtstraße sehen konnten. Aber sie sahen allein die hohlen, toten Häuser, ohne ein Zeichen menschlichen Lebens, nur ihr Ohr wurde erfüllt von dem Geräusch nicht abreißenden Rollens, Dröhnens, Hupens, eines riesigen Trosses, der ungesehen, gespensterhaft westwärts durch die Stadt zog.

Endlich – die Dämmerung war schon nicht mehr fern – rief die junge Frau aus dem Hause, es werde gleich Abendessen geben. Doll, der in der letzten Stunde mehr gespielt als gearbeitet hatte, packte sein Handwerkszeug zusammen, trug es in den Schuppen und wusch sich in der Sommerküche. Dann saßen sie in der Ecke um den runden Abendbrottisch: die alte Großmutter, Doll, sein Weib und die beiden Kinder. Die Unterhaltung lief nur zwischen der alten Großmutter und ihrer Tochter hin und her. Die greise Frau, die, fast gelähmt, nur in ihrem Lehnstuhl saß, war begierig nach Neuigkeiten und ihre Tochter heute abend willig genug, sie ihr zu geben (was durchaus nicht immer der Fall war). Die Großmutter wollte alles ganz genau wissen, sie hörte eine Sache lieber drei- als einmal und setzte der Tochter gewaltig mit Fragen wie diesen zu: "Und was sagte sie dann? – Und was hast du dazu gesagt? – Und was hat die darauf gesagt?"

Sonst hatte Doll gerne diesen weiblich breit dahinplätschernden Gesprächen gelauscht, immer gespannt darauf, welche Veränderungen bei der nächsten Wiedererzählung der Stoff im alten Kopf der Großmutter erfahren haben würde. Aber heute abend, da seine gute Stimmung vom Morgen bis auf den allerletzten Rest verbraucht war, konnte er nur mit äußerster Überwindung dieses "Geschwätz" ohne Widerspruch ertragen. Er wußte, das war ungerecht, aber eben ungerecht zu sein, gelüstete es ihn jetzt. Plötzlich rief der Junge am Tisch halblaut: "Russen –!!!" Ein Geräusch an der Tür ließ alle verstummen und starren, die Tür öffnete sich, und drei Russen traten in die Stube.

"Alle sitzen bleiben!" befahl Doll halblaut und trat, die linke geballte Faust zum Gruß erhoben, den Besuchern entgegen, an seiner Seite die junge Frau, die den Befehl, sitzen zu bleiben, nicht auf sich bezogen hatte. Jetzt konnte Doll wieder lächeln, die Spannung, die zornige Ungeduld waren von ihm gewichen, die Zeit des Wartens war vorüber, im Buche des Schicksals war eine ganz neue Seite aufgeschlagen ... Er sagte lächelnd: "Towaritsch!" und streckte den drei Besuchern die rechte Hand zum Gruß entgegen.

Nie würde Doll Art und Aussehen jener ersten drei Russen vergessen, die damals sein Haus betraten. Der vorderste von ihnen war ein junger schlanker Mann mit einer schwarzen Binde über dem linken Auge. Er war flink in seinen Bewegungen, etwas Helles ging von ihm aus, er trug einen blauen Waffenrock und eine Lammfellmütze auf dem Kopfe.

Der hinter ihm wirkte gegen diese eher drahtige, zierliche Gestalt wie ein Riese, er schien bis an die Deckenbalken der Stube zu reichen. Er hatte ein großes, graues Bauerngesicht mit einem riesigen, hängenden Schnauzbart, in dessen Schwarz sich schon viele graue Fäden mischten. Das Auffallendste an diesem Riesen war ein kurzer, krummer Säbel in einer schwarzen Lederscheide, den er schräg vor seinem in einen grauen Rock gehüllten Leibe trug. Der dritte Mann, der hinter diesen beiden stand, war ein einfacher, noch sehr junger Soldat, mit einem Gesicht, das sich erst zu bilden anfing. Er trug eine Maschinenpistole mit segmentförmig gebogenem Ladestreifen unter dem Arm.

Dies waren die drei Russen, die so lange erwarteten Gäste, auf die Doll mit erhobener, geballter linker Faust und ausgestreckter Rechter zutrat, das Wort "Towaritsch" auf den Lippen.

Aber während er so tat, während er so noch vor den dreien stand, geschah etwas Seltsames. Die geballte linke Faust sank herab, Dolls Rechte verkroch sich in eine Tasche, und sein Mund wiederholte das Wort nicht, das doch eine Verbindung zwischen ihm und den dreien herstellen sollte. Auch lächelte er nicht mehr, sondern sein Gesicht hatte einen finsteren, grüblerischen Ausdruck angenommen. Plötzlich senkte er die Augen, die eben noch die drei angesehen hatten, und blickte auf die Erde.

Wie lange diese Szene gedauert haben mochte, ob zwei oder drei Minuten oder nur wenige Sekunden, konnte Doll später nicht sagen. Plötzlich ging der Blaurock zwischen ihm und der Frau durch, die beiden andern folgten, ins Innere des Hauses hinein. Weder Herr noch Frau Doll gingen ihnen nach, sie standen stumm da, eines vermied des andern Blick. Dann hörten sie den Jungen rufen: "Da sind sie schon wieder!"

Wirklich sahen sie die drei Russen jetzt auf der Rückseite des Hauses. Sie hatten es durch die Sommerküche verlassen; das rasche Durchgehen durch die freilich nicht mehr als vier Räume, die das Blockhaus enthielt, hatte nur einen Augenblick gedauert. Nun gingen sie, als wüßten sie genau Bescheid, ohne zu zögern oder sich nur umzusehen, an den Schuppen entlang, betraten den Bootssteg, stiegen ins Boot, warfen es los und waren ein wenig später hinter dem Ufergebüsch verschwunden.

"Die sind weg!" rief der Junge wieder.

"Es werden schon noch mehr kommen!" meinte die junge Frau. "Dies war wohl nur eine erste Kontrolle, wer in den einzelnen Häusern lebt." Sie warf einen raschen Blick auf den Mann, der immer noch, die Hände in den Taschen, finster grübelnd dastand. "Komm!" sagte sie. "Wir wollen rasch essen, ehe die Suppe ganz kalt ist. – Dann werden die Kinder und die Großmutter gleich ins Bett gesteckt. Wir aber bleiben noch ein Weilchen auf; ich habe das Gefühl, es kommen heute abend oder in der Nacht noch mehr."

"Es ist recht", antwortete Doll und ging mit ihr an den Abendbrottisch zurück. Dabei dachte er, daß auch die Stimme der Frau sich völlig gewandelt hatte: nichts mehr von der Lebhaftigkeit, die sie beim Erzählen der Nachmittagsereignisse gehabt hatte. ›Sie hat auch etwas gemerkt‹, dachte er. ›Aber genau wie ich will sie nicht darüber sprechen. Das ist gut.‹

Später gefiel es ihm dann besser, sich einzubilden, daß seine Frau vielleicht doch nichts gemerkt hatte, daß ihre Stimme nur darum so verändert geklungen hatte, weil schon wieder ein neues Warten begann, das nämlich auf weitere russische Gäste. Warten war entschieden jetzt das, was für jeden Deutschen am schwersten erträglich war, und gerade das wurde ihnen in vielen, ja, fast allen Dingen auferlegt – in den nächsten Tagen, Monaten, ja, vielleicht Jahren ...

Durch die Großmutter und die Kinder kam doch noch ein lebhaftes Gespräch zustande, an dem sich auch die junge Frau beteiligte. Natürlich drehte es sich in der Hauptsache um die drei Besucher, die ein so buntscheckiges Äußeres gehabt hatten, wie man es von den eigenen, den deutschen Truppen nicht gewohnt war (oder eben, weil längst gewohnt, nicht mehr sehen konnte). Später wurde eifrig die Frage erörtert, ob man wohl das Boot zurückbekommen, ob es die Russen zurückbringen würden –?

Doll beteiligte sich nicht an diesem Gespräch, er mochte an diesem Abend überhaupt kein Wort mehr sprechen. Dafür war er innerlich viel zu stark erregt. Nur einmal hatte er seine Frau leise gefragt: "Sahst du auch, wie sie mich ansahen?"

Alma hatte darauf – ebenso leise und sehr rasch – geantwortet: "Doch! Es war genau so, wie mich heute nachmittag der Russe vor der Apotheke ansah: als sei ich eine Wand oder ein Tier." Dazu nickte Doll kurz mit dem Kopf, mehr wurde zwischen den Eheleuten über diesen Fall nicht gesprochen, weder heut noch später.

Aber Doll sah sich wieder dastehen vor diesen dreien, mit grinsendem Gesicht, das Wort "Towaritsch!" auf den Lippen, mit der erhobenen Faust, die Rechte zum Gruß ausgestreckt – wie falsch das alles gewesen war, wie er sich doch schämen mußte! Wie verkehrt er alles angefangen hatte, vom frühen Morgen an, als er so fröhlich aufgewacht war und sich in die Arbeit an den Staudenbeeten gestürzt hatte, um den Weg für die Befreier "gefahrlos" zu machen, wie falsch er alles gesehen hatte!

Und so ein Mann wie er hatte noch vor den Nachbarn damit geprotzt, er werde die Russen an der Schwelle seines Hauses empfangen und als Erlöser bewillkommnen. Statt über die Erzählung seiner Frau am Nachmittag ein bißchen nachzudenken und sie sich zur Warnung dienen zu lassen, hatte er darin nur eine Bekräftigung seiner uneinsichtigen, dummen Haltung erblickt. Wahrhaftig, er hatte in diesen zwölf Jahren nicht das Geringste dazugelernt, so sicher er das auch in manchem Leiden geglaubt hatte –!

Mit Recht hatten ihn die Russen angesehen wie ein kleines, böses, verächtliches Tier, diesen Kerl mit seinen plumpen Anbiederungsversuchen, der glauben machen wollte, daß mit einem freundlichen Grinsen und einem kaum verstandenen russischen Wort all das auszulöschen war, was der Welt in den letzten zwölf Jahren von den Deutschen angetan war –!

Er, Doll, war ein Deutscher, und er wußte es doch, wenigstens in der Theorie, daß seit der Machtergreifung, daß seit den Judenverfolgungen der schon im ersten Weltkriege erschütterte Name "Deutscher" von Woche zu Woche und von Monat zu Monat immer mehr an Klang und Ansehen verloren hatte! Wie oft hatte er selbst gesagt: "Das kann uns nie verziehen werden!" Oder: "Hierfür werden wir eines Tages alle büßen müssen!"

Und er, der genau wußte, der wußte, daß der Begriff Deutscher ein Schimpfwort geworden war in der weiten Welt, er stellte sich da so hin, in der blöden Hoffnung, sie würden schon merken, daß es "auch anständige Deutsche" gab.

Alles, was er sich seit langer Zeit von diesem Kriegsende erhofft hatte, es brach schmählich zusammen vor den Blicken von drei russischen Soldaten! Er war ein Deutscher, also gehörte er zu dem gehaßtesten und verachtetsten Volke des Erdballs! Es stand tiefer als der primitivste Stamm im Innern Afrikas, der nicht so viel Zerstörung, Blut, Tränen, Unglück über diesen Erdball bringen konnte, wie es das deutsche Volk getan hatte. Plötzlich wurde es Doll klar, daß sein Leben vermutlich nicht mehr ausreichen würde, um die Reinigung des deutschen Namens in der Welt Augen noch zu erleben, daß vielleicht seine eigenen Kinder und Enkel unter der Schmach ihrer Väter zu leiden haben würden. Die Täuschung, es würde nur eines Wortes, eines Blickes bedürfen, um sich mit den andern Völkern darüber zu verständigen, daß nicht alle Deutschen mitschuldig waren, auch diese Täuschung war vergangen.

Und dieses Gefühl hilflosester Scham, das oft von langen Perioden schwerster Apathie abgelöst wurde, ward nicht schwächer mit den vorüberwandernden Monaten, nein, es verstärkte sich noch durch hundert kleine Erlebnisse. Später, als es dann zu dem Prozeß gegen die Kriegsverbrecher in Nürnberg kam, als Tausende von schrecklichen Einzelheiten den Umfang der deutschen Verbrechen immer weiter enthüllten, wollte sich sein Herz dagegen auflehnen, nicht noch mehr ertragen, wollte er sich nicht noch tiefer in den Schlamm stoßen lassen. ›Nein!‹ rief er dann zu sich. › *Das* habe ich nicht gewußt! Daß es so schlimm war, habe ich nie geahnt! Hieran habe ich mich mitschuldig gemacht!‹

Aber dann kam immer wieder der Augenblick, wo er sich besann. Nicht noch einmal wollte er einer feigen Selbsttäuschung verfallen, nicht noch einmal als verschmähter Gastgeber, mit Recht verachtet, in der eigenen Stube stehen. ›Doch!‹ sagte er dann zu sich. ›Ich habe die Anfänge gesehen mit den Judenverfolgungen. Später habe ich dann oft davon gehört, wie sie die russischen Kriegsgefangenen behandelten. Ich habe mich wohl im Innern empört, aber ich habe nie etwas dagegen getan. Hätte ich das, was ich heute von all diesem Grauenhaften weiß, schon damals gewußt – ich hätte wohl auch nichts getan, über diesen hilflosen Haß hinaus ...‹

Dies war das andere, mit dem Doll ganz für sich allein fertig zu werden hatte: daß er mitgesündigt hatte, mitschuldig geworden war, und daß er kein Recht mehr hatte, als Deutscher irgendeinem Volke sich gleichgestellt zu fühlen. Ein Verachteter, ein Verächtlicher, er, der immer stolz auf sich gewesen war und dazu Kinder hatte, vier an der Zahl, alle noch unversorgt, alle noch nicht selbständig denken könnend, aber alle sich viel von diesem Leben erwartend – und nun solch einem Leben ausgeliefert –!

Oh, Doll verstand es, wenn er immer wieder hörte oder las, daß ein großer Teil seines Volkes in völlige Apathie versunken war. Es mußte viele geben, denen es genauso ging wie ihm. Sich und ihnen wünschte er die Kraft zu ertragen, was ihnen auferlegt war.

Drittes Kapitel.
Das verlassene Haus

Äußerlich änderte sich schon in den ersten Tagen nach dem Einmarsch der siegreichen Roten Armee das Leben der Dolls gewaltig. Sie, die es gewohnt gewesen waren, ganz abgesondert im eigenen Hause ihren Beschäftigungen nachzugehen, waren jetzt alle gezwungen, sich der öffentlich verkündeten Arbeitspflicht zu fügen, um Brot zu verdienen, ein sehr kleines Stück Brot im ersten Anfang. Schon kurz nach sieben Uhr morgens mußten die beiden loswandern auf den befohlenen Sammelplatz in der Stadt. Oft schlossen sich ihnen Nachbarn an auf ihrem Wege, meist aber gelang es ihnen, sie abzuschütteln und für sich allein zu bleiben, wie sie es gewohnt gewesen waren in der ganzen Zeit ihrer Ehe.

Da gingen sie im frischen Maienmorgen nebeneinander her, Doll meist tief in seine Gedanken versunken und nur mit halbem Ohr auf das Plaudern seiner Frau lauschend, der ein dann und wann eingeworfenes "Jaja" oder "Soso" vollkommen genügte. Doll hatte seine Frau wegen ihrer Fähigkeit, immer weiter plaudern zu können, "seine Brandung" getauft. Er meinte, sie erinnere ihn an frühere lange Spaziergänge am Strande, bei denen ohne Aufhören die See neben ihm fortrauschte.

Kamen sie dann aber auf dem Sammelplatz, dem Schulhof, an, war es sofort mit dem gewohnten Zusammensein und der Brandung vorbei: Männlein und Weiblein wurden getrennt aufgestellt, abgezählt, aufgeschrieben und zu den verschiedensten Arbeiten eingeteilt. Ging es gut, konnten sie sich wenigstens beim Abrücken die Art ihrer Arbeit zurufen, so daß sie wußten, wo jedes den langen, getrennten Tag beschäftigt war. "Ich gehe saubermachen!" rief sie etwa. Und er gab zurück: "Säcke stapeln!" Später wurde beiden eine feste Arbeit zugeteilt, er wurde Kuhhirt, sie Sackträgerin.

Oft sahen sie sich dann erst am späten Abend wieder, beide übermüdet von der ungewohnten Arbeit, aber beide bemüht, den andern nichts davon merken zu lassen. Dann äußerte er sich wohl spöttisch über die Anstrengungen seines Hirtenlebens, bei dem es galt, eine Herde von weit über tausend Kühen, die nicht aus dem gleichen Stall stammten, also auch kein Zusammengehörigkeitsgefühl hatten, beieinander zu halten und Übergriffe in die Getreidesaaten zu verhüten. Wohl waren sie acht Hirten, aber seinen Mithirten wohnte die Neigung inne, auf einem Fleck zu stehen und miteinander zu schwätzen, Männergespräche, ob denn dies etwa so weitergehen solle, und von dem bißchen verteilten Brot werde nicht einer satt, geschweige denn eine ganze Familie, und daß sie sich den Frieden etwas anders vorgestellt hätten, und daß die Nazis schon wieder dabei wären, sich überall Druckposten zu sichern – alles völlig ergebnisloses Geschwätz, das Doll maßlos langweilte.

Unterdes zerstreute sich die Herde immer weiter, ging aus den Wicken in die Roggensaaten, und Doll tobte wie ein Irrer hinter tausend Kühen allein her, warf mit Steinen, schlug mit seinem Knüppel und setzte sich schließlich, völlig erschöpft und atemlos, auf einen Stein, verzweifelt, empört, mutlos. Oft tauchte gerade dann ein berittener Russe auf, die Arbeit der Hirten zu kontrollieren. Die andern Hirten, die ihren Plauderplatz weislich gewählt und den Anreitenden schon von weitem gesehen hatten, waren jetzt fleißig beim Hüten, während der erschöpfte Doll seiner Faulheit wegen hart angelassen wurde. Aber nie konnte er sich überwinden, es ebenso zu machen wie die andern. Er fand eine solche Art, nur fürs Auge des Regenten zu arbeiten, in Wirklichkeit aber gar nichts zu tun, verabscheuungswürdig, ja, typisch für den verhaßten Soldatenstand, bei dem ja auch der "Druckposten" großes Ansehen genießt.

Das einzig Gute an dieser Kuhhüterei war noch dies, daß sich Hirten wie Schwätzer nach dem abendlichen Eintreiben anstellen durften mit einer Kanne, sie mochte noch so groß sein wie sie wollte, sie wurde ihnen doch von den ukrainischen Melkern bis zum Rande mit Milch gefüllt. Dadurch gab es im Hause Doll zu dieser Zeit Abendsuppen, die jung wie alt gleich wohltätig waren.

Freilich war in diesem Punkte, dem Heranschaffen von Waren aller Art, Frau Almas Tätigkeit noch viel einträglicher, ihre Geschicklichkeit wohl auch größer als die des Mannes. Ihr war – mit dreißig, vierzig andern Frauen und Mädchen – die Aufgabe zugefallen, aus dem Barackenlager, das früher die SS eingenommen, die dort noch lagernden Vorräte in einen großen Schuppen an der Bahn zu schaffen. Es war ein weiter Weg, und oft waren die Säcke, welche die Frauen zu tragen hatten, mit schwerer Ware gefüllt, so daß die Last über ihre Kraft ging.

Was aber ihren Unwillen auf das höchste trieb, war der Umstand, daß all diese Fleischkonserven, diese Butter-, Käse-, Milch- oder Sardinendosen, daß diese Büchsen mit gemahlenem Kaffee, diese Stangen mit gepreßtem feinen Blättertee, diese Kartons voller Schokoladenpulver (wozu noch Flaschenbatterien mit Wein und Kognak kamen, sowie unübersehbare Packungen mit Rauchwaren) – ja, der Unwille der schleppenden Frauen wurde durch den Gedanken aufs schärfste angestachelt, daß all diese in solchem Übermaß vorhandenen Waren seit Jahren darbenden Frauen und hungernden Kindern vorenthalten waren, Kindern, von denen viele in ihrem Leben Schokolade nie geschmeckt hatten, um dann all dies anmaßenden, herrschsüchtigen Burschen von der SS, denen Deutschland ein gut Teil seines Unglücks verdankte, ins gefräßige Maul zu stecken.

Schon seit die Kinder, Weinflaschen in den Händen, sich vor dem größten Hotel der Stadt betrunken hatten, war eine neue Auffassung des Eigentumsbegriffs unter dem größten Teil der Bevölkerung aufgekommen: dies alles waren eigentlich Waren, die ihnen zustanden. Eigensucht und Geldgier der Kaufleute hatten sie ihnen vorenthalten – es war nicht mehr als recht, daß man sich jetzt noch nahm, was man nur bekommen konnte! Der Weg von den SS-Baracken zu den Bahnschuppen war weit, der Sack drückte, die Last war schwer: immer wieder verschwand eine Frau in den Büschen am Wege, und wenn sie wieder vortrat und sich, eben noch an der Spitze, jetzt in das Ende der lang auseinandergezogenen Kolonne einreihte, war der Sack nur noch dreiviertelvoll, für den Abend aber ein hübsches Depot in den Büschen angelegt.

Frau Alma Doll war nicht bedenklicher als die andern Frauen, wie die meisten von ihnen hatte sie zu Hause Kinder, die nach Fett ausgehungert waren und gerne auch einmal erfuhren, wie eine Tasse mit Milchschokolade schmeckte. Wie die andern Frauen legte sie ihre Depots an, und als sie merkte, daß entweder Mitarbeiterinnen oder Beobachter aus der Ferne diese Depots noch vor Feierabend beraubten, wurde sie noch kühner: sie ließ, in den Büschen versteckt, das Ende des Zuges ruhig an sich vorüberziehen. War er dann außer Sicht, eilte sie mit ihrem Sack in ein nahe gelegenes Haus zu Bekannten und ließ dort – auf Teilung alles. War nun die Zeit herangekommen, daß die Kolonne auf ihrem Rückweg wiederkommen mußte, trat sie neu unter die Büsche und schmuggelte sich, den leeren Sack über dem Arm, unter die andern.

Natürlich hatten die ihr Fehlen bemerkt, sie sparten auch nicht mit spitzen Bemerkungen und Anspielungen; da sie aber alle mehr oder weniger das gleiche taten, geschah ihr nichts Schlimmeres. Was aber die russischen Posten anging, die an der Spitze und am Ende des Zuges marschierten, so sahen sie entweder nichts oder wollten nichts sehen von dem, was da vorging. Wahrscheinlicher war das letztere, sie wußten wohl alle, wie weh Hunger tut, und waren großmütig – auch einem gehaßten Volk gegenüber, das die Frauen und Kinder der Posten erbarmungslos hatte hungern und verhungern lassen.

Am Abend saß Alma dann bei ihrem Manne, auf dem kleinen Notherd kochte "seine" Abendmilchsuppe, und die junge Frau wies ihm bei Kerzenschein – der elektrische Strom funktionierte nicht mehr – ihre Eroberungen. Sie aßen allesamt Ölsardinenbrot auf Vorschuß, dann wurde in die Milchsuppe Schokoladenpulver gestreut. Sie aßen nicht, sie fraßen, sie stopften sich bis zum Platzen voll, alle, von der fünfjährigen Petta an bis zur alten, fast bewegungsunfähigen Großmutter. Sie dachten nicht an überfüllte Mägen und an den schon ohnedies so unruhigen Nachtschlaf, sie dachten auch nie an den nächsten Tag, an die Anlage eines kleinen Vorrats. Gedanken derart waren ihnen in den Jahren der Bombenangriffe gründlich vergangen. Sie waren wieder zu Kindern geworden, die nur dem Heute, ohne einen Gedanken an den kommenden Morgen, leben, aber sie besaßen nichts mehr von der Unschuld der Kinder. Sie waren entwurzelt, sie, dieser Kuhhirte und diese Sackträgerin, die Vergangenheit war ihnen entglitten, und ihre Zukunft war zu ungewiß, sich mit Denken daran zu beschweren. Ziellos trieben sie auf dem Strom des Lebens dahin – wozu lebte man eigentlich?

Wenn Doll mit seiner jungen Frau am frühen Morgen zur Arbeit ging, wenn er abends allein vom Kuhhüten heimwärts eilte, stets führte sein Weg an einem großen grauen Hause vorüber, das mit seinen geschlossenen Fenster einen abweisenden und düsteren Eindruck machte. An der Tür dieses Hauses befand sich ein sehr altes Messingschild, so vernachlässigt, daß es ganz stumpf aussah und an einigen eingebeulten Stellen Grünspan aufwies. Auf diesem Schilde war zu lesen: "Dr. Wilhelm – Tierarzt".

Als Doll mit seiner Frau zum ersten Male nach dem Umsturz an diesem dunklen Haus vorüberkam, hatte seine Frau gesagt: "Der hat sich auch erledigt – hast du gehört?"

"Ja ..." hatte Doll nur geantwortet, in einem Tone, aus dem die Frau verstehen mußte, daß er eine Fortsetzung dieses Gespräches nicht wünschte.

"Aber", hatte Alma trotzdem zornig gerufen, "aber ich bin froh, daß der alte Kerl tot ist! Wenn ich jemanden gehaßt habe, so war er es; ja, ich hasse ihn noch ..."

"Gut, gut", hatte Doll sie unterbrochen. "Er ist tot, wir wollen ihn vergessen. Wir wollen nie mehr von ihm sprechen."

Und sie sprachen nicht mehr von ihm, ja, Dr. Doll sah, wenn er in die Nähe des Hauses kam, geflissentlich die andere Straßenseite an, während seine Frau das Haus immer wieder mit gereizter oder spöttischer Miene musterte. Beides sprach nicht ganz für das von Doll gewünschte Vergessen, und sie wußten auch beide – trotz ihres Schweigens – sehr gut, daß sie weder vergessen konnten noch vergessen wollten. Dafür hatte ihnen beiden der tote Tierarzt Wilhelm zu viel Herzeleid angetan.

Auf seinem Türschild nannte er sich Tierarzt, aber er war ein so großer Feigling, daß er sich kaum je an ein krankes Pferd oder Rind herangetraut hatte. Die Bauern wußten das so gut, daß sie ihn höchstens zur Rotlaufimpfung der Schweine holten, daher trug er weit und breit den Übernamen "Farken-Willem": Ferkel-Wilhelm. Ein großer schwerer Mann in den Sechzigern, mit einem fahlgrauen Gesicht, das stets so grämlich verzogen war, als schmecke er Galle.

Dieser Tierarzt besaß keine einzige Fähigkeit, die ihn vor dem niedersten Durchschnitt ausgezeichnet hätte, bis auf die eine, daß er eine ungewöhnlich feine Zunge für Weine hatte. Schnaps und Bier trank er auch, aber nur um ihres Alkoholgehaltes willen, denn er war längst das geworden, was man einen "mäßigen Trinker" nennen kann: er brauchte jeden Tag eine bestimmte, nicht einmal übermäßig hohe Alkoholmenge. Aber nichts ging ihm über den Wein, und je besser seine Kreszenz war, um so glücklicher wurde er. Dann glätteten sich sogar die galligen Falten in seinem Gesicht, und er konnte lächeln. Für einen Mann von seinem Einkommen war das eine etwas kostspielige Leidenschaft, doch meist wußte er, wie er zu seinem Rechte kam.

Gegen fünf Uhr nachmittags hielt ihn nichts mehr im Haus, konnte der dringendste Anruf ihn nicht mehr zu einem kranken Tiere locken; er nahm seinen Stock, setzte sein Jägerhütlein mit einem Dachspinsel auf und wanderte gravitätisch, immer in Kniehosen, die Füße gespreizt sehr auswärts setzend, die Straße entlang.

Dr. Wilhelm – Farken-Willem – hatte nur wenige Schritte zu gehen, so konnte er schon in ein kleineres Hotel treten, das einstens für ihn eine wahre Weinrente bedeutet hatte, nämlich als der selbst ins Trinken verliebte Wirt noch lebte. Nach seinem Tode wurde das Haus aber von der Witwe und je länger je mehr von der jüngsten Tochter regiert, einem Mädchen voll unbegreiflicher Launen, ja, von direkten Antipathien besessen, von denen eine – und nicht gerade die schwächste – dem Tierarzt Dr. Wilhelm galt.

Der Tierarzt mußte zu seinem tiefsten Kummer erleben, daß die Tochter des Hauses ihm immer häufiger die bestellte Flasche Wein verweigerte und ihm nur ein Schöppchen brachte, während sie doch auf andere Tische noch oft genug Flaschen stellte. Beschwerte er sich dann mit seinem nußknackerhaften, gallenbitteren Munde, langsam und bedächtig sprechend, wie es seine Art war, so fuhr sie ihm schon in den Anfang seiner Rede mit ihrer raschen, scharfen Zunge hinein und rief: "Sie wollen alle Tage Ihren Wein, die andern kommen nur dann und wann – da liegt der Unterschied! Sie können nicht allein all unsere Vorräte austrinken!"

Oder sie antwortete auch gar nichts. Oder sie sagte, rasch nach dem Römer fassend: "Wenn Sie den Schoppen nicht wollen, nehme ich ihn gern wieder mit. Sie *müssen* ihn nicht trinken!" Kurz, sie ließ ihn alle Tage aufs deutlichste merken, wie abhängig er doch mit seinen Trinkerwünschen von ihren Launen war. Er aber mußte ihr Schimpfen wie die immer geringer werdenden Zuteilungen mit galligem Seufzen ertragen und kam doch jeden Tag wieder, ohne Würde und ohne Scham.

Vom Hotelchen wanderte der Tierarzt dann gravitätisch auf seinen sehr auswärts gesetzten Füßen durch die halbe Stadt bis zum kleinen Bahnhof, wo er meist kurz vor sechs Uhr den Wartesaal zweiter Klasse betrat. Oft hatte er dann das Glück, am Stammtisch, an dem auch ihm ein Platz zustand, den reichen Kornhändler der Stadt zu treffen, der ihn stets gerne an seinem Weine teilnehmen ließ. Saß dieser Händler aber mit einem oder mehreren Kunden an einem Sondertisch, so trat auch hier der Tierarzt hinzu, sagte ernst "Mit Verlaub" und wurde meist aufgefordert, mit Platz zu nehmen. Denn hier konnte der Dr. Wilhelm eine andere Seite seines Wesens geltend machen: er besaß ein ziemliches Repertoire derbster ländlicher Geschichtchen und Witzchen, die er in einem echten, bodenständigen Platt zu erzählen wußte. Ganze Gelächtersalven antworteten oft dem Erzähler, der doch nicht eine Miene seines galligen Gesichtes verzog, dadurch die Wirkung seiner Geschichten nur noch steigernd und die Laune der Kunden des Kornhändlers verbessernd.

Im übrigen schnitt der Tierarzt in der Bahnhofswirtschaft auch sonst meist günstig ab. Er war dort Stammgast seit Jahrzehnten. Seit Jahrzehnten hatte er von etwa sechs bis acht Uhr abends an diesem Stammtisch gesessen, früher mit seiner Frau, nach ihrem Tode allein. Der Bahnhofswirt Kurz hielt auch ihn knapp, aber er ließ den alten Kunden meist nicht ganz ohne Stoff.

Um die Abendbrotzeit leerte sich der Wartesaal schnell, und auch Dr. Wilhelm setzte seinen Stab weiter. Was ihn nun in dem führenden Hotel des Städtchens erwartete, stand ganz dahin: es konnte viel, es konnte auch so gut wie gar nichts sein. Zwar floß der Wein noch willig in diesem Hause, aber der Wirt war ein Mann, der es liebte, Geld einzunehmen, und je mehr, um so lieber. Selbst als das Geldeinnehmen schon ziemlich sinnlos geworden war, da es für Geld kaum noch etwas zu kaufen gab, setzte der Wirt die Preise für seine Flaschenweine immer höher, so daß der Kauf auch nur einer Flasche weit aus dem Bereich des Möglichen für einen Schweineimpfer gerückt war, dessen Tageseinnahme häufig noch nicht einmal fünf Mark betrug.

So war hier Dr. Wilhelm ganz auf sein Glück angewiesen; oft mußte er Stunde um Stunde vor einem Glase des kriegsmäßigen Dünnbiers sitzen und beobachtete dabei gallig die Offiziere der SS, die eine Flasche nach der andern tranken. Sie baten ihn nie an ihren Tisch – die SS hielt sich stets vom kommunen deutschen Volke fern. Oder aber ein Hitler-Jugendführer von noch nicht zwanzig Jahren schwelgte mit seinem Mädchen in Süßweinen – auch hier war keine Nachfrage nach dem alten, geschichtengewandten Tierarzt.

Das waren schwere Stunden für einen alten Alkoholiker, dem das Trinken Lebensbedürfnis war. Wenn so die Zeit verstrich, die Nacht vorrückte, die Gäste immer betrunkener lärmten und der weißhaarige, stets voll Bonhomie lächelnde Wirt an die Polizeistunde erinnerte ... Wenn er einsehen mußte, daß an diesem Abend bestimmt nichts für ihn abfiel, da doch so viele herrlich alkoholisiert waren ... Wenn er dann nach dem Bezahlen seines Bieres die kümmerlichen Groschen und Scheinchen in seiner Tasche zusammenzählte, ob sie nicht vielleicht doch wenigstens zu einem Schnäpschen reichten, und er wußte doch schon vorher, sie reichten bestimmt nicht … Wenn er dann schließlich mit einem schweren, bösen Seufzer Stock und Hut in die Hand nahm und in die Nacht hinaustrat, zu seinem Heim zu wandern … Und wenn er dann an die vor ihm liegende Nacht dachte, in der er sich den Schlaf mit dummen Tabletten rufen mußte, den doch der Alkohol so göttlich voller Träume schenkte … Dann wurde sein ledernes Gesicht womöglich noch gelber als zuvor, der Neid auf alle und alles zwackte ihn zum Erbarmen, und er hätte gerne und ohne Besinnen die ganze Welt untergehen lassen, wenn ihm das nur eine einzige Flasche Wein eingetragen hätte –!

Aber es kamen auch bessere Stunden für den alten Tierarzt. Da saßen dann plötzlich in diesem führenden Hotel am Platze Sommerfrischler oder Sportangler, die sich stets gerne Geschichten aus dieser vom Kriege kaum berührten Gegend erzählen ließen. Oder aber ein Landwirt sah den alten Mann da sitzen, plötzlich dachte er daran, wie lange er ihn schon nicht mehr auf den Hof gerufen hatte, und sein schlechtes Gewissen trieb ihn, sich Farken-Willem an den Tisch zu holen, mit ihm zu plaudern und ihm zu trinken zu geben, denn seine Schwäche war ja jedem bekannt.

Am schönsten aber war es, wenn in diesem Hotel der Stammtisch zusammenkam. Leider war das nur ein-, höchstens zweimal im Monat der Fall, dann nämlich, wenn der Herr Amtsgerichtsrat aus der Kreisstadt herübergekommen war, um im Städtchen den fälligen Gerichtstag zu halten. Sofort hängte sich dann der Hotelier ans Telefon, er benachrichtigte einen Großgrundbesitzer, den Dentisten, einen Landesproduktenhändler en gros und auch den Herrn Dr. Doll – freilich den alten Tierarzt nicht, der fand sich schon ohnedies ein.

Wie Doll in diese so scheckig zusammengesetzte Runde gekommen war, konnte er später kaum noch herausfinden. Zuerst – aber das lag schon Jahre zurück und war noch während seiner ersten Ehe, als er auf einem kleinen Hof in der Nähe des Städtchens wirtschaftete –, zuerst also hatten ihn wohl die so verschiedenartigen Trinkgenossen interessiert und vor allem ihre Geschichten, in denen besonders der alte Amtsrichter exzellierte, der auf diesem Gebiete bei weitem den Tierarzt schlug, dessen Witze oft gar zu grobschlächtig oder auch geradezu gemein waren. Aber Doll hatte bald gesehen, daß auch diese Menschen völlig aus dem Dutzend waren. Am zweiten Abend mußte der alte Amtsrichter seine Geschichten schon wiederholen, er wußte nur zehn oder zwölf, er war aber gerne bereit, sie auch hundertmal zu erzählen. Außerdem wurde seine Neigung immer deutlicher, sich Lebensmittel schenken zu lassen und die Bedienung um die Marken zu betrügen. Der Dentist hatte bloß Weibergeschichten im Kopf, seine Praxis war ihm nur ein

Vorwand, den im Behandlungsstuhl liegenden Frauen erotisch zuzusetzen, und der alte Tierarzt war nichts wie ein jeden Tag gieriger und stumpfsinniger werdender alter Säufer.

So war es die ganze Runde herum. Plattes, alltägliches Gesindel die, zusammen mit ihrem fuchsischen Wirt, dem es nur ums Geldverdienen ging. Nein, Doll kam durchaus nicht immer, wenn ihn das Telefon zum Stammtisch rief, aber er kam doch recht häufig, vielleicht einfach darum, weil er sich auch einmal die Nase begießen wollte, oder weil auch er gerne gute Weine trank, und weil seine dörfliche Umgebung noch stumpfsinniger war als diese Runde. Er kam und trank und spielte den großzügigen Gastgeber, denn er war zu jenen Zeiten noch ziemlich gut mit Geld versehen, bei ihm kamen alle Freischlucker vom gierigen Tierarzt bis zum vorsichtigen Amtsrichter auf ihre Kosten. In sehr guten Nächten kroch dann wohl der dicke, weißhaarige Hotelier noch in die verschwiegensten Winkel seines Kellers, er brachte dick verstaubte Burgunderflaschen oder ›Mumm extra dry‹. Zu dem roten Wein aber holte er – ohne Marken! – herrliche Käse, die sie in tortenförmig geschnittenen Stücken aus der Hand aßen. Das waren Stunden voller Seligkeit für den alten Tierarzt, und seine Freundschaft für Doll schien fest begründet.

Aber das änderte sich, und wie meist, wenn Männerfreundschaften auseinandergehen, war eine Frau daran schuld. Wie der alte Amtsgerichtsrat auf diese junge strahlende Frau gekommen war, blieb dunkel; jedenfalls, als Dr. Doll eines Abends, etwas verspätet, zu der Stammtischrunde stieß, traf er dort die Frau eines Berliner Fabrikanten, der sich hier am Ufer eines der vielen Seen ein Blockhaus gebaut hatte, um über das Wochenende dem Angelsport zu huldigen.

Aber an diesem Abend war der Mann in der großen Stadt Berlin geblieben, und seine blutjunge Frau saß allein zwischen den Männern des Stammtischs, sie schüttelte ihre rotblonden Locken, sie sah mit ihrem länglichen Gesicht und vor allem mit ihrem schönen blutroten Munde jeden Sprecher aufmerksam an – es war ganz, als sähe dieser Mund die Menschen an. Dann warf sie den Kopf zurück, ihre kleine weiße Kehle schien vor Lachen zu tanzen – Himmel, wie sie lachen konnte, Gott, wie jung sie war! Doll drückte den alten Tierarzt beiseite und nahm neben dieser unglaubhaften Jugend Platz, sie saß nun auf dem langen Ecksofa zwischen Doll und dem alten Amtsgerichtsrat.

Wie jung sie war, was steckte für ein Leben in diesem Wesen, wie mitreißend konnte sie lachen über die dümmsten Geschichten des Amtsrichters! Doll fing selber an zu erzählen, und wenn einer gut erzählen konnte, so war er es. Das war kein fertiges hundertmal geleiertes Repertoire wie beim Amtsgerichtsrat und Tierarzt, nein, die Geschichten flogen Doll aus allen Zeiten seines Lebens zu, genau als fielen sie ihm jetzt zum ersten Male ein und auf. Er erzählte rascher, überstürzte sich, übertrumpfte alle – und dazwischen rief er nach Wein, Wein, Wein!

Es wurde ein ganz großer Abend. Auf einen Mann Ausgang der Vierzig macht es schon Eindruck, wenn eine zwanzigjährige schöne Frau ihn merken läßt, er interessiert sie. Was Doll über so viel interessierter Jugend aber nicht verlor, war seine kritische Beobachtungsgabe, und die war es, die ihn darauf aufmerksam machte, daß der alte Tierarzt, während Doll begeistert nach links erzählte, unterdes rechts in eigener Sache arbeitete. Dem Tierarzt waren sowohl Geschichten wie Frauen längst gleichgültig geworden, ihn interessierte nur der Alkohol. Alkohol gab es genug an diesem Tisch, aber nach Ansicht von Farken-Willem wurde er zu langsam getrunken. Während er aller Augen auf die junge Frau gerichtet sah, tastete sich des Tierarztes Hand nach der Flasche. Hastig füllte er sein Glas, leerte es, und füllte es sofort wieder ...

"Hoppla!" rief Doll, der ihm den Rücken zuzuwenden schien und hatte es doch gesehen. "Dies nun doch nicht! Solange ich der Gastgeber bin, bestimme ich das Tempo!" Und er nahm Wilhelm die Flasche aus der Hand, aber nicht unliebenswürdig.

Natürlich fielen nun sofort alle Mann über den alten Freischlucker und Säufer her, sie zogen ihn nach Kräften auf. Sie verspotteten ihn, sie kramten Geschichten der beschämendsten Art über ihn aus, ins Gesicht hinein verdächtigten sie ihn aufs gemeinste. Aber das kümmerte ihn nicht viel, er schämte sich nicht. Er war es längst gewohnt, jeden Freischluck mit einer Kränkung seiner Menschenwürde zu bezahlen. Das war nun schon so lange und so oft geschehen, daß darüber all seine Menschenwürde längst verlorengegangen war. Sicher, er verachtete sie alle, sie hätten alle sterben können in dieser Minute vor seinen Augen es hätte ihm nichts ausgemacht – nur Alkohol machte ihm noch etwas aus. So ließ er sie auch jetzt spotten und hänseln, er hörte sie gar nicht, seine dicke, altersfleckige Hand lag um den Stiel des Weinglases, er dachte: ›Ich habe doch zwei Gläser Wein mehr als ihr!‹ Und: ›Wenn es wieder so paßt, versuche ich es noch einmal!‹

Darauf brauchte er nicht einmal sehr lange zu warten. Es saß ja eine blühende, junge, schöne Frau am Tisch, ein gewaltiger Flirt – den alten Farken-Willem konnten sie alle Tage haben, aber dieses Weiblein durften sie sich nicht entgehen lassen. Vergessen saß der Tierarzt da. Diesmal drehte ihm Doll wirklich ganz den Rücken zu. Dreimal hatte er nun schon die Weinflasche angefaßt und die Hand doch wieder leer zurückgezogen. Beim vierten Male griff er entschlossen zu und schenkte sich neu ein ...

Und sofort fuhr wiederum Dolls Kopf über die Schulter, und, diesmal ohne die geringste Liebenswürdigkeit, sagte er: "Wenn Ihnen das Tempo, in dem wir an diesem Tische trinken, nicht paßt, setzen Sie sich vielleicht an einen anderen? Es sind ja genug Tische frei ..." Und da der Tierarzt ihn zweifelnd, ungläubig, fast flehend anblickte, eher noch gesteigert: "Verstehen Sie mich nicht –? Sie sollen von diesem Tische fortgehen! Ich habe Ihre Unverschämtheiten satt!!!"

Langsam hatte der alte Mann sich aufgerichtet. Langsam ging er auf einen Tisch im entgegengesetzten Winkel des Zimmers zu. (Da es schon sehr spät war, längst nach Polizeistunde, war kein anderer Gast als diese mehr im Zimmer.) Einen Augenblick hatte er geschwankt, aber dann hatte er doch dieses Glas, durch das er so viel verloren, in die Hand genommen, und trug es vorsichtig wie ein Heiligtum vor sich her. War es doch das letzte Glas Wein, das er voraussichtlich an diesem unseligen, so glücklich begonnenen Abend trinken sollte. Hinter ihm spotteten sie auf die gröbste Art, vor Schadenfreude zerplatzten sie bald, diese fetten, vollgetrunkenen Spießer. Übrigens beteiligte sich Doll natürlich nicht an diesen zusätzlichen Demütigungen eines schon Besiegten, vielleicht bereute er sogar seine zornigen Worte – es war ja schließlich ein alter Mann. Aber wenn er bereute, so verging diese Reue rasch, denn die junge Frau sagte plötzlich: "Das war recht, Herr Doll, ich habe den alten Schleicher auch nie ausstehen können!"

Das Trinken und die lebhafte Unterhaltung am Stammtisch gingen weiter – diese Unterhaltung, die immer trunkener wurde. Der alte Tierarzt war vergessen. Er aber saß da an seinem Tischchen, die Hand noch immer um den Stiel seines Glases, das nun schon längst geleert war. Er saß, er sah, er hörte, er zählte. Er zählte die Flaschen, die noch an den Tisch getragen wurden, er zählte die Gläser, die jeder trank, und bei jedem Glase, das sie dort tranken, dachte er: ›Davon hätte ich auch eines haben müssen!‹

Dr. Wilhelm wartete ab, bis die drüben endlich genug hatten und sich zum Bezahlen anschickten. Dann verließ der Tierarzt leise die Gaststube und stellte sich auf vor dem Hotel in einer dunklen Straßenecke.

Lange mußte er warten, bis die beiden auftauchten, jedes sein Rad führend. Er sah das weiße Kleid der Frau, schnurgerade führte sie ihr Rad, während der Mann große Kurven machte, oft halten mußte. Dann nahm er einen neuen Anlauf, stieß gegen das Rad seiner Begleiterin und ließ das eigene fallen. Er brach in ein betrunkenes Gelächter aus und hielt sich an der Frau. Dr. Wilhelm stellte noch fest, daß die beiden an der Straßenecke, an der sie sich hätten trennen müssen, nicht auseinandergingen. Doll begleitete die junge Frau, stolpernd, fallend, fluchend, lachend, auf ihrem Heimwege. Kopfnickend, das lederne Gesicht noch mehr verzogen, als fräße er reine Galle, machte der Tierarzt sich auf den Heimweg, langsam und gravitätisch, mit sehr auswärts gesetzten Füßen.

Am nächsten Morgen schon durchflogen Gerüchte von der ‹Orgie›, die im ersten Hotel der Stadt gefeiert worden, die Straßen und Gassen und gelangten mit den Milchwagen auch bald aufs freie Land. Doll, den ein telefonischer Hilferuf der jungen Frau in die Stadt holte, erfuhr von dieser, daß die sehr bigotte Frau des Hoteliers ihr ‹wegen unsittlichen Auftretens› für heut und immer die Gaststube verboten habe. Die junge Frau war unglücklich und empört; zum erstenmal in ihrem Leben sah sie sich einem jener Kleinstadt-Urteile gegenüber, die ohne Anhören des Beschuldigten gefällt werden und gegen die es weder Berufung noch Wehren gibt.

"Und wir haben uns doch nichts vorzuwerfen! Nichts ist geschehen, nicht einmal ein Kuß! Und dieses Schwein von einem Tierarzt hat erzählt, ich hätte den ganzen Abend auf Ihrem Schoß gesessen, und Sie dann in der Nacht mit mir nach Haus genommen! Wo doch das ganze Hotel weiß, daß Sie dort übernachtet haben!"

Dies war richtig: nachdem sich nämlich herausgestellt hatte, daß Doll weder gehen noch radeln konnte, hatte ihn seine Begleiterin zum Hotel zurückgeführt, wo er sich dann ein Zimmer genommen hatte.

"Nein, Herr Doll, Sie müssen unbedingt mit dem Wirt reden! Das Lokalverbot gegen mich muß aufgehoben und diesen ekelhaften Gerüchten Einhalt getan werden! Sie müssen mir helfen, Doll, ich bin sehr unglücklich! Wie gemein das alles ist –! Die hier hassen eine Frau schon, bloß weil sie gut aussieht und gerne lacht. Am liebsten verkaufte ich unser Wochenendhaus auf der Stelle und käme nie wieder hierher –!"

Tränen standen in den Augen der jungen Frau, und Doll versprach alles, was sie wünschte. Er hätte es aber auch ohne diese Tränen getan, denn auch ihn erfüllten Wut und Haß. Doch sollte er rasch erfahren, daß solche Gerüchte leichter entstehen als ausgelöscht werden. Der unter der Fuchtel der bigotten Frau lebende Hotelier wand sich wie ein Wurm; schließlich, als die Debatte hitziger wurde, verschwand er sachte aus dem Zimmer und – ward an diesem Tage nicht mehr gesehen. Der als Entlastungszeuge angerufene Amtsgerichtsrat, sichtlich von Eifersucht auf den jüngeren, erfolgreichen Doll besessen, war ungewiß in seinen Angaben: in der Gaststube habe er nichts Anstößiges beobachtet. Was dann in der Nacht draußen auf der Straße geschehen sei, darüber könne er freilich nichts aussagen. Mit solchen Geschichten habe er übrigens nicht gerne etwas zu tun –!

Empört rief Doll: "Was soll denn auf der Straße vorgekommen sein –?! Jeder im Hotel weiß, daß ich hier übernachtet habe!"

Sanft, mit gesenktem Kopf, gab die Hoteliere zu bedenken, daß zwischen dem Fortgang der beiden und seiner, Herrn Dolls, Rückkehr ins Hotel immerhin mehr als eine Stunde vergangen sei –!

"Das ist maßlos übertrieben!" rief Doll. "Eine Viertelstunde vielleicht, im höchsten Falle eine halbe Stunde kann es gedauert haben –!"

Die Hoteliere und der Amtsgerichtsrat lächelten, dann meinte die Frömmlerin, auch eine halbe Stunde sei lang, auch in einer halben Stunde könne vieles geschehen ...

Jetzt drückte sich auch der Amtsgerichtsrat aus der Stube, den zornigen Ruf Dolls, wie sie zu der Unverschämtheit komme, zwei unbescholtenen Menschen ohne jeden Anhalt zuzutrauen, sie könnten nicht eine halbe Stunde im Rechten Zusammensein, hörte der alte Richter nur noch vom Gang aus. Er lauschte auch nicht mehr länger: dies sah ganz danach aus, als könne es ein Prozeß werden, und in einem solchen Prozeß als Zeuge aufgerufen zu werden, das war nicht sein Wunsch.

Doll ermatteten in der Folge sowohl Angriffslust wie Empörung im Kampfe gegen eine frömmlerische Frau, die auf all seine Einwände und Forderungen nur mit einem halben Lächeln und zweideutigen, ausweichenden Worten antwortete. Nicht einmal auf seine klare Frage, wie sie es denn nun mit dem Lokalverbot für die junge Frau zu halten gedenke, antwortete sie mit einem klaren Ja oder Nein.

Unvermittelt brach Doll in ein Lachen aus und ließ die Hoteliere stehen. Gegen was kämpfte er hier –? Der Kampf des Don Quichote gegen die Windmühlenflügel konnte nicht aussichtsloser sein wie sein Streit mit dieser Frau, die bestimmt immer ihren angeschwärmten Führer gewählt hatte. Nein, was in dieser Sache noch zu tun war, das war mit dem Urheber all dieser Gerüchte abzumachen, diesem alten Waschweib in Hosen, dem tierärztlichen Freischlucker. Dem wollte er es schon besorgen –! Und von einer neuen Welle seines Zornes emporgetragen, machte er sich auf die Suche nach Dr. Wilhelm. Aber er ging umsonst, er fand ihn weder in seiner Wohnung noch in der Stadt, noch in einerTrinkstube. Es war, als hielte sich der alte Mann in Ahnung des ihm Drohenden versteckt – und vielleicht tat er das wirklich!

So blieb Doll nichts, als zu einem Rechtsanwalt zu gehen und Briefe schreiben zu lassen, an den Tierarzt wie an die Hoteliere. Von dem Anwalt erfuhr Doll, daß jetzt im Kriege Privatklagen wegen Beleidigung nicht angenommen würden. Aber das mußten die andern nicht wissen, und so wurden denn Briefe abgeschickt, in denen ihnen mit gerade solcher Klage gedroht wurde. Vielleicht aber hatten auch sie Anwälte oder wußten Bescheid, jedenfalls antworteten sie nicht. Die Gerüchte gingen weiter.

All dies erhöhte seine Erbitterung, wie die Abreise der jungen Frau seinen Zorn vermehrte: sie hatte flüchten müssen vor dem neidischen Gegeifer dieser Kleinstädter. Ihm war, als suche er sich einen Weg durch eine Wand von Federn und Watte, er mochte noch so stark auf sie einschlagen, sie blieb unverändert. Die Briefe seines Anwalts schienen ihm in dieser Stimmung viel zu sanft und diplomatisch; er setzte sich selbst hin und schrieb einen Brief an den Dr. Wilhelm, in dem er ihm ankündigte, er würde ihn als Ehrabschneider öffentlich ohrfeigen, wo er ihn auch treffe ...

Als er ihn abgesandt hatte, kam die Reue. Dies war seiner nicht würdig, er hatte sich auf das Niveau seiner Gegner begeben, statt sie schweigend zu verachten, wie es bisher sein Standpunkt gewesen. Aber es sollte der Augenblick kommen, da er diesen Brief noch stärker bereute! An einem Vormittag betrat er den Wartesaal des Bahnhofes – da saß er auf dem Sofa, Farken-Willem, vor sich eine Flasche Wein!

Am liebsten wäre Doll auf der Schwelle noch umgekehrt, und für seinen Seelenfrieden wäre es entschieden besser gewesen, er hätte es getan. Aber da saßen neben vielen Fremden auch etliche Mitbürger, die gespannt von ihm auf den Tierarzt blickten. Doll wußte, Wilhelm hatte nach Art aller alten Weiber den Brief den Stammtischgenossen und der halben Stadt gezeigt – die Drohung, sein Gegner werde ihn ohrfeigen, war allgemein bekannt. Ging Doll jetzt zurück, so war der andere der Sieger und jedem neuen Geschwätz Tür und Tor geöffnet.

Doll trat also ein und nahm sich einen Platz, dem andern gegenüber. Ohne ein Wort trug der sonst so geschwätzige Wirt die bestellte Flasche zu. Alle Einheimischen warteten, daß die Fremden den Wartesaal verließen, ihr Zug mußte in einer Viertelstunde fahren. Unterdes saß Doll, die Hand um den Fuß seines Weinglases, im Kampfe mit sich selbst. ›Er ist deiner nicht wert‹, sprach es in ihm. ›Er ist bloß ein alter Mann, ein Waschweib. Was hat der mit deiner Ehre zu tun –?!‹ Und mit einem raschen Blick auf den andern, der wie er stumm, die Hand am Weinglase, saß: ›Aber sie werden mich als Feigling ansehen, alle, er zuerst, wenn ich nichts tue. Ich muß diesen Bürgern zeigen, daß ich mich nicht ungestraft mit Dreck bewerfen lasse! Es gibt kein Zurück!‹

Die Fremden verließen den Saal, es blieben übrig fünf oder sechs Einheimische. Es war ganz still in dem Raum. Dann begann der Wirt Kurz, der hinter der Theke, scharf beobachtend, seine Gläser polierte, ein gleichgültiges lautes Gespräch mit einem Malermeister. "Die kriegen in Berlin mal wieder keinen guten Tag", hörte Doll, denn gerade brausten über das Städtchen fort die feindlichen Luftgeschwader ...

Da stand er schon direkt vor seinem ›Feinde‹. Beide Hände auf den Tischrand gestützt, das Gesicht nahe dem verhaßten, gelben, galligen des andern, fragte er flüsternd: "Wollen Sie jetzt auf der Stelle hier öffentlich Ihre Verleumdungen zurücknehmen –?"

Neben ihm sagte der Wirt halb bittend, halb böse: "Unterlassen Sie das, Herr Dr. Doll! Ich dulde keinen Streit in meinem Lokal! Gehen Sie vor die Tür, wenn Sie ..."

Doll fuhr unbeirrt ebenso leise fort: "Oder wünschen Sie, daß ich Ihnen hier öffentlich mit der Hand ins Gesicht schlage? Sie wie ein Kind strafe, das gelogen hat –?"

Der alte schwere Mann war bewegungslos auf seinem Platz im Sofa sitzen geblieben. Das Gelb seines Gesichtes wandelte sich langsam unter dem drohenden Blick Dolls in ein fahles Grau, aber sein fischiges Auge blickte, ohne zu blinzeln und ohne erkennbaren Ausdruck, auf den Bedroher. Als dieser schweig, war es, als wolle er antworten, seine Lippen bewegten sich, dann erschien die Zungenspitze, wie um sie anzufeuchten, aber kein Laut wurde vernehmbar.

"Also gehen Sie schon, Herr Dr. Doll!" sagte der Wirt mit eifrigem Drängen. "Sie sehen ja, Herrn Dr. Wilhelm tut es leid ..."

Hier begann der alte Tierarzt plötzlich, unbegreiflich hartnäckig, wie eine Pagode mit dem Kopf zu schütteln.

"Pssst! Pssst!" machte der Wirt wieder, als scheuche er Hühner. "Du wirst doch nicht, Willem!"

Doll hatte einen Augenblick diesen pagodenhaft Schüttelnden starr angesehen, jetzt hob er die Hand und schlug mit ihrer Fläche dem Verleumder leicht ins Gesicht.

Wie ein aus tiefster Brust geholtes "Ah –!" kam es von den Zuschauern dieser Szene.

"Da –!" sagte der Wirt, offenbar erleichtert, daß nicht stärker und daß nicht zurückgeschlagen wurde.

Einen Augenblick hatte Doll dem Gegner drohend und doch wie erlöst ins Gesicht gesehen. Die zerrenden, zwängenden Gewalten in seiner Brust hatten sich beruhigt, er war endlich wieder frei, von Haß wie von Zorn. Doch da geschah etwas Schreckliches, ganz Unerwartetes: aus den beiden ausdruckslosen Augen des alten Mannes traten zwei große klare Tränen. Einen Augenblick verharrten sie am Lidrand, dann rollten sie langsam über die Wangen. Andere folgten, mehr und mehr, nun lief es schon in ganzen Bächen über das lederne Nußknackergesicht, das von der Nässe glänzend wurde. Die Kehle begann zu schluchzen: "Oh –! Oh –! Oh –!" schluchzte der alte Tierarzt. "Oh, mein Gott, er hat mich geschlagen! Was soll ich nur tun –?! Oh –! Oh –! Oh –! Ich kann keinem Menschen mehr ins Gesicht sehen, ich muß sterben! Oh –! Oh –! Oh –!"

Als Doll zuschlug, hatten die Sympathien im Raum zweifelsohne ihm gehört, das tief erlöste "Ah!" aus ihren Kehlen hatte das bestätigt. Aber die Tränen des alten Arztes änderten das. Doll war vom ersten Augenblick an fest davon überzeugt, daß es nur Krokodilstränen waren, schlau darauf berechnet, die Wirkung der Züchtigung aufzuheben und die Stadt auf seine Seite zu bringen.

"Oh –! Oh –! Oh –!" weinte Dr. Wilhelm immer noch. "Er hat mich geschlagen – grade heute zu meinem 63. Geburtstag –! Und ich habe ihm nie etwas getan. Immer habe ich für ihn zum Guten gesprochen, wenn die Leute schlecht von ihm redeten. Ich war ihm ja so dankbar für all den vielen Wein, den er mir geschenkt hat –!"

Bei diesen letzten Worten fühlte Doll Zorn und Haß von neuem erwachen. Lebhaft stand ihm die Szene vor Augen, wie er den Tierarzt wegen gar zu eigenmächtiger Freischluckerei vom Tische gejagt. Die Verleumdungen hatten begonnen, nicht, weil er viele Male "vielen Wein" geschenkt, sondern weil er einmal den Wein verweigert hatte. "Nun ist es aber genug!" rief er zornig. "Ein altes Wasch- und Klatschweib sind Sie – darum habe ich Sie geschlagen. Und wenn Sie hier weiter so lügen, werde ich Sie noch einmal schlagen, trotz ihrer verstellten Tränen –!" Und er hob drohend die Hand.

Aber Doll hatte nicht mit den andern im Raum gerechnet. Sie hätten ja eigentlich ihren alten Farken-Willem kennen müssen, und wirklich kannten sie ihn seit vielen Jahren und hielten gar nichts von ihm. Aber diese Tränen und Klagen gegenüber entließen sie sofort ihre Erfahrung und Verstand. Ein schluchzender Alter wirkt immer auf das Gefühl, und sie drängten, der Bahnhofswirt voran, auf Doll ein: "Ja, nun ist es wirklich genug! – Sie werden doch den alten Mann nicht noch einmal schlagen –! – Am besten verlassen Sie sofort das Lokal, Sie können sich auch Ihre angetrunkene Flasche Wein mitnehmen –!"

Und in einem Augenblick war Doll von seinem Feinde fortgedrängt, man gab ihm seinen Hut, der Bahnhofswirt legte ihm in die Aktentasche die eilig zugestöpselte Weinflasche, und plötzlich stand Doll auf dem Platz vor dem Bahnhof. Der Wirt aber sah ihn bekümmert aus den rötlich geäderten Augen an und sagte: "Das hätten Sie nie tun dürfen, Herr Doll, das bringt die ganze Stadt gegen Sie auf! So was tut ein feiner Mensch nicht: Schlagen! – Na, es mag sich ja alles wieder zurecht laufen ..."

Aber leider lief sich nicht alles wieder zurecht. Der Wirt behielt recht: Doll verlor den letzten Rest von Sympathie in der Stadt, er wurde das, was er dann in alle Zukunft bleiben sollte: der meistgehaßte Mann weit und breit.

Und Dr. Wilhelm operierte in diesem Falle mit teuflischer Geschicklichkeit; dieses Mal gab ihm sein galliges Hirn ausgezeichnete Ratschläge. Nach dem Fortgange Dolls hatte er immer weiter geweint und schluchzend versichert, diese Schande überlebe er nicht. Er müsse sich das Leben nehmen, und das gerade an seinem Geburtstage ...

Sie gaben ihm Wein zu trinken, damit er sich beruhigte, viel Wein und dann führten sie ihn nach Haus. Die Kunde aber von der ihm angetanen Schmach durcheilte die ganze Stadt, sie erweckte ihm Sympathien selbst da, wo er nie welche besessen. Nicht umsonst hatte er immer wieder betont, wie schlimm es doch sei, daß dieses ihm grade an seinem Geburtstag geschehen wäre: noch Tage später bekam er Geschenke – Lebensmittel, Wein, Schnaps – von Leuten, die ohne dies Ereignis nie daran gedacht hätten, von dem Geburtstage des Freischluckers Notiz zu nehmen.

Unterdes ging der Krieg weiter, durch ein und durch zwei Jahre. Die Leute hatten jetzt andere Sorgen als die von Doll und seinem schlimmen Lebenswandel.

Auch Doll hatte an anderes zu denken: in diesem Jahre wurde seine Ehe geschieden. Er hatte mancherlei Sorgen, und es tat ihm darum um so mehr weh, wenn er den schon überwunden gewähnten Haß beim Anblick des Tierarztes wieder losbrechen spürte, mit der alten Gewalt, unverändert durch die Zeit, immer noch die alte Schmach ...

Dann tauchte nach langer Abwesenheit die junge Frau wieder im Städtchen auf. Jetzt trug sie schwarze Kleidung. Doll erfuhr, daß sie schon seit längerem Witwe war. Aber wenn die Leute bei dieser Nachricht neugierig in sein Gesicht spähten, so lasen sie darin nichts als Gleichgültigkeit. Und es war wirklich Gleichgültigkeit, die Doll empfand. Wenn er vor zwei Jahren, in einer entflammten Stunde, etwas mehr für diese Frau gefühlt hatte, so war das längst vergessen, er erinnerte sich nicht mehr ...

Aber das Leben in einer kleinen Stadt hat seine eigenen Gesetze. In einer großen Stadt begegnen sich Menschen, um sich nie wiederzusehen. Hier aber war dieser Außenseiter Doll, ein Mann, der trotz seines Geldes durch sein hochfahrendes Wesen nur Verdacht erregen konnte. Und da war diese junge Frau, jetzt zweifelsfrei Witwe, dreiundzwanzig Jahre alt, nicht mehr, obwohl sie bereits die Mutter eines fünfjährigen Kindes war, und sie trug zur Trauer gelackte Fingernägel und machte sich den Mund purpurrot. Die Kleinstadt wußte, was sie von einer solchen Frau zu halten hatte, genau wie sie über Doll Bescheid wußte!

Eine gemeinsame Abwehrfront gegen sich, ausgeschlossen vom Leben der andern, bespitzelt, beargwöhnt, verleumdet, mußten sie eines Tages zueinander kommen.

"Guten Tag!" sagte Doll zögernd. "Wir haben uns lange nicht gesehen ..."

"Ja", antwortete sie. "Und viel ist seitdem geschehen."

"Richtig!" erinnerte er sich und sah die junge Frau an. Sie schien ihm noch schöner in der Trauerkleidung. "Sie haben Ihren Mann verloren ..."

"Ja", bestätigte sie. "Ich habe schwere Zeiten hinter mir. Mein Mann war über ein Jahr krank, ich habe ihn stets allein gepflegt. Und bei jedem Alarm mit dem Kranken in den Keller, die Wohnung halb ausgebrannt ..."

"Schwere Zeiten!" bestätigte er und lachte dann über den neugierigen Blick der vorübergehenden "Frau Kapitänleutnant" böse auf. "Aber dieses Nest hat sich nicht geändert, heute abend werden wir wieder in aller Leute Munde sein."

"Sicher!" bestätigte sie. "Bringen Sie mich ein paar Schritte? Wenn sie klatschen, sollen sie auch mit Grund klatschen! Wollen Sie heute bei mir zu Mittag essen? Ich habe grade ein Huhn vom Lande bekommen; so geht es", sie lächelte, "auch ohne Marken."

"Gut!" antwortete er. "Gerne. Ich bin niemandem mehr Rechenschaft schuldig."

"Ich weiß", sagte sie.

So begann es, und nicht anders ging es weiter. Sie wurden zueinander geführt, aus Trotz, aus Protest, aus einem Gefühl der Vereinsamung heraus. Endlich jemand, mit dem man wirklich sprechen konnte, der kein Verräter war. Später kam mehr dazu: aufrichtige Sympathie, sogar Liebe. Da war ihnen das Geklatsche der kleinen Stadt längst gleichgültig geworden. Sie zogen zusammen in das kleine Blockhaus der jungen Frau, die Mitbürger mochten über solche Schamlosigkeit toben! Jetzt war es Doll auch gleichgültig, als er überall hörte, der Tierarzt Wilhelm erzähle es jedem: nun sehe man es ja, jedes Wort, das er früher berichtet, sei goldrichtig gewesen. Jetzt war es ihm ganz gleichgültig geworden, daß dieser Feind triumphierte.

Aber dann, als sie geheiratet hatten, nicht in dem kleinen Nest, sondern in der großen Stadt Berlin, dann, als sie in der Küche der fast ausgebrannten Wohnung beieinander saßen und Adressen ausschrieben für die Hochzeitsanzeigen – da kam er wieder hoch, der Haß in ihnen allen beiden, und sie vergaßen nicht einen ihrer Feinde. Ein jeder bekam seine Anzeige: Farken-Willem und die bigotte Hoteliere voran! Was sie sich von diesen Anzeigen eigentlich für eine Wirkung versprachen, hätten sie selbst so genau nicht sagen können. Es kam ihnen schon wie ein Triumph vor, daß sie nun doch geheiratet hatten – ihnen allen zum Trotz, ein Schlag ins Gesicht der Prüderie –!

Sie kamen nur gelegentlich aus Berlin zurück in die kleine Stadt. Für viele Tage vergaßen sie oft das Nest in den Wirrnissen der Großstadt, in ihrer stets zunehmenden Düsterkeit, in die nur die Flammenbrände ganzer Straßenzüge ihr schauerlich zuckendes Licht warfen. Sie saßen nebeneinander in unzureichenden Luftschutzkellern, hörten das näherkommende Brausen der Flugzeuge, die ihnen auf den Leib rückenden Einschläge der Bomben ... Sie hielten sich im Arm, die junge Frau sagte beruhigend: "Sie sind schon vorbei!" Dann ein ohrenbetäubendes Knacken und Krachen, das Licht zuckte gelb auf und erlosch ... Sie schmeckten Kalkstaub im Munde, es war, als äßen sie ihren eigenen Tod –.

Wenn sie sich dann über zerstörte Gleisanlagen und Bahnhöfe wieder aus Berlin herausgekämpft hatten, wenn der Zug sie immer tiefer in die Wälder trug, die kein Anzeichen von Zerstörung aufwiesen, wenn sie dann abends, vor dem Rest des Heimwegs, noch in die Bahnhofswirtschaft traten, um rasch einen Schoppen zu trinken – so fanden sie dort alles wie eh und je. Der Wirt war noch ein bißchen geiziger mit seinen Vorräten und noch ein bißchen unverschämter gegen seine Gäste geworden; aber auf dem Sofa saß immer noch am gewohnten Platz der alte lederhäutige Tierarzt.

Sofort aber, wenn Doll diesen Mann neu erblickte, wurde mit einem Ruck der alte Haß in ihm wach. Mit einer elementaren Gewalt brach er in ihm hervor, und erst später kamen die Erinnerungen an all das, was dieser Mann ihnen Übles getan, wie eine nachträgliche und doch so unnütze Begründung. Er war dem Doll unbegreiflich, dieser Haß; so viel Schweres war doch in diesen Zeiten zu ertragen, nach jedem Bombenangriff empfand er das Leben als neu geschenkt. Unbegreiflich war dieser niedrige Haß, und doch mußte man sich mit ihm abfinden. Er hatte diesem Haß in sich Raum gegeben, er hatte ihn einnisten lassen, nun mußte er ihn ertragen, wohl sein ganzes Leben lang.

Ja, das ganze Leben – aber nur des andern Leben lang! Denn wenn er jetzt an dem verschlossenen, düster drohenden Haus des alten Tierarztes auf dem Hinweg zur Arbeit mit seiner jungen Frau vorüberging, wenn er, allein auf seinem Heimweg, das alte, verbeulte Schild mit seinen Grünspanflecken passierte, so vermied sein Auge nicht darum das Haus,weil er den Toten noch immer haßte. Nein, mit seinem Tode war der Haß dahingegangen, an seiner Statt war etwas wie eine Leere geblieben, eine vage Erinnerung an ein Gefühl, dessen er sich hatte schämen müssen. In diesen Zeiten des Umsturzes hatte kein Gefühl mehr Bestand, der Haß verging, es blieb Leere, Öde, Gleichgültigkeit, ferne waren alle Menschen. Nie war man so allein gewesen. Keiner war je so allein gewesen. Nur noch die junge Frau war bei ihm. Aber auch ihr gab er zu verstehen: "Es ist gut. Wir wollen nicht mehr darüber reden. Es ist für immer erledigt."

Nein, wenn Doll seinen Blick von diesem Totenhause abwandte, so hatte das noch einen andern Grund. Immer wieder grübelte er über eines nach: da habe ich ihn doch sitzen sehen in der Bahnhofswirtschaft, die Tränen liefen ihm bachweis über das Gesicht, und er klagte, er müsse sich das Leben nehmen wegen der angetanen Schmach. Aber er hatte sich nicht das Leben genommen, dieser alte Jammerlappen, er hatte aus seiner Schmach, ohne Würde und Scham, ein Geschäft gemacht! Immer, sein ganzes Leben lang, war dieser Dr. Wilhelm ein Feigling gewesen, feige vor dem Hufschlag eines Pferdes, dem Hornstoß einer Kuh, dem Biß eines Hundes, war er zu einem bloßen Impfer von Schweinen im ungefährlichen Alter gesunken: Farken-Willem! Den Namen trug er mit Recht, und er hatte sich auch nie gegen ihn aufgelehnt, gegen diesen Spottnamen, wenn sie ihn beim Freischlucken erbarmungslos so anriefen, immer war er ohne Würde und Mut gewesen ...

›Aber dieser Dr. Wilhelm‹, grübelte Doll dann wohl weiter, ›hat den Mut gehabt, zu tun, was ich zu tun nicht den Mut habe – obwohl ich Tag für Tag auch immer mehr verliere an Würde, Selbstachtung, Scham, Glauben und Hoffnung. Ich kann es nicht, und ich habe mir doch immer eingebildet, ein leidlich mutiger Mann zu sein. Aber er, der Feigling, hat es gekonnt. Er, der Feigling, den ich ins Gesicht schlug, er hat diesen Mut gehabt, und ich habe ihn nicht.‹

Mit solchen Gedanken ging Doll an diesem Hause vorbei, immer mit solchen quälenden Gedanken beschäftigt, denen er um jeden Preis entgehen wollte, und denen er doch nicht entging, er mochte hinsehen oder nicht. Dann suchte er sich das Zimmer vorzustellen, in dem dieser Mann die letzte Stunde seines Lebens verbracht hatte, in dem er "das" getan hatte. Doll wußte, zuletzt hatte der alte Tierarzt fast nichts mehr besessen als Bett, Tisch und Stuhl, alles andere war für Alkohol dahingegangen. Er suchte sich den Mann vorzustellen auf diesem einzigen Stuhl, die Pistole lag auf dem Tisch vor ihm – waren vielleicht auch da Tränen über sein Gesicht gelaufen, hatte er vielleicht auch da "Oh –! Oh –! Oh –!" geflennt –?!

Doll schüttelte den Kopf, er wollte sich dies nicht vorstellen, es quälte ihn zu sehr.

Eines stand jedenfalls fest: der Alte mit der Lederhaut ließ Doll zurück, leer, voller Selbstvorwürfe und Zweifel. So vieles Sichere war in diesen Tagen nun schon zweifelhaft geworden, und über dem alten Tierarzt verlor Doll nun auch noch seinen so alten Haß und den Glauben daran, daß er ein mutiger Mann sei. Wahrscheinlich war er gar nichts, ein ausgeblasenes Ei; er hatte sich mit Selbsttäuschungen gefüttert, und nun zerging alles! Nichts blieb mehr von Doll.

Wie gerne hätte er den Weg vorbei an diesem verschlossenen Hause überhaupt vermieden. Aber die Lage der auf einer Halbinsel gebauten Stadt zwang ihn immer wieder daran vorüber. Zwang ihn zu diesen quälerischen Gedanken. Erzwang von ihm das Geständnis, daß er nichts war, auch nie etwas gewesen war und in aller Zukunft, möge sie nun lang oder kurz sein, nichts sein würde als ein – Garnichts! Immer weiter ein Garnichts –!

Da war es schon am besten, man sagte zu der jungen Frau: "Gut, er ist tot. Wir wollen ihn vergessen. Wir wollen nie mehr von ihm sprechen!"

Es war eine Lüge. Nichts war gut, es konnte nichts vergessen werden. Aber was kam es denn heute noch auf eine Lüge an –?! Mochte die Frau ruhig denken, er haßte den alten Kerl immer noch so, wie er es vordem getan. Er konnte niemanden mehr hassen, aber lügen, das ging noch. Lügen paßte auch besser zu seiner Halbheit.

Viertes Kapitel.
Die Herren Nazis

Die Tätigkeit als Kuhhirt dauerte für Doll nicht lange, dann bewirkte es eine ganze Kette von Zufällen, daß er vom russischen Kommandanten der Stadt zu ihrem Bürgermeister und zum Bürgermeister des ganzen umliegenden Landes gemacht wurde. Dazu kam es in diesen so veränderten Zeiten: der meistgehaßte Mann der Stadt wurde zum Regenten seiner Mitbürger.

Mit den Zufällen begann es aber so, daß eines Nachts über den Zaun des Dollschens Grundstückes ein Rucksack geworfen wurde. Es war ein Wehrmachtsrucksack, und er enthielt die Uniform eines höheren SS-Führers. Den lieben Nachbarn, die dieses Kuckucksei in das Dollsche Nest legten, war der Besitz dieser Uniformstücke bei den stets gründlicher werdenden Haussuchungen wohl zu gefährlich geworden. Warum sie in den Rucksack zu der Uniform nicht noch ein paar Steine taten und ihn dann in dem so bequem liegenden See versenkten, das ist ein Sonderkapitel: es spricht ohne viel Worte ebensosehr für den Anstand der Nachbarn wie für die Beliebtheit Dolls.

Der ahnte natürlich nichts von dieser auf seinem Grundstück liegenden Morgengabe. Er wachte und versank endlich in seinen nun schon fast gewohnten kurzen Sorgenschlaf. Aus diesem Schlaf wurde er diesmal vor Tau und Tage von einer russischen Patrouille geweckt, die sehr böse auf ihn war. Zuerst verstand er gar nicht, was sie von ihm wollten, und es gab eine böse Viertelstunde, bis er begriffen hatte, was dieser Rucksack und diese SS-Uniform für ihn bedeuten konnten: Dolls standen in dem Verdacht, einen SS-Offizier versteckt zu haben! Das ganze Haus, der Boden, die Schuppen wurden um und um gedreht, und wenn sich auch keine Spur von dem Flüchtling (den es ja auch gar nicht gab) fand: Doll wurde doch auf einen zweispännigen Jagdwagen gesetzt und in die Stadt auf die Kommandantur gefahren! Von rechts wie links bewachten ihn Maschinenpistolen. So sahen ihn seine Mitbürger, und bestimmt empfanden sie kein Mitleid bei diesem Anblick, einmal, weil sie alle eigene Sorgen genug hatten, zum andern aber, weil Dr. Doll eben der Dr. Doll war. Gerne gönnten sie ihm alle erdenklichen Schwierigkeiten!

Es gab aber auf der Kommandantur keine mehr: da war ein Offizier, der die Vernehmung leitete, und da war ein Dolmetscher in Zivil, der Dolls Aussagen übersetzte. Nun, da er hinter das Geheimnis des so tückisch abgelegten Rucksacks gekommen war, entblödete sich Doll auch nicht, die Aufmerksamkeit der Russen auf jenes Nebenhaus zu lenken, in dem die Frau des SS-Führers wohnte, die übrigens ebenso boshaft wie dumm gewesen war, denn die Herkunft dieser Uniform mußte ja immer entdeckt werden. Eine Viertelstunde später durfte Doll wieder nach Hause gehen, in die Arme seiner etwas bänglich wartenden Familie zurück.

Der nächste Tag war "Der Tag des Sieges", er war arbeitsfrei. Die gesamte Bevölkerung hatte sich auf dem Platze vor der Kommandantur zu versammeln, der russische Kommandant würde eine Ansprache halten. Als Doll mit seiner Frau den Platz betrat, stand da mit seinem Dolmetscher eben jener Offizier, der ihn am Vortage vernommen hatte. Doll grüßte höflich, die beiden betrachteten ihn ernst, nachdem sie zurückgegrüßt hatten, und flüsterten miteinander. Dann wurde Doll herangewinkt, und der Dolmetscher fragte ihn namens des Offiziers, ob er es sich wohl zutraue, über die Bedeutung dieses Siegestages zu der deutschen Bevölkerung zu sprechen.

Doll antwortete, er habe solche öffentliche Ansprache bisher wohl noch nicht gehalten, aber das Vertrauen habe er schon, daß er das nicht schlechter machen würde als ein anderer. Darauf wurde er in die Kommandantur geführt – sein Weib hatte draußen unter dem wartenden Volke zu bleiben –, man setzte ihn in ein Zimmer des oberen Stockwerkes. Durch eine Glastür sah er den Kommandanten vom Balkon sprechen, und der Dolmetscher flüsterte Doll ein paar Stichworte, was etwa zu sagen wäre, ins Ohr. Dann wurde es in dem Zimmer ganz still, draußen sprach noch immer der Kommandant. Er war ein kleiner Mann mit einem blassen, bräunlichen, hübschen Gesicht, eine richtige Reiterfigur. Die weißen Handschuhe, die er sonst an den Händen trug, hatte er jetzt ausgezogen; er hielt sie in einer Hand, und manchmal unterstrich er mit ihnen einen Satz, den er gesagt hatte. Der Kommandant sprach immer zwei oder drei Minuten lang, dann machte er eine Pause und gab dem Dolmetscher Gelegenheit zum Übersetzen.

Aber die Übersetzung dauerte kaum eine Minute, wie das meist bei ungenügenden Dolmetschern der Fall ist. Manchmal tönte aus der nicht sichtbaren Tiefe ein Bravogeschrei.

›Na, wartet nur!‹ dachte Doll ärgerlich. ›Es ist doch kaum drei Wochen her, da habt ihr noch "Heil Hitler!" geschrien und habt vor der SS gekatzbuckelt und habt im Volkssturm euch Ämter zugeschanzt – ich werde es euch nachher schon sagen, was ich von euerm jetzigen "Bravo" denke!‹

Trotzdem fand er, daß es reichlich warm sei. Gewiß, es war ein schöner Maitag, aber es war erst morgens zehn Uhr, doch schon stand der Schweiß auf seiner Stirne. Der Dolmetscher neigte sich wieder zu ihm und fragte, ob Doll etwa aufgeregt sei –? Ob er vielleicht ein Glas Wasser wolle –?

Lächelnd meinte der Gefragte, ein Glas Schnaps sei ihm lieber. Darauf wurde er unverzüglich in die Offiziersmesse gebracht und ihm ein ganzes Wasserglas sehr starken Wodkas eingeflößt.

Fünf Minuten später stand nun er an der Brüstung des Balkons, wenig hinter ihm der Kommandant mit seinem Dolmetscher, der nun die Dollsche Rede zu übersetzen hatte. Es gab übrigens noch mehr Offiziere auf dem Balkon, Offiziere, die Doll in den nächsten Wochen noch recht genau kennenlernen sollte. Aber in dieser Stunde sah er sie nicht, er sah nur die Menschen unter sich, eine große Menge, seine Mitbürger, die alle erwartungsvoll die Gesichter zu ihm erhoben hatten.

Zuerst verschwammen diese Gesichter zu einem einzigen grauweißen Strich über dem dunklen, breiten Band der Kleidung. Dann, während er die ersten einleitenden Sätze sprach, unterschied er plötzlich die einzelnen. Während er noch ein wenig besorgt auf seine Stimme lauschte, die nie sehr stark gewesen war, jetzt aber doch den Platz unter ihm gut auszufüllen schien, entdeckte er plötzlich auch seine Frau, fast direkt zu seinen Füßen. Da stand sie, rauchte mit der ihr eigenen Unbekümmertheit ruhig eine Zigarette, und die Nächststehenden hielten sich in einer kleinen Entfernung von ihr, während doch sonst alles auf dem Platz dicht an dicht stand. So bestätigten sie auch jetzt, wissentlich oder unwillkürlich, jene Isoliertheit, in der beide Dolls stets in diesem Städtchen gelebt hatten, und in der, allen Augen nun sichtbar, sich Doll selbst in dieser Minute auf dem Balkon der Kommandantur befand.

Er nickte, ohne sich zu unterbrechen, ihr allein merklich, hinunter, sie lächelte zurück und hob die Hand mit der Zigarette, ihm zum Gruße. Sein Blick glitt weiter, er blieb haften auf dem graubärtigen Gesicht eines nationalsozialistischen Stadtvaters, eines Baumeisters, eines stillen Mannes eigentlich, der aber immerhin seine Parteistellung listig dazu mißbraucht hatte, seine Konkurrenten nah und fern um die eigene Existenz zu bringen. Nicht weit von diesem Manne stand ein Kleiner, mit einem sowohl durchtriebenen wie brutalen Gesicht: er hatte die Parteibeiträge kassiert und dabei den Spitzel für die Bonzen gemacht, diese Bonzen, die alle in die westliche Zone entflohen waren ...

Doch blieben noch genug von den Kleineren: da der Postsekretär, der den Wachtmeister im Volkssturm abgegeben hatte, dort ein Schullehrer, gefürchteter Denunziant, der Bahnhofswirt Kurz, Tyrann und, wie es sich nun herausgestellt hatte, auch Spitzel, und nun – Dolls Augen leuchteten auf – dicht beieinander, mit beinahe spöttischen Mienen wie bei einer Schmierenaufführung zwei Frauen, Frau und Tochter jenes SS-Führers, dessen Uniform ihm gestern früh beinahe noch Verderben gebracht hätte.

Doll lehnte sich vor, er sprach schneller, lauter, er redete nun von den Zeiten, die eben noch gewesen waren, ihren Nutznießern, den Schuldigen und Mitläufern. Und während er immer weiter sprach, während sie stur, als könne keiner von ihnen gemeint sein, ihr "Bravo" und "Sehr richtig!" riefen, fiel es ihm auf, wie verändert diese Mitbürger doch aussahen. Es waren nicht nur die bleichen Gesichter, von Angst, Sorgen, Kummer und Nachtwachen gezeichnet, es waren nicht nur jene, die, dem ersten Anprall auszuweichen, tagelang in der Forst gelegen hatten und deren Kleider jetzt verblichen und zerschlissen aussahen – nein, alle hatten sie plötzlich etwas Bettelhaftes, Abgerissenes an sich, alle schienen sie viele Stufen in der sozialen Rangleiter hinabgestiegen, hatten aus irgendwelchen Gründen eine lebenslang behauptete Position aufgegeben und sich ohne Scham aufgestellt zwischen den andern Schamlosen: so sahen sie wirklich aus, möge es jeder nur sehen, so hatten sie immer ausgesehen, wenn sie alleine mit sich gewesen waren. Es gab nichts mehr, das der Mühe des Versteckens wert gewesen wäre, bei diesen Menschen aus einem Volk, das seine Niederlage ohne alle Würde, ohne eine Spur von Größe ertrug.

Da war der dicke Hotelier mit dem sonst weingeröteten, feisten, lächelnden Gesicht, jetzt war es fahl, verdüstert von einem tagelang nicht rasierten Bart. Und seine bigotte Frau, die sparsame Hoteliere, die den Ärmsten noch um die Pfennige gekniffen hatte, und die am liebsten jede Tüte nachgewogen hätte, sie, die immer nur in sackartig geschnittenen schwarzen oder grauen Kleidern gegangen war, jetzt trug sie ein ehemals weiß gewesenes Tuch um das Gesicht, das an die Zahnschmerzentücher Wilhelm Buschs erinnerte. Über ihrem dürren Leib saß jetzt eine blaue Schürze, wie sie die Waschfrauen tragen, und um die Hände hatte sie sich schmuddelige Mullbinden gewickelt.

›Hat sich selbst aufgegeben, ist verloren, dieses Volk‹, dachte Doll. Er hatte im Eifer seiner Rede aber nicht die Zeit, an sich selbst zu denken, der doch privatim in einer ganz ähnlichen Lage war. Er brachte ein Hoch auf den 7. Mai, die Rote Armee und ihren Generalissimus Stalin aus, er sah sie schreien und jubeln (denn es war ihnen neben Gerechtigkeit und Freiheit auch Brot und Fleisch versprochen) und die Arme erheben, viele noch den rechten, in der Art, die ihnen seit Jahren eingedrillt war.

Auch dem Kommandanten und seinen Offizieren schien die Rede nicht mißfallen zu haben. Doll wurde aufgefordert, mit seiner Frau in der Offiziersmesse ein Glas mitzutrinken. Die Wodkagläser schienen noch größer, der Schnaps noch schärfer geworden – und es wurde nicht nur ein Glas getrunken. Als Doll mit seiner Frau durch die sonnenhellen Straßen heimwärts ging, schwankten sie beide ein wenig, Doll aber stärker. Gottlob saßen die Kleinstädter noch bei ihrem Mittagessen, und alle verdammten sie den an ihren Fenstern Vorübergehenden seiner Rede wegen als Überläufer und Verräter, und alle hätten sie so gerne an seiner Stelle gestanden!

Schon ziemlich außerhalb der Stadt, wo es kaum noch Häuser gab, auf jener, durch dünnen Laubwald führenden Straße, die offiziell nur den Namen "Kuhdamm" führt, kam Doll ins Stolpern. Der Wodka bewirkte es, daß er, da er nun doch einmal stolperte, auch hinfiel, und daß er liegenblieb, wie er gefallen war. Er schlief ein. Frau Doll sprach dem Manne, der doch immer weiterschlief, gut zu, sich aber selber nach ihm zu bücken und ihn aufzuheben, das wagte sie nicht. Auch sie fühlte sich ihrer Beine nicht mehr sicher. So versuchte sie es mit einem Tritt in die Seiten, aber dieser Tritt, der sie fast zu Boden gebracht hätte, konnte den Schläfer nicht erwecken.

Die Lage war schwierig. Gute zehn Minuten Weg waren noch bis an ihr Heim zurückzulegen, und wenn sie selbst sich diesen Weg schließlich zutraute, so widerstrebte es ihr doch, den Mann auf der Straße liegen zu lassen als einen ausgezeichneten Anlaß zu neuem Geklatsch unter den Kleinstädtern. Zum Glück beider Dolls tauchten jetzt zwei russische Soldaten auf der Straße auf. Frau Alma winkte sie zu sich und gab ihnen mit wortreichen Pantomimen zu verstehen, was geschehen war und was zu geschehen hatte. Ob die beiden Russen sie nun verstanden oder nicht, für den trunken schlafenden Mann hatten sie jedenfalls Verständnis. Sie luden ihn sich auf und trugen ihn in sein Heim. Lachend nahmen sie Abschied von der jungen Frau ...

Wenn die aber gedacht, jetzt sei das Gerede im Nest vermieden, so hatte sie sich wieder einmal geirrt. In solcher Kleinstadt hat alles Augen, sogar der "Kuhdamm", an dem "eigentlich gar keine Häuser stehen", und was nicht gesehen wurde, das erfand man. Gleich lief ein Gerede von Haus zu Haus, mit Spott und Triumph wurde es weitererzählt: "Der Doll, dieser Kerl, der sich mit seiner Rede bei den Russen hat anschmieren wollen, ist aber schön reingefallen! Wissen Sie es schon –? Sie wissen es noch nicht –?! Also, hören Sie: diese Rede hat den Russen so wenig gefallen, daß sie ihn ganz hübsch zuschanden geprügelt haben! So schlimm haben sie ihn verhauen, daß er nicht mehr hat gehen können, zwei russische Soldaten haben ihn nach Haus tragen müssen! Er wird wohl lange liegen – recht ist dem Kerl geschehen –!"

So wurde es erzählt, und so wurde es nach Kleinstadtweise auch allgemein geglaubt, selbst von jenen, die in den Mittagsstunden Herrn und Frau Doll an ihren Fenstern hatten vorüberwanken sehen. Groß war der allgemeine Triumph, um so schmerzlicher war es dann, noch nicht eine Woche später erfahren zu müssen, daß derselbe zuschanden geprügelte Doll vom russischen Kommandanten zum Bürgermeister ernannt worden war.

Allerdings gab es von diesem Augenblick kaum einen, der sich nicht umgestellt und entdeckt hätte, daß er eigentlich immer viel von Doll gehalten und ihm immer alles Gute gewünscht hatte. Nachdem sie das ihren Nachbarn und Freunden etwa ein halb dutzendmal erzählt hatten, glaubten sie es selbst und hätten jeden einen Lügner und Verleumder gescholten, der sie an frühere Worte über diesen selben Doll erinnert hätte.

Doll aber hatte den Bürgermeisterposten nicht gerne angenommen, erst als es ihm befohlen worden war. Nie war er ein Mann des öffentlichen Lebens gewesen, und nun schon gar kein Beamter, und weil er einmal, vom Wodka befeuert, eine Rede gehalten hatte, so hieß das noch nicht, daß er Lust hatte, weiter als öffentlicher Redner zu wirken. Zudem befand er sich, wie schon berichtet, zu jener Zeit in einer schweren inneren Krise. Unglaube, Zweifel an sich und der Umwelt quälten ihn, eine tiefe Mutlosigkeit lähmte seine Kraft, und eine nichtswürdige Apathie störte sein Interesse an jedem Vorgang auf dieser Welt. Zudem sagte sein Instinkt ihm, daß dieses Amt, durch das Wohl und Wehe seiner Mitbürger ihm in die Hand gelegt wurden, ihm selbst wohl nur Kummer und Sorge und übermäßige Arbeit bringen würde. Seine Frau sagte: "Wenn du Bürgermeister wirst, dann geh ich in den See!" Als er es dann auf Befehl wurde, tat sie's freilich nicht, sondern blieb bei ihm, lebte nur für ihn und suchte ihm die wenigen Stunden im eigenen Heim so schön wie nur möglich zu machen. Aber das eigentliche Zusammenleben war vorüber.

Denn Doll hatte es ganz richtig vorausgesehen, daß seine Bürgermeisterei ihm wenig Freude, wohl aber unendlichen Ärger und Sorgen bringen würde. Eine kaum zu bewältigende Fülle von Arbeiten stürmte auf ihn ein, und wenn sein Bezirk mit dem Städtchen und den rund dreißig Landgemeinden auch nicht groß war, von morgens bis weit in die Nacht mußte er doch arbeiten – und länger kann das auch der Oberbürgermeister der größten Weltstadt nicht. Es war unendlich viel neu aufzubauen, zu regeln, einzurichten und zu schlichten, und es gab so gut wie nichts an Hilfsmitteln: alles war von den Nazis und der SS ausgeraubt und zerstört, sogar der Wille zur Mitarbeit unter den Einwohnern. Sie waren so böse, so kleinlich, so auf das eigene Ich bedacht, sie mußten befohlen, geschoben, oft mit Strafen bedacht werden. Hinter seinem Rücken taten sie dann alles, was sie konnten, der allgemeinen Sache zu schaden und sich zu nützen. Ja, oft taten sie sogar Schaden aus reiner Schadenfreude, ohne jeden Eigennutz.

Aber all das hatte Doll so ungefähr vorausgesehen, und wenn sie widersetzlich und bösartig waren, so stachelte ihn das eher an, und einen Rückhalt fand er immer bei den Offizieren der Roten Armee. Dort wurde auf weite Sicht geplant und vorausgearbeitet, dort dachte man nicht nur an das Heute. Was Doll aber nicht vorausgesehen hatte, war eine neue Einbuße seines Selbstgefühls, auch bei dieser Arbeit verlor er etwas von dem festen Bestand seines inneren Seins. Es war wirklich so, und dieses Gefühl wurde je länger je stärker, selbst jetzt im tätigsten Leben, als solle Doll – und vermutlich mit ihm sehr viele Deutsche – nun auch des letzten inneren Besitzes beraubt werden. Nackt und leer sollten sie dastehen, mit den Lügen, die man ihnen ein Leben lang als tiefste Wahrheit und Weisheit eingetrichtert hatte, sollte auch der Eigenbesitz an Liebe und Haß, Erinnerung, Selbstachtung, Würde verlorengehen. In diesen Stunden zweifelte Doll oft, ob die Leere in seiner Brust sich je wieder füllen würde.

Da war er nun zwölf Jahre hindurch von den Nazis schikaniert und verfolgt worden, sie hatten ihn vernommen, verhaftet, seine Bücher mal verboten, mal erlaubt, sein Familienleben bespitzelt, kurz, sie hatten ihm jede Lebensfreude genommen. Aber aus all diesen kleineren und größeren Verletzungen und aus all dem, was er an Gemeinheiten, Schändlichkeiten, Abscheulichkeiten in diesen zwölf Jahren gesehen, gehört, zwischen den Zeilen der prahlerischen Nachrichten und Leitartikel gelesen hatte, aus all dem war ein dauerhaftes Gefühl entstanden: ein abgrundtiefer Haß gegen diese Vernichter des deutschen Volkes, ein Haß, der so tief saß, daß ihm nicht nur die Farbe "Braun", nein, daß ihm schon das Wort "Braun" widerwärtig geworden war. Er überstrich, bemalte in seinem Bereich alles Braune, es war ein Tick bei ihm.

Wie oft hatte er nicht zu seiner Frau gesagt: "Nur Geduld! Wir kommen auch wieder dran! Aber wenn es dann so weit ist, werde *ich* nichts vergessen haben, niemandem werde ich verzeihen, ich denke nicht daran, großmütig zu sein – wer ist denn zu einer Giftschlange großmütig –?!"

Und er hatte es ausgemalt, wie er den Schullehrer mitsamt seinem Weibe aus der Wohnung holen würde, wie er die beiden vernehmen, drangsalieren und schließlich bestrafen würde, diese beiden, die sich nicht entblödet hatten, sieben- und achtjährige Kinder zu Spitzeln der eigenen Eltern zu machen! "Wo hat dein Vater das Führerbild hängen? Was sagt deine Mutter zum Vater, wenn der Sammler für das Winterhilfswerk kommt? – Wie sagt er Heil Hitler? – Spricht euer Radioapparat nicht manchmal eine Sprache, die du nicht verstehst –?"

O ja, der Haß gegen diesen Jugenderzieher, der siebenjährigen Kindern Fotos gezeigt hatte, auf denen scheußlich verstümmelte Leichen dargestellt waren, dieser Haß schien dauerhaft gegründet.

Und nun war dieser selbe Doll Bürgermeister geworden, und ein Teil jener Vergeltung, von der er so oft gesprochen, mit deren Ausmalung er seinen Haß genährt hatte, war ihm zur Pflicht gemacht. Ihm lag es ob – zu manchen andern Aufgaben –, diese Nazis in harmlose Mitläufer und in tätige Verbrecher aufzuteilen, sie in ihren Schlupfwinkeln aufzutreiben, in die sie sich eiligst verkrochen hatten, sie von den Druckposten zu entfernen, die sie schon wieder mit ebenso großer Geschicklichkeit wie Schamlosigkeit bezogen hatten, ihnen erschwindeltes, geraubtes, erpreßtes Eigentum wieder abzunehmen, ihre Hamstervorräte an Lebensmitteln zu enteignen, ihre großen Wohnungen mit den Heimatlosen zu belegen – das alles war nun seine Pflicht geworden. Zwar, die eigentlichen "Führer", die Hauptschuldigen, waren längst nach dem Westen entflohen, aber auch die kleinen Nationalsozialisten waren ein Ekel. Alle versicherten sie – heilig empört oder mit Tränen in den Augen –, daß sie nur gezwungen in die Partei eingetreten seien oder höchstens aus wirtschaftlichen Gründen. Alle waren bereit, darüber eine eidesstattliche Erklärung zu unterschreiben, am liebsten hätten sie das alles gleich mit den heiligsten Eiden vor der Welt und vor Gott beschworen. Unter all diesen zwei- oder dreihundert Nationalsozialisten war nicht ein einziger, der aus "innerer Überzeugung" der Partei beigetreten wäre. "Unterschreiben Sie schon die eidesstattliche Erklärung", sagte Doll dann oft ungeduldig. "Es ändert zwar nicht das geringste, aber wenn es Sie glücklich macht –! Wir hier in diesem Amtszimmer wissen längst, daß es überhaupt nur drei Nationalsozialisten auf der Welt gegeben hat: Hitler, Göring und Goebbels! – Erledigt, der Nächste!"

Später besuchte dann Bürgermeister Doll mit ein paar Polizisten (die in diesen ersten Anfängen auch manchmal recht fragwürdige Gestalten waren) und einem Protokollführer die Häuser und Wohnungen dieser Nationalsozialisten. Er fand in ihren Schränken Berge von Wäsche – kaum benutzte darunter, während im Dachgeschoß eine ausgebombte, aus Berlin evakuierte Mutter nicht wußte, wie sie ihre Kinder anziehen sollte. Ihre Schuppen waren bis zur Decke gefüllt mit trockenem Holz und Kohlen, aber ein festes Vorhängeschloß hing vor der Tür, und nicht ein bißchen wurde denen gegeben, die nichts hatten, womit eine Suppe kochen. In den Kellern dieser braunen Hamster standen Säcke mit Getreide ("Ist ja alles bloß Hühnerfutter!"), mit Schrot ("Hab ich auf Bezugschein vom Amt für mein Schwein gekriegt!"), mit Mehl ("Ist kein richtiges Mehl, nur zusammengefegter Mühlenstaub!"). In ihren Speisekammern standen die Regale voll von Vorräten, aber für jede Ware hatten sie eine Lüge bereit. In den Gesichtern stand ihnen die Angst um ihr kostbares Leben geschrieben, aber auch jetzt noch konnte diese Angst sie nicht abhalten, diese Vorräte bis zur letzten Sekunde zu verteidigen: alles war legal erworben! Noch standen sie neben dem Wagen, der ihnen die Hamsterschätze entführte, sie wagten keine Drohung, aber in ihren Gesichtern stand heilige Empörung geschrieben über dieses ihnen angetane Unrecht –!

Bei diesen Beschlagnahmen trug Doll immer eine böse und schneidende Miene zur Schau, er fühlte sich aber nur angeekelt und müde. Er, der immer am liebsten allein für sich gelebt hatte, der auch in der Ehe sein Recht auf Alleinsein wie ein Heiligtum verteidigt hatte, er mußte jetzt fast den ganzen Tag mit Menschen zusammen sein, mit ihnen reden, etwas von ihnen erzwingen, Tränen sehen, Schluchzen, Proteste, Einsprüche, Bitten hören –: sein Kopf glich oft einem lärmerfüllten Abgrund.

Manchmal dachte er dann flüchtig: ›Wo ist denn eigentlich mein Haß geblieben? Dies sind doch nun die Nazis, denen ich Rache geschworen hatte, deren Schandtaten ich nie vergessen und verzeihen wollte. Und hier stehe ich und empfinde nichts wie Ekel und sehne mich nur nach meinem Bett, in dem ich schlafen, schlafen möchte und all dies vergessen – nur nichts mehr von all diesem Dreck sehen!‹

Aber in diesen arbeitsüberlasteten Tagen und Wochen hatte er nie Zeit für sich. Er konnte nie etwas für sich zu Ende denken, immer war sein Hirn mit anderem beschäftigt. Manchmal hatte er das unsichere Gefühl, als rinne er ganz leer aus, eines Tages werde er nichts sein als ein hohles Knochengerüst, nur mit Haut überzogen. Aber er hatte keine Zeit, weiter darüber nachzudenken, er wurde sich nicht klar, ob er die Nazis nun wirklich nicht mehr haßte, oder ob er nur zu müde war, überhaupt noch ein lebhaftes Gefühl zu empfinden. Er war kein Mensch mehr, er war nur noch ein Bürgermeister, eine Arbeitsmaschine.

In einem einzigen Fall schien es noch zu einer lebhafteren Regung von Haß in Doll zu kommen. Im Städtchen hatte seit eh und je ein Herr Zaches gelebt, wie seine Eltern und Großeltern, ein richtiger Eingeborener also, wie sie allein von der ursprünglichen Bevölkerung für voll angesehen wurden. Dieser Zaches nun hatte bis zur sogenannten Machtergreifung ein kleines, nur kümmerlich gehendes Bierverlaggeschäft betrieben und aus Brunnenwasser, Kohlensäure und bunten Essenzen die Kinder erfreuenden Brausen hergestellt, und schließlich auch noch Tabakwaren im Engros an die Gastwirtekundschaft vertrieben. Dies alles zusammen hatte aber nicht ausgereicht, Zaches und seine Familie zu ernähren. So hatten die beiden sonst Bier ausfahrenden Klepper noch jede andere Art von Fuhrwerk erledigen müssen, sie hatten Koffer und Kisten von der Bahn geholt, Holz aus dem Walde gefahren und den kleinen Leuten ihre Äcker gepflügt und bestellt. Und bei alledem hatte es nicht weiter als bis zu einem Hungerleiderdasein gereicht; jederzeit war Zaches vom Ruin bedroht gewesen, ein abspringender Kunde war schon eine Gefahr, und die Zahltage an die Brauerei waren Angst- und Schreckenstage für alle, die zum Hause Zaches gehörten.

Mit der "Machtergreifung" hatte sich das alles grundlegend geändert. Wie viele vor 1933 von einer Katastrophe bedrohten Unternehmer war Zaches der Partei beigetreten, geblendet durch die Phrasen von der Brechung der Zinsknechtschaft und dem in Aussicht gestellten allgemeinen Wohlstand. Politik interessierte ihn natürlich überhaupt nicht, wohl aber das eigene gute Auskommen, und das fand er nun wirklich nach 1933. Unmerklich zuerst, dann immer frecher werdend, grub er seinen Konkurrenten, die nicht so klug gewesen waren, zeitig in die Partei einzutreten, das Wasser ab. Er nötigte die Gastwirte, nur noch von ihm Ware zu beziehen, und die ihm gefällig waren, denen tat er auch manchen Gefallen. Er behob kleine politische Schwierigkeiten, verschaffte Vorteile durch Fürsprache beim Bürgermeister und nützte überhaupt seine Stellung in allen möglichen Ausschüssen, Vorständen und Räten rücksichtslos zum eigenen Besten aus. Wer ihm aber widerstand, gegen den sammelte er insgeheim Material, ließ seine Worte und Werke bespitzeln, drohte dann oder zog das Netz zu, je nachdem, was ihm vorteilhafter erschien.

Darüber blühte sein Geschäft auf. Neben den Pferden für einen Lastwagen hielt er jetzt ein besonderes Gespann, das nur Flaschenkisten und Fässer auszufahren hatte. Und aus dem dienernden, immer höflichen Hungerleider Zaches war jetzt das nationalsozialistische Parteimitglied Herr Zaches geworden, Vorstand da und dort, ein Mann, der mit Schärfe reden konnte, der wußte, daß viel Geld hinter ihm stand, dazu aber auch eine Partei, die Herrin über Glück und Unglück, Leben und Tod ihrer Mitbürger war. Über all dem war Zaches ein großer, fetter Mann geworden, und nur die ungesunde, fahle Gesichtsfarbe und der stechende Blick seiner dunklen Augen, die niemanden gern grade ansahen, erinnerten noch an vergangene Hungerjahre. Als dann der Krieg ausbrach, grade in seinem Betrieb die Waren besonders knapp und begehrt wurden, änderte das nichts an seinen großen Verdiensten, im Gegenteil, er verdiente an der wenigen schlechten Ware noch mehr als an der guten. Dazu trug ihm das Fortgehen so vieler Männer in den Krieg noch eine Reihe von neuen Posten ein, und wie alle Nationalsozialisten fühlte er sich nicht an die Bestimmungen über die Lebensmittelbewirtschaftung gebunden. Vom Lande holte er sich, was er brauchte an Speck, Eiern, Geflügel, Butter und Mehl, und was er nicht aufessen konnte, verkaufte er zu Wucherpreisen, völlig sicher, daß einem alten Parteimitgliede nichts geschehen konnte.

Das blieb auch wirklich wahr – bis die Rote Armee ins Land rückte. Zaches gehörte zu den ersten, die festgesetzt wurden. Bei ihm war die eidesstattliche Erklärung, daß er nur aus wirtschaftlichen Gründen der Partei beigetreten; sicher nicht erlogen, aber er war durch viele Jahre solch eigensüchtiger Schädling und Feind des Volkes gewesen, daß wirtschaftliche Gründe nicht das geringste milderten. Und doch hatte er wieder mehr Glück als er verdiente. Bald mußte ihm wieder ein gewisses Maß von Freiheit zugestanden werden, weil er nämlich in der Molkerei der Stadt gebraucht wurde. Zaches hatte in seiner Jugend einmal das Molkereifach erlernt, auch in schlechten Zeiten immer mal dort ausgeholfen, so daß er jetzt ausgezeichnet in den Betrieb einspringen konnte. Wohl oder übel mußte er dort eingesetzt werden, niemand sah es gerne. Doll am wenigsten. Aber die Ernährung der Kinder und Mütter der Stadt verlangte gebieterisch, daß die politischen Interessen fürs erste zurücktraten.

So ging es eine Weile, als gewisse Gerüchte das Ohr des Bürgermeisters erreichten, und er sich den ehemaligen Bierverleger und jetzigen Molkereileiter Zaches auf die Amtsstube holen ließ. "Hören Sie mal, Zaches!" redete er dort den fahlen und immer noch fetten Mann an, der ihm nicht ins Auge zu sehen wagte. "Die

Leute sprechen mir reichlich viel von einem großen Warenlager, das Sie noch versteckt halten sollen. Wie steht es damit –?"

Wie nicht anders zu erwarten, versicherte Zaches, daß er kein Warenlager mehr versteckt halte. Er gebe es frei und offen zu, daß er in seinem Garten an sieben Stellen Kisten mit Wein und Schnaps vergraben gehabt habe. Diese Verstecke seien sämtlich entdeckt, und nun gebe es nichts Verheimlichtes mehr.

Während Zaches so in aller Biederkeit sprach, hatte ihn Doll scharf beobachtet und sagte jetzt: "Das mit den sieben Fundstellen weiß jeder hier in der Stadt. Aber trotzdem hält sich hartnäckig das Gerücht, daß das Gefundene nur eine Kleinigkeit sei gegen das große Versteck, das noch nicht gefunden ist ..."

"Es gibt kein großes Versteck mehr, Herr Oberbürgermeister", versicherte Zaches mit Nachdruck. "Es ist alles gefunden. Ich habe nichts mehr."

"Sagen Sie das doch noch einmal, Zaches, und sehen Sie mich dabei an!"

"Wie –?!" Zaches wurde ganz verwirrt bei einer so ungewöhnlichen Aufforderung. "Ich soll –?"

"Sie sollen mir – Oberbürgermeister hin und Bürgermeister her – noch einmal versichern, daß es kein großes Versteck mehr gibt und mir dabei grade ins Auge sehen!"

Aber das konnte Zaches nicht. Schon beim dritten oder vierten Worte irrte sein Blick ab, und mußte, zurückgerufen, doch gleich wieder fliehen. Zaches verwirrte sich, stotterte endlich und schwieg nun ganz ...

"Ja", sagte der Bürgermeister nach einer längeren Pause langsam, "jetzt weiß ich, Sie lügen. Es ist etwas Wahres an dem Gerücht."

"Bestimmt nicht, Herr Oberbürgermeister! Beim Leben meiner Mutter ..."

"Ach, lassen Sie doch solche Sachen, Zaches!" sagte Doll angeekelt, "Jetzt überlegen Sie einmal, gebrauchen Sie ihren Verstand ... Sie sind immer ein Nazi gewesen –"

"Nie ein richtiger, Herr Oberbürgermeister! Bloß, weil mir das Messer am Halse stand, bin ich in diese Dreckspartei eingetreten. Bloß, weil ich sonst den Bankrott hätte ansagen müssen, gewißlich wahr, Herr Oberbürgermeister!"

"Sie haben nicht die geringste Aussicht, wieder in Ihren Besitz eingesetzt zu werden, und gar in den Genuß des versteckten Gutes kommen Sie bestimmt nicht! Nun liegen die Dinge aber so", fuhr Doll überredend fort, "daß die versteckten

Sachen, die ich als Bürgermeister finde, für uns Deutsche bleiben dürfen, Zaches. Es gibt Hunderte von Menschen in dieser Stadt, Zaches, Sie wissen es so gut wie ich, denen das Nötigste fehlt. Und dann ist da das neugegründete Krankenhaus – es liegen schon achtzig Kranke dort –, wie gut würde da manchem ein Glas Wein tun, wie rasch hebt sich eine niedergedrückte Stimmung, wenn wir ein paar Zigaretten verteilen könnten! Zaches, seien Sie ein Kerl, denken Sie mal nicht an sich, denken Sie an all die, denen es schlecht geht, helfen Sie denen –! Denken Sie doch einfach, Sie machen eine großzügige Stiftung. Sagen Sie mir, wo Ihr Versteck liegt –!"

"Ich würde den Leuten ja so gerne helfen", antwortete der fette Mann und hatte vor lauter Rührung Tränen in den Augen. "Aber ich habe nichts mehr, ich habe wahrhaftig gar nichts mehr, Herr Oberbürgermeister! Tot will ich auf der Stelle umfallen, wenn ich noch was versteckt habe ..."

"Sie haben zwölf Jahre lang ein gutes, ein reichliches Leben gehabt", Zaches, fuhr Doll fort und schien nicht gehört zu haben, was der andere so eifrig versicherte. "Sie haben dabei nie an die andern gedacht. Jetzt wissen Sie's ein wenig selbst – erst seit sechs Wochen, Zaches, erst seit sechs Wochen! –, wie schwer ungewohnte Arbeit ist, wie weh Hunger tut. Denken Sie nun einmal an die andern, die alles entbehren müssen. Beweisen Sie der Stadt, daß Sie zu Unrecht verlästert werden, daß Sie auch anständig empfinden können! Sagen Sie mir Ihr Versteck –!"

Einen Augenblick schien Zaches schwankend zu werden, aber gleich war er wieder mit seinen Beteuerungen und haßlichen Schwüren da. Eine Stunde lang quälte sich der Bürgermeister mit dem ehemaligen Bierverleger ab. Er war je länger, je mehr davon überzeugt, daß der Mann noch etwas versteckt hatte, und vielleicht sogar sehr viel, aber es war nicht aus ihm herauszubekommen. Verrottet und verfault, bis ins Mark. Da halfen auch keine Vorstellungen, wie schlecht es ihm ergehen würde, wenn man nun doch etwas fand. Dann sollte aus der Molkerei werden, was wollte, in das dunkelste Loch würde man ihn stecken, bei Wasser und Brot, und den ganzen Tag würde er schwere Getreidesäcke schleppen müssen. "Sie halten das nicht lange aus, Zaches, so aufgeschwemmt von Alkohol, wie Sie sind! Und Zucker sollen Sie auch haben! Sie bezahlen diese ganz nutzlose Lüge wahrscheinlich mit Ihrem Tode –!"

Es war alles Reden nutzlos, diesen Mann konnte kein Reden zur Preisgabe seines Versteckes bringen. Er saß wie ein kleiner bösartiger Hamster auf seinen Vorräten und ließ sich lieber totschlagen, als sie preiszugeben. Eine vertane Stunde, achselzuckend ließ Doll den Mann in die Molkerei zurückführen. Aber nicht einen Augenblick zweifelte er daran, daß es dieses Versteck doch gab, und vielleicht sogar mit sehr kostbaren Waren! Und dann dachte der Bürgermeister nicht mehr an den Bierverleger – im Drang seiner hundert Geschäfte.

Wie groß aber und wie reich ausgestattet dieses Hamsterlager gewesen war, das erfuhr Doll nur wenige Tage später durch seinen Polizeimeister. "Gehen Sie doch einmal hin in die Seestraße, Herr Bürgermeister, und sehen Sie sich an, was die Russen da alles aus dem Keller von Zaches aufladen!, "

"Soso!, " antwortete Doll und tat gleichgültig, obwohl ihn schon jetzt sein Herz vor Trauer und Zorn schmerzte. "Ist das Versteck nun doch gefunden? Ich habe immer gewußt, daß eines da war, seit ich den Kerl vernommen. Ich wollte eigentlich mal selbst dort nachstöbern, bin aber nicht dazu gekommen ..., "

"Sie hätten es sowieso nicht gefunden", meinte der Polizeimeister tröstlich. "Der Zaches hat schon vor über einem Jahr einen ganzen Kohlenkeller vermauert – diese Nazis, da sieht man es einmal wieder, wie innig sie an den Sieg ihres ›Führers‹ geglaubt haben! Nein, niemand hätte dieses Versteck gefunden, es ist natürlich verraten worden., "

"Von wem denn –?" fragte Doll.

"Von einem früheren Dienstmädchen des Zaches. Die denkt natürlich, die Russen geben ihr sonst was ab. Die haben ihr aber was gehustet, die wissen auch, was man von solchen Denunzianten zu halten hat –!"

Aber als Doll im Laufe des Tages erfuhr, wie umfangreich das Hamsterlager dieses schlichten Auch-Parteimitgliedes der Nationalsozialistischen Deutschen Arbeiterpartei gewesen war, erfaßte ihn doch von neuem Zorn, und er ließ sich den Zaches aus der Molkerei holen, so wie er ging und stand.

"So, Zaches!" sagte er dann zu dem Kerl, der natürlich alles schon wußte, denn solche Nachrichten laufen in einer Kleinstadt rasch um. "Nun ist Ihr Lager aufgeflogen, und wieviel Tage ist es her, daß Sie hier standen und bei dem Leben Ihrer Mutter schworen, Sie hätten nichts versteckt –?! Sie meineidiger Kerl, Sie!"

Zaches antwortete nichts, er hielt den Kopf gesenkt, sein Blick kroch hierhin und dorthin, nie sah er den Bürgermeister an. "Wissen Sie auch, wie Sie die Stadt, wie Sie alle Deutschen geschädigt haben?!" Und der Bürgermeister fing an aufzuzählen: "Ein Kastenwagen voller Tabak, Zigarren, Zigaretten. Zwei Kastenwagen voll Wein und Schnaps – das alles ist dem deutschen Volke gestohlenes Gut, denn

Sie hatten's zur Verteilung bekommen. Aber natürlich haben Sie immer gelogen und behauptet, es sei keine Ware eingetroffen, und haben alles für sich behalten, nach dem guten alten Satz Ihrer Partei: Eigennutz geht vor Gemeinnutz!"

Noch fahler, noch farbloser stand der Mann, ließ den Zornessturm über sich wegbrausen und antwortete mit keinem Wort. "Aber das ist noch nicht einmal alles", fuhr Doll in seiner Aufzählung fort. "Ein Kastenwagen voll Wäsche – und ich habe nicht ein Bettlaken, kein Handtuch mehr fürs Krankenhaus. Fünf große Radioapparate, drei Schreibmaschinen, zwei Nähmaschinen, eine Höhensonne – und ein ganzer Wagen voll Bekleidung und sonstigem Zeug. Pfui Deubel, Sie Verderber, Sie Verräter am eigenen Volk, was haben Sie da alles zusammengestohlen –!"

Doll sah den Mann immer zorniger an, seine starre Unbeweglichkeit empörte ihn stets mehr. Das vorige Mal war es ihm nicht gelungen, Leben aus ihm hervorzulocken, irgendein Zeichen menschlichen Fühlens, und diesmal ging es nicht anders!

"Wissen Sie auch", fuhr Doll sich besinnend fort, "denken Sie gar nicht daran, wie sehr Sie auch das bißchen deutsche Ansehen, das es vielleicht noch gibt, geschädigt haben –?! Wenn ich auf die Kommandantur betteln gehe, weil ich wieder mal nichts zu essen habe für die Kleinkinder, die Tuberkulösen, die Schwerkranken, weil ich keine Betten fürs Krankenhaus verteilen kann – wissen Sie, daß man mir dort antwortet: ›Bürgermeister muß selber suchen. Deutsche haben noch alles, nur versteckt. Alle Deutschen lügen und betrügen. Bürgermeister, such nur! ‹ Und wahrhaftig, die Russen haben recht! Wie sollen sie denn so was nicht glauben, wenn sie einen Fund machen wie bei dir, du Lump –?! Aber nun müssen Hunderte weiter frieren, weil du nicht zur rechten Zeit den Mund aufgetan hast, du Lump!, "

Und hier war es, daß der Vorgeführte und Beschimpfte das erste und einzige Mal den Mund auftat, und dies war der Satz, den er sprach, ein echt nationalsozialistischer Satz, genau aus dem Denken der Parteimitglieder heraus gesprochen: "Ich hätt dem Herrn Oberbürgermeister schon mein Versteck gesagt, wenn er mir einen Anteil an den Sachen zugesagt hätte, und wenn er noch so klein gewesen wäre ..., "

Eine Weile stand Bürgermeister Doll bewegungslos, erschüttert von diesem schamlosen, grauenhaften Egoismus, der alle Leiden der andern gut sehen konnte, wenn er nur selbst nicht litt. Und ein Gespräch kam ihm in Erinnerung, das er vor kurzem mit einem Adjutanten der Kommandantur geführt. Der Adjutant hatte erzählt, wie sich die einfachen Soldaten der Roten Armee die Deutschen ähnlich wie das eigene Volk lebend vorgestellt hätten: durch den Krieg oft in die äußerste Not geraten, vom Hungertode bedroht ... Nur so konnten sie sich die völlige Ausplünderung der Heimat durch die Deutschen erklären. Dann aber seien sie beim Vorrücken der Armeen wirklich in deutsches Land gekommen und sie hätten mit eigenen Augen gesehen: Bauerndörfer, so stattlich und reich versorgt, wie es sie in der Heimat überhaupt nicht mehr gebe, Stallungen, übervoll mit wohlgenährtem Vieh, eine gesunde, satte Landbevölkerung. Und in den festen Steinhäusern dieser Bauern hätte sie nicht nur riesige Radioapparate gefunden, Kühlschränke, alle Behaglichkeit des Lebens, nein, dazwischen gab es auch billige, ärmliche Nähmaschinen aus Moskau, bunte Tücher aus der Ukraine, Ikonen aus den russischen Kirchen, alles geraubtes, gestohlenes Gut: der reiche Mann, der da besaß, hatte den Armen bestohlen, der nichts mehr hatte. Da war ein wilder Zorn über diese Deutschen in den Soldaten der Roten Armee erwacht und eine tiefe Verachtung dieses Volkes, das sich nicht schämte, das seine Gier nicht zügeln konnte, alles zusammenzuraffen, alles allein besitzen wollte, ohne jede Rücksicht, ob die andern darüber zugrunde gingen.

Ein rechter Vertreter dieses Volkes stand da vor seinem Bürgermeister. Ja, so waren sie, am Ende war es ihnen ganz gleich, ob Russen oder Deutsche zugrunde gingen. Keine Spur von jener Gemeinschaft des ganzen Volkes war grade bei jenen zu finden, zu deren Parteigrundsätzen dies an bevorzugter Stelle gehörte. Aus allem wollten sie ein Geschäft machen, das ihnen Vorteil brachte, gleichgültig, ob dieses Geschäft Tausende zugrunde gehen ließ. Dieser eine stand dort für viele. Und Doll sagte zu dem Polizeimeister, er solle den Kerl abführen, aber jetzt ins Loch, bei Wasser und Brot, seine Stelle auf der Molkerei werde anders besetzt werden. Den ganzen Tag habe er unter strengster Aufsicht Säcke zu tragen, hoffentlich gehe dieser Verräter am eigenen Volke dabei in Bälde zugrunde –!

Damit wurde der ehemalige Bierverleger Zaches abgeführt; Doll sah ihn nie wieder; er erfuhr auch nicht, was aus ihm geworden. Denn Doll wurde kurz darauf sehr krank, eine Krankheit, deren Ausbruch dies Erlebnis zum mindesten beschleunigt hatte.

Der Mann war abgeführt, und der Bürgermeister war allein in seiner Stube. Er saß an seinem Schreibtisch, den Kopf in die Hand gestützt. Er fühlte, daß der Zorn in ihm völlig verraucht war, eine tiefe, namenlose Verzweiflung erfüllte ihn. Der Zorn war leichter zu ertragen gewesen als diese Verzweiflung, die ohne jede Hoffnung war. Plötzlich entdeckte er, daß in dieser Verzweiflung auch sein Haß untergegangen war. Er rief sich mühsam wach alles das, was ihm von den Nazis angetan: jahrelange Verfolgung, Haß, Bespitzelung, Bedrohung, Verbote ohne Zahl. Umsonst, er empfand keinen Haß mehr gegen sie. Und er entdeckte auch, daß er sie schon länger nicht mehr gehaßt hatte. Wenn er die Beschlagnahmungen bei den Parteimitgliedern durchgeführt, wenn er dabei scharf und schneidend gewirkt hatte, so war das alles darum gewesen, weil er es nur aus Pflichtgefühl getan hatte. Mit leisem Erschrecken erkannte er, daß er nicht anders in den Häusern der Nichtparteimitglieder verfahren wäre. Alle, alle waren sie ihm gleichmäßig verächtlich. Er konnte sie nicht mehr hassen, sie waren nichts anderes als kleine bösartige Tiere – so, genau so hatten die ersten russischen Soldaten seine Frau und ihn angesehen, und so sah er sie nun selbst an –: alle Deutschen.

Aber er gehörte zu diesen Deutschen, ein Deutscher war er, ein Wort, das zum Schimpfwort durch die ganze Welt geworden war. Er war einer von ihnen, nichts war es, das ihn vor den andern ausgezeichnet hätte. Es war ein alter Satz, darum nicht weniger wahr: Mitgefangen, mitgehangen. Er hatte auch von dem geraubten Brot der ausgeplünderten Völker gegessen: nun stand es wider ihn auf! O ja, es stimmte schon alles, er konnte sie nicht mehr hassen, schon darum nicht, weil er einer von ihnen war. Bloß eine kraftlose Verachtung war ihm geblieben – und sich verachtete er nicht weniger als sie alle.

Wie hatten sie auf der Kommandantur zu ihm gesagt? Alle Deutschen lügen und betrügen. Eine Kette von Zufällen hatte es gefügt, daß er Bürgermeister dieses Städtchens geworden war, und als Bürgermeister grade wurde ihm die Wahrheit des Satzes vom Lügen und Betrügen alle Tage neu bewiesen. Die Erinnerungen stürmten auf ihn ein: wieder sah er die Frau, die Mutter von zwei kleinen Kindern, in seiner Sprechstunde. Ihr Gesicht war von Tränen überströmt, die Bomben hatten ihr in Berlin alles genommen, und sie hatte kein Bett, keinen Topf, nichts, womit ihre Kinder anzuziehen: "Erbarmen Sie sich, Herr Bürgermeister, Sie können mich nicht so wegschicken! So gehe ich nicht zu den Kindern zurück!, "

Der Bürgermeister hatte auch nichts, aber er ging los. Er suchte, wo Parteigenossen großen Überfluß hatten und gab von diesem Überfluß der Volksgenossin, nicht reichlich, aber ausreichend. Doch stand am folgenden Tag eine andere weinende Frau vor ihm, die Nachbarin der eben Neuversorgten, auch eine Mutter von Kindern, auch blutarm, und die eben Beschenkte, die eben Ausgestattete hatte der Nachbarin über Nacht die paar Wäschelumpen von der Leine gestohlen! Deutsche gegen Deutsche, jeder für sich allein, immer weiter gegen die ganze Welt und alle ankämpfend.

Dem Bürgermeister fiel auch der Fuhrmann ein, der die Sachen eines gelähmten Greises ins Altersheim zu fahren hatte, als er aber dort ankam, fehlte alles noch etwa Brauchbare, vom Wagen gestohlen, durch den Fuhrmann oder Straßenpassanten, wie dieser behauptete. Deutsche gegen Deutsche –!

Er dachte auch an den erbärmlichen Arzt, der, um eine klägliche Privatrache aus früheren Zeiten zu befriedigen, eine kranke Frau für gesund, ja, als für schwere Arbeit geeignet erklärt hatte, dieser Arzt, der die verknappten Medikamente immer reichlich für seine Freunde, nie aber für Gleichgültige oder Feinde hatte. Die mochten leiden, ja, sollten leiden, mehr und mehr! Deutsche gegen Deutsche!

Er erinnerte sich daran, wie sie einander Pferde aus dem Stall stahlen und Geflügel und die mühsam gemästeten Kaninchen, wie sie in die Gärten der andern einbrachen, das Gemüse aus dem Boden rissen und das lange noch nicht reife Obst von den Bäumen, wie sie dabei die tragenden Zweige niederbrachen, keinem zum Nutzen, vielen aber zum Schaden. Es war, als sei eine Herde Toller losgelassen worden und handelte nun ungehemmt nach ihren irren Trieben. Er wußte auch von ihren Denunziationen, oft ganz sinnlosen Beschuldigungen, deren Verlogenheit keiner Nachprüfung standhielt, aus reiner Bosheit erstattet, bloß um den Nachbarn ein wenig zu ängstigen und in Schrecken zu versetzen! Deutsche gegen Deutsche –!

Da saß Doll an seinem bürgermeisterlichen Schreibtisch, den Kopf in den Händen, jetzt war er wirklich ganz leer. Es war eine Täuschung gewesen, daß die Welt nur darauf wartete, dem deutschen Volke aus dem Dreck zu helfen, diesem ungeheuren Bombentrichter, in den der Krieg sie alle geschleudert hatte. Und es war zum andern eine Täuschung gewesen, daß er, der Bürgermeister Doll, anders anzusehen war als seine übrigen Volksgenossen: wie sie alle war er nichts wie ein kleines, bösartiges Tier. Man gab ihm nicht die Hand, man sah durch ihn hindurch wie durch eine Wand.

Und sie hatten recht, das deutsche Volk zu hassen und zu verachten, alle und alle. Doll hatte ja auch gehaßt, privatim den alten Tierarzt, Farken-Willem, und manchen andern, dazu aber mit einem allgemeinen Haß alle Nazis, jeden von ihnen. Aber sein Haß, der kleine wie der große, sie hatten ihn verlassen, weil er selbst ebenso hassenswert war wie die Gehaßten.

Nichts war geblieben, Doll war leer – und eine tiefe Apathie bemächtigte sich seiner. Diese Apathie, die ihn immer schon in den letzten Monaten bedroht hatte, die nur durch seine erzwungene rege Tätigkeit als Bürgermeister zeitweise verdeckt worden war, jetzt brach sie hervor. Er sah über den Schreibtisch, da lagen Dutzende von Sachen, die eiligst erledigt werden mußten – aber was hatte das alles noch für einen Sinn –? Zum Untergang verurteilt, er mit allen andern! Jede Anstrengung war vergeblich!

Seine Sekretärin öffnete die Tür: "Da ist jemand von der Kommandantur – Sie möchten sofort zum Kommandanten kommen, Herr Bürgermeister!, "

"Ja, es ist gut", antwortete er. "Ich gehe sofort ..., "

Aber er ging nicht sofort, eine lange Weile blieb er noch sitzen; die Sekretärin mußte ihn noch ein paarmal an den Kommandanten erinnern. Nicht, daß er etwas Bestimmtes dachte, daß er aus seiner Apathie heraus entschied, auch dieser Weg sei sinnlos, wie alle Wege sinnlos waren, da alle Wege für einen Deutschen nur im Nichts endeten ...

Nein, er saß einfach so da, ohne deutliche Gedanken. Hätte er den Zustand seines Innern schildern wollen, so hätte er vielleicht gesagt, daß nur Nebel in ihm war, grauer undurchsichtiger Nebel, durch den nichts drang, kein Blick, kein Laut. Und sonst nichts mehr ...

Schließlich – auf eine sehr dringende Mahnung seiner Sekretärin hin – stand er auf und ging zur Kommandantur, einfach, weil er schon hundertmal dorthin gegangen war. Es war ebenso gut und schlecht wie alles, was er jetzt tun konnte. Es kam nicht darauf an. Es kam auf nichts mehr an – auch auf Herrn Dr. Doll nicht. Er war im Lebenszentrum verletzt, er hatte keinen Selbsterhaltungstrieb mehr. Kurze Zeit darauf wurde der Bürgermeister Doll sehr krank; nun war er kein Bürgermeister mehr. Seine Frau, auch krank, fuhr mit ihm ins Kreiskrankenhaus...

Fünftes Kapitel.
Die Ankunft in Berlin

Am 1. September dieses erbarmungslosen Jahres 1945 fuhren Herr und Frau Doll nach Berlin. Sie hatten nahezu zwei Monate im Kreiskrankenhaus gelegen, und sie waren auch jetzt noch weit davon entfernt, gesund zu sein. Doch hatte sie die Unruhe, ihre Berliner Wohnung durch längeres Zuwarten völlig zu verlieren, fortgetrieben.

Der Zug, der schon am Mittag hätte fahren sollen, war erst in der Dunkelheit abgelassen worden; er war, mit seinen zerbrochenen Scheiben und verschmutzten Abteilen, völlig überfüllt. Alle, wie sie sich da beim Einsteigen in die stockdunklen Abteile gestürzt hatten, waren bösartig gestimmt, brausten beim kleinsten Worte auf und sahen jeden Mitbewerber um einen Sitzplatz als ihren persönlichen Feind an.

Dolls hatten wirklich zwei Sitzplätze bekommen, auf denen sie sofort durch Nebensitzer und um sie Stehende eingeengt wurden. Kisten wurden ihnen gegen die Beine gestoßen, Rucksäcke streiften schmerzend ihre Gesichter. Es war so dunkel, daß nicht das geringste zu sehen war, aber der Haß aller gegen alle schien sich schon durch den Gestank merkbar zu machen, der trotz der zerbrochenen Scheiben nicht aus dem Abteil weichen wollte. Es stank wirklich infernalisch, und dieser Gestank nahm noch immer weiter zu, als während der Fahrt neue Gäste einstiegen, das Abteil über jedes erträgliche Maß hinaus füllten und jeden beschimpften, der schon einen Platz hatte.

Diese Zusteigenden waren in der Hauptsache Pilzesucher aus Berlin, die den Sitzenden ihre Pilzkörbe einfach auf den Schoß stellten, verdrossen murmelnd, sie würden sie nachher wegnehmen. Da aber alles schon vorher überfüllt gewesen war, blieben die Körbe, wo sie waren: Frau Doll hatte vier auf ihrem Schoß, Doll drei.

Sie protestierten aber nicht, sie antworteten den Mitreisenden überhaupt nicht und mischten sich in nichts ein: sie waren noch viel zu matt und krank, um sich in derartige Streitereien einzulassen. Nur die Idee, sich wenigstens die Wohnung zu erhalten, hatte besonders den Mann erfaßt, sie schien ihm die letzte Möglichkeit, noch einmal ein anderes Leben zu beginnen.

Doll wußte freilich, die Idee mit dieser Wohnung war nur ein Strohhalm, aber er wollte dem Schicksal doch wenigstens diese Möglichkeit geben, sie zu erhalten, – wie er manchmal spöttisch zu seiner Frau sagte, die, durch ständige Gallenattacken mutlos geworden, auch ganz unter den Einfluß seiner depressiven Stimmung gekommen war. "Sterben müssen wir wahrscheinlich doch in aller Kürze, aber in der Großstadt macht sich das doch am unauffälligsten und bequemsten. Denke nur an das Gas –!"

Wenn die andern zu viel Gepäck mit sich hatten, so besaßen Dolls vielleicht nicht ganz genug. Sie führten nichts als ein Stadtköfferchen mit sich, das neben ein wenig Brot eine Büchse mit Fleischkonserven und eine Spitztüte mit einem Viertelpfund Bohnenkaffee enthielt, dazu zwei Bücher und sehr wenig Toilettenzeug. Auf dem Leibe trug Doll einen dünnen Sommeranzug, Frau Doll hatte sich von einer Freundin wenigstens noch einen hellen Sommermantel entleihen können. In der Tasche hatte Doll knappe dreihundert Mark, die er sich von einem Bekannten entliehen hatte; das einzig kostbare Besitztum, das sie mit sich führten, war der Brillantring der jungen Frau.

Der Zug hielt endlos auf jeder Station, und wenn er fuhr, fuhr er nur langsam. Dolls sahen trübe die feurigen Linien und Punkte, die der Schornstein der mit Braunkohlen geheizten Lokomotive in die Nacht warf – sie hatten im Kriege etwas zu viel Feuerwerk gesehen, um daran noch Geschmack zu finden. Jede Erinnerung daran tat weh. Aber sie entdeckten beim Schein dieser tanzenden Glühwürmer Gestalten auf den Trittbrettern, geduckt dem dichten Funkenflug den Rücken bietend. Die Ladung ihrer Rucksäcke mußte sehr kostbar sein, um das Verbrennen und Versengen kostbarer Kleider, das Hängen mit einer Hand an der kalten Messingstange, immer vom Absturz bedroht, zu rechtfertigen.

Aber in den meisten Rucksäcken steckte wohl nicht mehr als ein paar Kartoffeln oder ein Beutelchen Mehl oder einige Pfund Erbsen, Nahrung für eine Woche im besten Falle. Doch da hingen sie in Funken und Kälte, mit einer fast stumpfsinnigen Ergebenheit ließen sie sich die Kleider versengen. Es waren wohl alles kleine Leute, die so fuhren; auf das Mitgebrachte warteten schon eine Frau und viele Kinder. Die Schieber, die gegen Tauschware kostbarere Dinge sich einhandelten: Butter, Speck, Eier, die sich die Kartoffeln und das Mehl sackweis holten, die fuhren nicht unter Lebensgefahr, die gewannen sich gegen Beteiligung Lastwagenführer, auf die warteten keine hungernden Kinder ...

Aber wer war Schieber und wer nicht? Als Dolls in der völligen Finsternis ihres Abteils von ihrem Brot und Fleisch aßen, rochen es doch durch all den Gestank einige und fingen an, spitz darüber zu reden, nämlich von solchen, die heute noch Fleisch essen könnten. Mit rechten Dingen gehe das bestimmt nicht zu, man müsse sich so was näher ansehen, mehr bei Lichte –!

Dolls antworteten mit keinem Worte, sie aßen schnell zu Ende, was sie nun einmal in der Hand hielten, sie steckten das Übriggebliebene in das Köfferchen zurück und krochen noch enger zusammen; Frau Doll hing ihr geliehenes Mäntelchen um sie beide, sie krochen ganz zueinander. Doll drehte sich eine Zigarette von den Resten seines Tabaks, und prompt sagte eine scharfe Stimme: "Das ist schon die dritte, die der raucht! Ich sag's ja immer, wie es ist: die einen haben alles, und die andern kriegen nie etwas, da kann passieren, was will!"

Das Gespräch wurde allgemeiner über das nie aussterbende Schieber- und Bonzentum, Dolls waren für den Augenblick vergessen. Sie flüsterten von ihrer Berliner Wohnung; jetzt, da sie sich diesem Ziele näherten, doch wieder ein Ziel hatten, fiel es ihnen schwer aufs Herz, daß sie seit dem März nichts mehr von dieser Wohnung gehört hatten. Seitdem waren schwere Kämpfe in der Stadt gewesen, unendlich viel sollte neu zerstört worden sein – vielleicht gab es diese Wohnung gar nicht mehr –?

"Das wäre echt! Dieses Reisen, dieses Frieren, und es gibt gar keine Wohnung mehr! Was ich lachen würde –!"

"Ich hab's im Gefühl, alles steht noch, wie wir es verlassen haben. Und Pettas Zimmer kriegen wir mit ganz leichter Mühe zurecht, da ist nicht so viel kaputt!"

"Meine gute Trösterin –!"

"Was denkst du, wieviel Freunde ich in Berlin habe! Als mein früherer Mann noch lebte, haben wir so vielen geholfen – nun können sie auch einmal etwas für uns tun! Vor allem hoffe ich auf Ben, Ben hat eine englische Mutter gehabt, der kommt jetzt sicher ganz groß. Ernst – (der jungen Frau erster Mann) – hat ihn aus dem KZ. herausgeholt, das vergißt er mir nie!"

"Wir wollen es hoffen, Alma! Wir wollen alles Gute hoffen, aber nichts für sicher ansehen. Sicher ist nur, daß wir uns haben, daß wir beide immer beieinander sind! Daß uns nichts auseinanderbringen kann. Gar nichts!"

"So ist es!" stimmte sie zu. Sie kroch zusammenschauernd noch enger in seinen Arm. "Kalt ist es!" flüsterte sie.

"Ja, kalt ist es!" bestätigte er und drückte sie noch enger an sich.

Berlin! Berlin, wieder einmal Berlin –! Diese geliebte Stadt, in der sie beide groß geworden waren – er freilich dreißig Jahre früher als sie –, dieser lichterglänzende, jagende, ruhelose Ort! Anscheinend in einen ewigen Taumel von Vergnügen und Lust verstrickt – aber nur, wenn man nicht an die weiten, dunklen Arbeitervorstädte dachte, Berlin, die Stadt der Arbeit! Wieder einmal kehrten sie dorthin zurück, ihr Leben neu aufzubauen; wenn an irgendeinem Platz der Erde, so gab es hier für sie eine Chance: in diesem zertrümmerten, ausgebrannten, verbluteten Berlin –!

Es war nachts halb drei, als Dolls auf Gesundbrunnen den Zug verließen, bis sechs Uhr war Sperrstunde. Ein eisiger Wind pfiff durch den Bahnhof, jede Scheibe schien zerbrochen. Es gab keinen Schutz gegen diese Kälte, gegen diesen

Wind! Sie versuchten es da und dort, überall froren sie bis aufs Mark. Auch das zufällig noch stehende Unterkunftshäuschen auf dem Bahnsteig war nicht wärmer. Der Wind stürzte herein durch die zerbrochenen Fenster, die Menschen saßen in dicken Klumpen auf dem Boden, trostlos oder dumpf den Morgen erwartend.

Frau Doll zwängte sich zwischen sie, ein bißchen Schutz gegen den eisigen Wind zu finden. Kaum hockte sie auf der Schmalseite ihres Köfferchens, so wurde sie wieder hochgejagt: dieser Platz habe als Durchgang frei zu bleiben! Und sie, die immer Schlagfertige, Fröhliche, Kampflustige, setzte sich jetzt ohne ein Wort an die Außenseite des Menschenklumpens. Sie verkroch sich in ihr Mäntelchen, suchte in ihm Schutz vor dem eisigen Winde, der sie doch mit voller Kraft traf.

Doll kramte in den Taschen die letzten Tabakkrümchen zusammen, drehte mit den frostzitternden Händen eine krumme Zigarette und rannte auf und ab. Einen Augenblick stand er in den Trümmern des früheren Bahnhofsgebäudes und spähte in die dunkle, lichtlose Stadt, über die ein halber Mond ein schwaches Licht warf, nichts wie Trümmer glaubte er zu erkennen.

"Gehen Sie nicht raus!" warnte ihn eine Stimme aus dem Dunklen. "Es ist noch Sperrstunde. Die Patrouillen schießen manchmal ohne Anruf."

"Ich gehe schon nicht raus!" antwortete Doll und schleuderte den Stummel seiner allerletzten Zigarette in die Trümmer. Und bei sich: ›Was für ein Anfang! Man stellt sich immer alles falsch vor, das als schwer Erwartete ist oft leicht, und an was man gar nicht dachte, das ist das eigentlich Schwere. Diese zwei eisigen Stunden hier auf dem völlig zerstörten Bahnhof, nichts mehr zu rauchen – und Alma ist krank –! Ihr Gesicht sah so gelb aus ...‹

Er drehte sich um und ging zu ihr zurück.

"Ich halte es nicht mehr aus", sagte sie. "Es muß doch irgendwo eine Unfallstelle oder einen Arzt geben, der mir helfen kann. Komm, laß uns fragen gehen. Ich bin wie Eis und habe so schlimme Schmerzen!"

"Wir dürfen noch nicht in die Stadt. Es ist Sperrzeit! Die Patrouillen sollen manchmal ohne Anruf schießen."

"Sollen sie schießen!" antwortete sie verzweifelt. "Wenn sie einen von uns angeschossen haben, werden sie uns wenigstens dorthin bringen, wo es warm ist und uns ein Arzt hilft."

"Komm, Alma", antwortete er sanft. "Wir wollen also sehen, ob wir etwas wie eine Unfallstelle oder einen Arzt finden. Du hast ganz recht: alles ist besser, als hier in der Eiseskälte zu sitzen und halb tot zu frieren."

Sie traten aus dem Bahnhof, zwischen die Trümmer. Das schwache Mondlicht verwirrte mehr, als daß es den Weg erleuchtete. Doll mit seinen schlechten Augen sah fast nichts. "Komm!" sagte sie und ging voran. "Da scheint eine Straße hineinzugehen! Nach der Schilderung muß es die sein, in der – vielleicht – eine Unfallstelle liegt."

Unsicher ging er ihr nach. Plötzlich stürzte er über ein Hindernis vornüber in einen dunklen Raum hinein.

"Oh!" rief die junge Frau. "Hast du dir sehr weh getan –?"

"Na, jibt's denn sowat –?" rief eine empörte echte Berliner Stimme aus dem völligen Dunkel. "Läßt die Frau den Mann ruhig hinfallen und fällt nich mal selber mit! Det is doch eenfach unerhört!"

"Was hätt es mir denn geholfen", fragte Doll und mußte trotz seiner Schmerzen unwillkürlich lachen, "wenn meine Frau mitgefallen wäre?! Wo sind wir eigentlich?"

"U-Bahnhof Gesundbrunnen", antwortete eine andere Stimme. "Aber die erste fährt erst 6 Uhr 30."

"Danke schön!" antwortete er, und sie gingen weiter, diesmal ineinander eingehängt. "Das war ein echt Berliner Willkommensgruß, ein bißchen schmerzhaft, aber echt. Wie ein Eroberer habe ich den Boden dieser Stadt geküßt und damit in meinen Besitz genommen, und was Berlin dazu zu sagen hatte, war auch nicht schlecht."

"Hast du dir sehr weh getan?"

"Nichts – nur ein bißchen die Haut von den Händen geschunden und die Glieder geschlagen."

Sie tauchten unter in das dunkle Trümmermeer, bis auf den Grund der Straßenschächte reichte das Mondlicht nicht. Langsam gingen, tasteten sie sich vorwärts. Die Straße war leer, alles war totenstill, ihr Schritt hallte wider.

"Hier hören wir jede Patrouille schon wer weiß wie weit", meinte Doll. "Wir haben alle Zeit, uns dann noch zu verstecken."

"Warte", antwortete sie. "Dies scheint die Unfallstelle zu sein. Brenn einmal ein Streichholz an."

Es war wirklich die Unfallstelle, aber alles war dunkel, weder Klingeln noch Klopfen brachten Leben in das dunkle Erdgeschoß.

"Wahrscheinlich geht die Klingel gar nicht", meinte Doll schließlich. "Was nun? Gehen wir zum Bahnhof zurück –?"

"Nein, nein, bloß nicht wieder dorthin zurück! Vielleicht finden wir einen Arzt oder eine Polizeiwache. Ja, am besten wäre eine Wache. Sie erlauben uns sicher, dort in der Wachstube zu sitzen und uns ein bißchen aufzuwärmen."

So irrten sie denn weiter durch die totenstille Stadt, in der nicht einmal in einem einzigen Fenster Licht brannte, und schließlich fanden sie wirklich eine Polizeiwache. Nachdem sie lange genug geklingelt hatten, kam ein Polizeibeamter heraus.

"Wat wollen Se denn –?" fragte er barsch.

"Wir sind vor einer Weile von auswärts mit der Bahn gekommen, und meine Frau ist krank. Die Unfallstelle ist geschlossen. Erlauben Sie, daß wir bis sechs in Ihrer Wachstube ein bißchen sitzen und uns aufwärmen?"

"Das kann ich nicht erlauben, das ist verboten", antwortete der Polizist.

Sie verlegten sich aufs Bitten, aufs Betteln. Es geschehe doch niemandem ein Schaden dadurch, sie würden auch ganz still sitzen!

Aber der Polizeibeamte blieb unerbittlich: "Was verboten ist, kann ich nicht erlauben! Und überhaupt, was machen Sie jetzt auf der Straße? Es ist doch Sperrstunde!"

"Nehmen Sie uns deswegen doch ein bißchen fest", Herr Wachtmeister! bat die junge Frau. "Dann ist es nichts Verbotenes mehr, wenn wir drin sitzen!"

Aber auch für diesen Vorschlag war der Polizist nicht zu haben, plötzlich schlug er die Türe zu, und die beiden standen wieder allein auf der dunklen Straße.

Sie sahen sich in die ratlosen, bleichen Gesichter. Plötzlich merkten sie, daß es dämmerte, daß der Tag nahe war. "Dann muß es auch bald sechs sein. Wir gehen hier einfach weiter. Vielleicht kommt bald eine Elektrische."

Später saßen sie in einem Omnibus, der Früharbeiter in eine Fabrik fuhr. Der Omnibus fuhr nicht grade in die Nähe ihres Heims, aber er brachte sie doch an eine Schnellbahnstation, deren erster Zug in Kürze abfahren sollte. Aber ein neues Hindernis: die Beamtin am Fahrkartenschalter hatte verschlafen, und der Knipser an der Sperre weigerte sich, jemanden ohne Fahrkarte durchzulassen, es sei eben gegen die Bestimmungen!

"Und wenn der Kartenschalter erst in einer Stunde besetzt wird?"

"Dann kommt die Stunde keiner durch! Vorschrift bleibt Vorschrift!"

"Aber wir müssen zu unserer Arbeitsstelle!" protestierten viele.

"Wat jeht mir det an?! Ick habe meene Vorschriften –!"

"Das wollen wir doch mal sehen!" rief ein Ortskundiger. "Kommt alle mit!"

Durch einen Seiteneingang, über einen Zaun fort ging es und dann im Halbdunkel über Gleise, die stromführenden Schienen, wieder über eine Mauer. Dolls waren die langsamsten, sie hatte plötzlich Schmerzen in ihrem Bein, und ihm taten noch alle Glieder von seinem Sturze weh. Atemlos langten sie auf dem Bahnsteig an, um noch grade die roten Schlußlichter des Frühzuges zu sehen.

Und wieder Warten und Frieren, Fahren und Todmüdesein, Umsteigen und neues Warten – und wie es sie jetzt nach Haus drängte –! Wie sie von ihrer Couch schwärmten –! Nur Stilleliegen und Warmwerden und Schlafen –! Von nichts mehr wissen –! Ausgelöscht sein –!

Schließlich war es so weit: sie stiegen aus. "In fünf Minuten sind wir zu Haus!" sagte er aufmunternd.

"So wie wir schleichen, werden es wohl zwanzig Minuten werden", antwortete sie. "Ich möchte nur wissen, was mit meinem Bein los ist. Es war da nur eine kleine, ein bißchen aufgekratzte Stelle ... O Gott, diese Brücke ist auch fort, im März stand sie noch –!"

Und während sie, immer mühseliger, einen schier endlosen Weg schlichen, denn die zerstörte Brücke erzwang einen weiten Umweg, sahen sie plötzlich nur die Zerstörungen, die alten, von denen sie schon gewußt hatten, und die neuen, die seit ihrer Abreise von Berlin dazugekommen waren. Sie wurden ganz still, kein Wort sprachen sie mehr, es waren so viele, viele dazugekommen. Doll dachte: ›Was mache ich nur mit ihr, wenn die Wohnung weg ist? Sie ist krank und völlig mutlos.‹

Dann bogen sie um die letzte Ecke, sie spähten. Diesmal war er der schnellere. "Ich sehe die Blumenkästen auf unserm Balkon! Die Fensterkreuze sind sogar wieder drin! Alma, unsere Wohnung steht noch!"

Sie sahen einander mit einem matten Lächeln an.

Sie hatten keine Schlüssel, zuerst mußten sie zum Portier. Schlechte Nachrichten, sehr schlechte Nachrichten! Der kleine Portier war seit dem April verschwunden, vielleicht in den Kämpfen gefallen, vielleicht auch gefangengenommen, seine Frau wußte es nicht. Gar nichts.

"Jeflohen, Sie meenen ausjerissen? Nee, so is meen Mann nich, daß er von Frau und Kindern weglooft, so eener is mein Mann nie jewesen, Herr Doll! Und warum sollte er ooch? Hat ja nie jemanden nischt Böset jetan! Die Schlüssel zur Wohnung? Nee, die habe ick nich mehr. Da is jemand vom Wohnungsamt ruffjezogen, erst vor een paar Tagen, ne Tänzerin oder Sängerin oder irgendsowat vom Theata, ick weeß doch nich. Mit Mutta und Kind, jawoll, Kind is ooch da! Een bißken hat se die Vorderzimmer in Stand setzen lassen, ja. Und nach hinten raus wohnt noch die Alte, die Schulzen, die Sie schon manchmal da haben schlafen lassen, wenn Sie uff't Land jiingen, damit doch jemand uff die Sachen paßte. Na, wie die uff die Sachen jepaßt hat, det werden Sie ja selber sehen, Frau Doll, ich vabrenn mir den Mund nich. Jedenfalls, Ihr großer Kochpott is weg, den hat sich aba der Volkssturm jeholt. Und wenn der Staubsauger weg is und Ihre Bücher und alle Ihre Eimer, und wenn int Küchenspinde alle Vorräte weg sind, dadervon weeß ick nischt, Frau Doll, da müssen Se de Schulzen nach fraren, wenn Se die zu sehen kriejen, heeßt det. Sie sagt, sie wohnt hier, aba wat weeß ick, wo se wohnt! Ick seh se oft die janze Woche nich, und Miete hat se ooch noch nie bezahlt!"

Langsam, oh, so langsam stiegen die Dolls die vier Treppen zu ihrer Wohnung hinauf. Sie hatten kein Wort zu all den schlimmen Nachrichten gesagt, von denen sie förmlich überschwemmt wurden, sie hatten auch untereinander kein Wort gesagt. Nur ihre Gesichter waren vielleicht noch einen Schein blasser geworden, als sie schon von Krankheit und schlafloser Nachtfahrt und langem Frieren waren ...

Lange, oh, so lange mußten sie auf den Klingelknopf drücken, ehe sich was in der Wohnung – in ihrer eigenen Wohnung! – rührte. Es kostete viel Geduld, bis sie eine junge, dunkle Dame, die nur notdürftig bekleidet war, eingelassen hatte. (Es war aber auch erst morgens, etwa acht Uhr.)

"Ihre Wohnung –? Das hier ist *meine* Wohnung, mir vom Wohnungsamt ordnungsmäßig zugewiesen. – Da ist gar nichts dagegen zu machen, gnädige Frau. Die drei Vorderzimmer gehören mir, ein paar tausend Mark habe ich hineingesteckt, um wenigstens einigermaßen wohnen zu können. – Die beiden andern Zimmer sind völlig ausgebrannt, das werden Sie ja selber am besten wissen, wenn das Ihre eigene Wohnung ist, gnädige Frau! Das große Zimmer nach hinten – da wohnt Frau Schulz, aber sie ist im Augenblick nicht da, und ich weiß auch nicht, ob sie heute noch kommt. Jedenfalls hat sie alles abgeschlossen. – Ja, es tut mir leid, gnädige Frau, es ist hier sehr kalt, und ich stehe hier im Hemd, ich gehe jetzt wieder ins Bett. – Am besten sagen Sie das alles dem Wohnungsamt, gnädige Frau. Guten Morgen!"

Damit klappte die Tür, und Dolls standen allein auf der Diele. Er nahm seine Frau und führte sie langsam – sie hing sehr schwer an seinem Arm – in das Innere der Wohnung. Aber da war alles fest verschlossen, in kein einziges Zimmer kamen sie. So führte er sie denn in die Küche und setzte sie auf den einzigen Küchenstuhl (‹Früher waren doch drei dagewesen?›) zwischen Gasherd und Küchentisch.

Da saß seine junge Frau, aber jung sah sie in diesem Augenblick nicht mehr aus, wie sie starr, ohne doch etwas zu sehen, vor sich hinblickte, mit einem kranken, gelblichen Gesicht. Doll nahm ihre kalten Hände zwischen die seinen, streichelte sie und sagte: "Ja, das ist kein guter Anfang, meine Alma! Aber davon wollen wir uns nicht unterkriegen lassen, wir werden schon irgendwie durchkommen. Solche wie wir sind doch überhaupt nicht unterzukriegen!"

Bei diesen ermunternden Worten versuchte Frau Doll ein Lächeln, das matteste, kläglichste, herzrührendste Lächeln, das Doll je an seiner Frau gesehen. Sie hob den Kopf und sah sich um in der Küche, lange, sehr lange; sie musterte jeden einzelnen Gegenstand und dann klagte sie: "Meine Küche! Sieh dich um, ob ein Stück in dieser Küche ist, das nicht uns gehört! Und dabei fertigt mich dieses Frauenzimmer auf dem Flur ab, bietet mir in meiner eigenen Wohnung nicht einmal einen Stuhl an!" Es war, als wolle Frau Alma weinen, aber ihr Auge blieb trocken. "Und – hast du es nicht gemerkt? – durch die offene Tür habe ich unsern Radiotisch in ihrer Wohnung stehen gesehen und den großen gelben Sessel, in dem du immer so gerne gesessen hast! Aber warte, ich gehe jetzt sofort aufs Wohnungsamt – –!"

Aber sie ging nicht, sie blieb sitzen, wieder starrte sie vor sich hin. Immer war sie eine verwöhnte, strahlende Frau gewesen. Und da saß sie nun in dem billigen Mäntelchen, das so gar nicht zu ihr paßte und das dazu auch noch geliehen war, ihre Strümpfe waren zerrissen von den Pilzkörben, und an den Händen und im Gesicht waren noch die Spuren der langen, schmutzigen Eisenbahnfahrt zu sehen ...

›Alles verloren – leer gelaufen – wie wir alle!‹ dachte Doll trübe und tätschelte mechanisch weiter ihre Hände. Aber dann besann er sich, daß es jetzt an ihm sei, etwas zu tun, sie konnten doch nicht immer weiter in der Küche sitzen. Ein Weilchen später führte er sie dann auch zu der wohlgesinnten Hausmannsfrau hinunter, und wenn sie auch hier wieder in der Küche saßen, so war die Küche doch warm. In einem Pfännchen wurde der Rest der Dollschen Kaffeebohnen gebrannt. Brot wurde geschnitten und der Rest des Fleisches aus der Dose genommen und ordentlich in ein Schüsselchen gelegt. Alles sah eigentlich schon durch dies bißchen Frühstück hoffnungsvoller aus.

Nur die junge Frau schien nichts davon zu empfinden. Jetzt, jetzt auf der Stelle sollte Doll ihren Freund, den Deutsch-Engländer, den Ben, aufsuchen, und als Doll einwendete, er wolle den Gang lieber erst nach dem Frühstück tun, wurde sie ganz ungeduldig: sie wisse genau, der Ben sei ein Frühaufsteher und immer zeitig ins Geschäft gegangen. Wenn er sich jetzt nicht sofort auf den Weg mache, werde er Ben nicht mehr treffen, sie würden ihn den ganzen Tag nicht erreichen, und sie müsse ihn doch sofort sprechen –!

Doll hätte noch einiges dagegen zu sagen gehabt, aber die junge Frau schien so fieberisch aufgeregt und verzweifelt, und er selbst war so todmüde und jedem Streite abgeneigt, daß er sich wirklich zu Bens Wohnung auf den Weg machte. "In einer knappen halben Stunde erwarte ich dich zurück!" rief die junge Frau plötzlich ganz aufgelebt. "Und bring den Ben nur gleich mit. Ich warte auf euch mit dem Frühstück!"

In einer knappen halben Stunde war der Weg nicht zu schaffen, denn die Elektrische, die hier einmal gefahren war, ging noch nicht wieder. Doll mußte das ganze Stück zu Fuß laufen. Nein, laufen nicht – schleichen!

Das Haus, das er aufsuchte, stand wenigstens noch, aber der Flurtür fehlte das Namensschild, auf den Klingelruf kam keiner. Vom Portier erfuhr er schließlich, daß der Herr ausgezogen sei, erst vor ein paar Tagen. (›In unsere Wohnung ist vor ein paar Tagen einer eingezogen, hier der Ben ausgezogen –: einen glückverheißenden Start haben wir in Berlin, das muß ich schon sagen!‹) Wohin der Umzug gegangen war, wollte der Portier nicht wissen. ›So kann ich nicht zu Alma zurück!‹ dachte Doll, und nach einigen Anstrengungen entdeckte er im Hause wirklich einen alten Herrn, der die Wohnung wußte, irgendwo ganz weit draußen im neuen Westen, ein Weg von Stunden. Kein Gedanke daran, jetzt dorthin zu fahren. Zurück zu Alma und zum Frühstück!

Sie hatte damit wirklich gewartet, sie hatte sogar ein paar Zigaretten aufgetrieben, freilich zum Preise von fünf Mark das Stück, was Doll, den die Russen bis dahin großzügig mit Tabak versorgt hatten, phantastisch vorkam. Die Nachricht vom umgezogenen Ben aber nahm Alma mit Fassung auf. "Wir werden nach dem Frühstück zu ihm fahren, so schwer es mir mit meinem Bein auch wird. Glaube mir nur, mein Gefühl ist richtig: Ben hilft uns aus aller Not; das mit dem KZ. wird er nie vergessen! Du sollst sehen", fuhr seine Frau immer belebter fort, "er ist schon hochgekommen. Daß er in den teuren Westen gezogen ist, beweist das. Sicher hat er dort eine Villa. Und er wird froh sein, uns helfen zu können –!"

So nahmen sie, erfrischt durch das Frühstück und eine gründliche Waschung, von der freundlichen, aber immer bedrückten Hausmannsfrau Abschied. "Ich werde schon in den nächsten Tagen wiederkommen", versprach Frau Doll, "und vor dem Wohnungsamt die Geschichte mit der frechen Person da oben in Ordnung bringen. Mir nicht einmal einen Stuhl anzubieten, in meiner eigenen Wohnung – die fliegt!"

›Und mit was werden wir ihr "die paar tausend Mark" für die Wohnungsinstandsetzung erstatten?‹ dachte Doll. ›Übrigens bekommen wir, selbst Petta und die Großmutter eingerechnet, nie das Anrecht auf die ganze Siebenzimmerwohnung.‹

Aber er sprach davon nicht mit seiner Frau. Es kam jetzt doch alles, wie es kommen mußte. Es hatte keinen Sinn, sich über irgend etwas aufzuregen oder Pläne zu machen. Alles fand sich von selbst, freilich kaum je zum Guten.

Die Erfrischung durch Waschen und Bohnenkaffee hatte nicht lange vorgehalten, und mit dem Bein seiner Frau mußte es wirklich sehr schlimm aussehen, sie kamen kaum von der Stelle. Immer wieder schwor Doll sich zu, an der Seite seiner kranken Frau zu bleiben, aber ehe er es noch merkte, war er wieder zehn oder zwanzig Schritte voraus. Wenn er dann schuldbewußt kehrt machte und zu ihr zurückkehrte, lächelte sie ihm freundlich zu. "Geh nur!" sagte sie. "Ehe ich dich ganz verliere, pfeife ich. Es muß ja eine Qual sein, neben einer solchen Schnecke, wie ich es heute bin, herzulaufen. Geh los –!"

Nach der kalten Nacht schien die Sonne warm, mit jener angenehm herbstlichen Wärme, die nichts Bedrückendes hat, sondern nur wohltut. Hier in den Villenstraßen hatten die Bäume noch ihr Laub. Es war lichter geworden und verfärbt, aber es tat schon gut, nach all den Ruinen wieder gesunde Bäume zu sehen. Viele von den Villen waren freilich auch zerstört, aber hier zwischen Büschen und Bäumen, von grünen Rasenflächen und Blumen umgeben, sah das nicht so schlimm aus.

Frau Doll sagte zu ihrem Manne, der grade wieder einmal zu seiner "Schnecke" zurückgekehrt war: "Sicher hat Ben schon seinen eigenen Wagen, und sicher wird er uns öfter darin spazieren fahren. Jetzt kommt noch der ganze schöne Herbst – wir wollen ihn endlich einmal, ganz für uns beide allein, sorgenfrei genießen. Wahrscheinlich kann Ben uns auch einen Lastzug besorgen, dann holen wir die Möbel und deine Bücher aus dem Nest und richten uns wieder schön ein. Du wirst sehen, einen wie fabelhaften Haushalt ich dir zaubere! Durch Ben werden wir bestimmt viele englische Gäste haben und du lädst dann deine Schriftstellerfreunde dazu ein ... Ich werde euch die herrlichsten Cocktails mischen – als Mixer stehe ich ganz groß da! – Ben wird schon für die Rohstoffe sorgen –!"

Ben! Ben! Ben!! Was für ein Kind sie doch war –! Wie sie jetzt alle Hoffnungen ihres gläubigen Kinderherzens auf den Freund, an den sie Wochen und Monate nie gedacht, konzentrierte! Ein Kind in Glauben und Vertrauen – keine Enttäuschung hatte bisher diese Fähigkeit, zu glauben und zu hoffen, aus ihrem Herzen ausrotten können.

Schließlich saßen sie wirklich in einem großen Salon der riesigen Villa, von den Fenstern hatten sie einen Blick über den Garten fort zu den Garagegebäuden, wo ein Chauffeur grade das Auto wusch – Bens Auto, darin hatten sich Almas Erwartungen wenigstens erfüllt. Ihr Freund Ben war überraschend hochgekommen, offizielle Schilder am Gartentor der Villa zeigten an, daß Herr Ben bereits einen hohen Posten innehatte.

Vorläufig war er noch nicht in die Erscheinung getreten, eine wichtige Besprechung hielt ihn noch im Erdgeschoß der Villa für einige Minuten zurück. Dafür wirkten um die beiden verloren im prächtigen, mit antiken Möbeln ausgestatteten Raum sitzenden Dolls drei Innendekorateure, legten, miteinander flüsternd, hauchdünne Gardinenstoffe in Falten, stiegen Leitern auf und ab und zogen an Schnüren. Und als Doll all diese neue Pracht um sich sah, wie er sie Monate und Jahre nicht mehr so intakt erlebt, empfand er doppelt, zehnfach die eigene Abgerissenheit. Der schneeige Tüll lenkte seinen Blick auf den eigenen hellen Sommeranzug, der häßliche Flecke und Streifen von der Nachtfahrt aufwies; gegen den reichen Brokat des Sessels, in dem Alma saß, stachen das billige Mäntelchen und die zerrissenen Strümpfe besonders ab.

Ja, sie waren zu Bettlern geworden – in diesem Haus, das auch in den besten Zeiten die Villa eines *sehr* reichen Mannes gewesen war, empfand Doll das besonders stark. Es war noch nicht so lange her, daß er sich selbst für einen recht wohlhabenden Mann gehalten hatte. Aber nun waren er und seine Frau auch nicht mehr – plötzlich sah er das ganz klar – als die Flüchtlinge, deren endlose, jammervolle, hungernde Trecks er vor kurzem noch als Bürgermeister durch sein Städtchen hatte leiten müssen. Auch Dolls, abgerissen und nur ein Köfferchen als ganzer Besitz, ohne Heimstatt, auf die Hilfe von Freunden, von Fremden, vielleicht auf die öffentliche Hilfe angewiesen. Bürgermeister, Hausbesitzer, reichliches Inventar, ein nie völlig erschöpftes Bankkonto, erträglich genährt – und plötzlich nichts, nichts, nichts!

›O Gott!‹ dachte Doll. ›Wenn Alma hier nur nicht zu viel sagt! Daß sie diese beiden Frauen nur nicht um etwas bittet – ich ertrage es nicht, noch sind wir keine Bettler!‹

Unterdes war nämlich die Frau des Freundes Ben mit einer Frau eingetreten; ein bißchen erstaunt waren die beiden Besucher gemustert worden, aber dann hatte Alma zu berichten begonnen ...

Nein, es war nicht die geringste Gefahr, daß sie zu viel sagte. Dazu kam es gar nicht. Denn es geschah etwas, was Doll in der nächsten Zeit noch oft genug beobachten sollte: kaum war Alma recht ins Berichten gekommen, so war es den beiden Frauen deutlich anzusehen, wie sie nicht mehr ruhig sitzen konnten, wie es ihnen auf der Zunge brannte, selber zu erzählen –!

Eben hatte Alma eine Pause gemacht, da setzten die beiden andern ein. Atemlos, überstürzt, einander ablösend berichteten sie, wie schlecht es ihnen ergangen sei, wie sie fast verhungert wären, wie sie so vieles verloren hätten ... Ja, in diesem Prachtbau, in einem antiken Sessel mit Brokatbezug, erfuhren Dolls, wie schrecklich armselig es den Besitzern ergangen war und eigentlich immer noch erging.

Dann trat der Hausherr ein, eilig, nur für fünf Minuten, zwischen zwei wichtigen Besprechungen. Er küßte Frau Alma die Hand und sprach sein Bedauern aus, daß das Leben so schwer, so schwer geworden sei! Nicht einmal eine Zigarette könne er seinen Gästen anbieten, so jämmerlich sei es in seinem Hause bestellt. Ja, das Bein von Frau Doll sehe wirklich schlimm aus, ganz wie eine Blutvergiftung, Doll täte wohl am besten, sie gleich in ein Krankenhaus zu bringen –!

Eine Viertelstunde später standen sie wieder auf der Straße, der Besuch bei Almas getreuestem und dankbarstem Freund war – Gottlob! – ausgestanden. Die Sonne schien noch immer hell und freundlich durch das schüttere Laub der Bäume, der Rasen vor der Villa war tiefgrün, Herbstastern blühten. Doll hängte sich leicht bei seiner Frau ein (sie hatte ein so erschreckend bleiches, krankes Gesicht) und sagte heiter: "Und weißt du, was wir jetzt tun, Alma –? Jetzt pflegen wir unsere Nerven, jetzt machen wir einfach Lebeschön – dein krankes Beinchen wird nebenbei auch gesund. Und wohin gehen wir –? Es fiel mir ein, als vorhin von einem Krankenhaus die Rede war, daß hier, kaum eine Viertelstunde ab, ein Sanatorium liegt, in dem ich schon ein paarmal meine Nerven kuriert habe. Man kennt mich dort, man wird uns dort bestimmt aufnehmen."

"Tu mit mir, was du willst", antwortete Frau Doll. "Nur sieh, daß ich bald zum Liegen komme!"

So begann der Marsch zu dem Sanatorium, der durch das mühsame Gehen der Frau freilich nicht eine Viertelstunde, sondern fast eine Stunde dauerte. Von dem allerbesten Freunde Ben war während dieses wahren Elendsmarsches nicht mehr die Rede, nur einmal sagte Frau Doll aus tiefsten Gedanken heraus: "Ich werde nie wieder anständig und großzügig zu den Menschen sein wie früher! Nie wieder –!"

"Gottlob", sagte er und sah sie zärtlich an, "gottlob, Alma, ist das etwas, was nicht allein von dir abhängt. Du wirst immer – trotz der schlimmsten Erfahrungen – ein anständiger Kerl bleiben!"

Das Sanatorium, ein großer, häßlicher Bau aus roten Steinen und Zement, stand wirklich noch – es wäre auch kaum erträglich gewesen, wenn es auch hier wieder eine Enttäuschung gegeben hätte. Sie saßen im Sprechzimmer. "Biete all deinen Charme auf, Alma", flüsterte Doll. "Sie müssen uns hier aufnehmen. Wo sollen wir sonst hin –?"

Frau Doll hantierte eilig mit Puder, Rouge und Lippenstift, sie half ihrem Charme, wie sie konnte, nach. "Natürlich nehmen wir Sie auf, kleine Frau!" sagte die weißhaarige Ärztin und streichelte ihr das Haar. "Was Ihren Mann angeht, so müssen wir erst den Geheimrat hören. Für Sie habe ich jedenfalls auf meiner Abteilung ein Bett frei!"

Der Geheimrat erschien. Er sah noch viel gelber, faltiger, zersorgter und noch viel intelligenter als früher aus, kam es Doll vor. "Für Herrn Doll habe ich ein

Zimmer frei", verkündete er nach kurzem Bedenken. "Leider für die junge Frau im Moment nicht – vielleicht läßt sich da in drei oder vier Wochen was machen."

Dolls, eben noch ihrer schlimmsten Sorgen enthoben, sahen sich fassungslos an, dann auf die weißhaarige Ärztin, die aber jetzt ein verschlossenes und demütiges Gesicht zu ihrem Chef hin machte. Nutzlos, sich auf die zu berufen, das Schicksal war nun einmal gegen Dolls. Jeder Protest war umsonst. Ein Mißerfolg nach dem andern, sie sollten auf die Straße hinaus ...

"Von meiner Frau trenne ich mich jetzt nicht", sagte Doll nach einem längeren Schweigen. "Komm, Alma. Auf Wiedersehen, Herr Geheimrat. Auf Wiedersehen, Frau Doktor!"

Diesmal merkten sie es auf der Straße gar nicht mehr, daß die Sonne schien, daß die Bäume noch ihr Laub hatten. Die Frage nach dem "Was nun –?" überschattete alles. Gewiß, sie hatten noch mehr Freunde, sie hatten auch noch Verwandte in der Stadt, aber wie konnten sie bei dem Zustand der jungen Frau jetzt noch weite Wege wagen, um schließlich vor einem zerbombten Haus zu stehen –?

"Was nun –? Was nun –?" Und, plötzlich nach dem Sanatorium sich zurückwendend: "Wie ich den Kerl hasse mit seinem schlauhöflichen Gesicht! Natürlich waren Betten frei – für uns beide. Aber er hat deine erste Frau gekannt – ich habe es sofort gespürt, daß er mich mit ihr verglich und ablehnte. Aber wohin gehen wir nun –? O Gott, ich muß endlich irgendwo liegen, nur ein paar Stunden, dann bin ich wieder in Ordnung."

"Ich denke, wir gehen jetzt einfach zu unserer guten Portiere zurück. Sie wird ja irgendein Sofa oder eine Couch haben, auf die du dich legen kannst. Unterdes finde ich schon was anderes!"

Und da ihnen im Augenblick wirklich kein anderer Ausweg einfiel, beschlossen sie so. Der endlose Rückmarsch begann, die Fahrten in den überfüllten U-Bahnzügen, in denen niemand daran dachte, der kranken Frau einen Platz anzubieten, das mühsame Hinauf- und Hinabsteigen von Treppen, gedrängt, gestoßen, wegen ihrer Langsamkeit gescholten. Er hatte das Köfferchen mit ihrem letzten Kanten Brot in der Hand, Fleisch und Kaffee waren alle. Es war Mittagszeit, sie hatten weder Wohnung noch Lebensmittelkarten, noch irgendeine nahe Aussicht darauf. Sie besaßen – nach Almas extravagantem Zigarettenkauf – keine zweihundert Mark mehr.

›Wir stehen vor dem Nichts‹, dachte Doll. ›Wie macht man es nur –? Gift ist uns unerreichbar. Wasser –? Wir schwimmen beide zu gut. Strick –? Widerwärtig!

Gas – aber nicht einmal eine Küche mit Gasherd besitzen wir mehr.‹ Und laut zu seiner sich an ihn lehnenden Frau: "Gleich hast du es ausgestanden! Gleich sind wir zu Haus!"

"Zu Haus", antwortete sie und lächelte, nur ein ganz klein wenig spöttisch. Und doch gleich wieder voller Reue: "Du sollst sehen, daß ich uns noch ein großartiges Zuhause schaffe!"

"Ich glaub's", sagte er. "Ein großartiges Zuhause – ich freu mich schon drauf."

Sechstes Kapitel.
Die neue Last

Und dann waren sie wirklich fast wie zu Hause. Alma Doll lag auf einer Couch der Portierfrau, mit einem Federbett zugedeckt, denn plötzlich fror sie. Ihre Zähne klapperten. Er saß auf dem Rande der Couch, hielt ihre Hände und sah besorgt in das so mager gewordene Gesicht.

Dann ließ der Frostanfall nach, sie lag lange still, wie zu Tode erschöpft. Nun öffnete sie die Augen: "Liebster", sagte sie, "wirst du sehr böse sein, wenn ich dich noch einmal loshetze? Ich glaube, ich brauche einen Arzt ..."

"Aber gerne gehe ich", antwortete er. "Gar nicht bin ich böse. Sofort suche ich einen Arzt."

Sie zog sein Gesicht zu sich herunter, sie küßte ihn. Er fühlte, wie diese trockenen, rissigen Lippen unter seinem Kuß Leben bekamen, sich wieder mit Blut füllten und geschmeidig wurden.

"Ich mache dir schrecklich viel Mühe", flüsterte sie. "Ich weiß, ich weiß alles. Aber ich mache es wieder gut, du kennst mich. Laß deine Alma nur erst wieder auf dem Damm sein, so verwöhne ich dich wieder, du weißt!"

"Meine große Verwöhnerin!" sagte er zärtlich. "Ja, ich weiß, ich weiß alles." Er küßte sie noch einmal. "Und nun gehe ich."

"Du brauchst nicht weit zu laufen", rief sie ihm nach. "Gleich hier in der Straße wohnen sechs, acht Ärzte."

Ja, sie hatten da gewohnt oder wohnten da noch, aber es stellte sich heraus, daß keiner jetzt zu einem Hausbesuch Zeit hatte. Der eine konnte erst am späten

Abend kommen, der andere gar erst am nächsten Tage. Er konnte seine Frau unmöglich so lange in ihren Schmerzen liegen lassen. Er lief weiter, treppauf, treppab, halb dumm vor Müdigkeit, Hunger und Abspannung, seine heißen Füße brannten ...

Schließlich fand er doch einen Arzt, der bereit war, sofort mitzukommen. Nicht gerade die richtige Sorte Arzt, sondern einen für Haut- und Geschlechtsleiden, aber das war ihm im Augenblick ganz egal. Hauptsache, daß ein Arzt zu ihr kam! ›Ich kann doch nicht mit einem neuen Mißerfolg zu ihr zurückkehren! Heute hat es wahrhaftig schon Mißerfolge genug gegeben. Unser ganzes Leben besteht überhaupt nur noch aus Mißerfolgen.‹

Der Arzt hatte ein Gesicht, das aussah, als sei es statt mit Haut mit einem dünnen Pergamentpapier bezogen, das bis zum Zerreißen gespannt war. Ein Mann wie ein Gespenst, mit langsamen, vorsichtigen Bewegungen, als könne er jeden Augenblick zerbrechen, mit einer leisen, eigentlich fast lautlosen Art zu sprechen, als spräche er in Nebel hinein ...

Sie gingen nebeneinanderher auf der Straße. Der Arzt trug einiges Instrumentenzeug in seiner Tasche. Plötzlich fragte er: "Sie sind Schriftsteller, Herr Dr. Doll –?" Doll bejahte das. "Ich bin auch Schriftsteller", sagte der Arzt, immer in der gleichen, unpersönlichen, leisen Art. "Wußten Sie das –?"

Doll überlegte, was für ein Name auf dem Arztschild gestanden hatte. Aber er erinnerte sich nur an das ›Haut- und Geschlechtskrankheiten‹. "Nein", antwortete er darum. "Ich wußte das nicht."

"Doch!" wiederholte der Arzt. "Ich war sogar einmal ein sehr bekannter Schriftsteller. Es ist noch gar nicht so lange her." Er machte eine Pause und setzte dann unvermittelt dazu: "Übrigens hat sich meine Frau auf der Landstraße umgebracht."

›Welch Gespenst!‹ dachte Doll erschüttert. ›Daß ich grade solch Gespenst an Almas Krankenbett bringen muß! Hoffentlich erschrickt sie nicht zu sehr!‹

Am Krankenbett benahm sich dann aber der Arzt ganz normal. Es war sogar, als liefe ein Lächeln über sein Papiergesicht, als er das schöne Kinderantlitz der jungen Frau sah. "Nun, wo fehlt es uns denn, mein schönes Kind?" fragte er sanft. Er untersuchte nicht lange, dann sagte er, mehr zu Doll als zur jungen Frau sprechend: "Eine Blutvergiftung im ersten Beginn. Am besten geht die junge Frau sofort in ein Krankenhaus. Ich werde Ihnen eine Einweisung schreiben."

"Und was wird unterdes mit meinem Mann?!" rief Frau Alma. "Ich gehe in kein Krankenhaus. Ich lasse meinen Mann jetzt nicht allein!"

Doll sagte überredend: "Du kennst doch unsere Lage, meine Süße. Es ist vielleicht fürs erste die beste Lösung. In einem Krankenhaus hast du doch ein Bett! Und Essen! Und Ruhe! Und Pflege! Sage ja, Alma!"

"Und du –? Und du –?!" fragte sie nur wieder. "Wo wirst du sein unterdes, während ich Ruhe und Essen und Bett und Pflege habe –?! Meinst du, ich lasse es mir gutgehen, während du es schlecht hast –?! Nie! Nie!"

Der seltsame Arzt hatte mit gesenktem Kopf, ohne ein Wort bei dieser Unterhaltung gesessen. Nun nahm er seine Tasche und sagte tonlos, ohne Widerhall: "Ich werde Ihnen jetzt erst einmal eine Spritze machen, damit Sie ohne Schmerzen sind und ein wenig schlafen können. Ich sehe dann heute abend noch einmal nach."

"Aber heute abend müssen wir diese Couch geräumt haben!" wendete Doll ein. "Sie ist das Bett der Portierfrau. Heute abend werden wir vielleicht auf der Straße liegen!"

Der Arzt antwortete nicht, er machte nun die Einspritzung. Doll sah sofort auf dem Gesicht der Frau den entspannten, beinahe glücklichen Ausdruck, jetzt schon, da grade erst der Einstich erfolgt war. (Es war ja nicht die erste Morphiumspritze, die sie bekam. Sie kannte das – von ihren Gallenkoliken her.) Dann lächelte sie plötzlich, sachte streckte sich ihr Körper, schmiegte sich förmlich gegen die Unterlage. "Gott! Tut das gut!" flüsterte sie und schloß die Augen.

In einem Zeitraum von fünf Sekunden hatte sie den Mann und Schmerzen und Enttäuschungen und Hunger vergessen. Sie hatte noch viel mehr vergessen. Sie hatte vergessen, daß sie verheiratet war und ein Kind hatte. Sie war ganz allein mit sich, in sich. Ein Lächeln lag um ihre Lippen und blieb dort. Doll sah sie leise atmen, und er begriff, daß ihr jetzt sogar das Atmen eine Lust war.

Der Arzt hatte seine Spritze wieder zusammengepackt. "Ich bringe Sie noch ein paar Schritt, Herr Doktor!" sagte Doll. Im Augenblick schien es ihm unmöglich, bei dieser so ferne gewordenen Frau zu sitzen. In all den Mißhelligkeiten vergangener Wochen und Monate war er nie so allein gewesen wie in diesem Augenblick.

"Ich komme dann heute abend wieder", sagte der Arzt genau wie vorher, als habe er kein Wort gehört. "Zwischen acht und neun. Sorgen Sie dafür, daß dann das Haus noch offen ist."

Doll machte nicht noch einmal Einwendungen, es schien ihm so nutzlos bei diesem Arzt, der doch nicht hörte. Eine Weile gingen sie schweigend nebeneinander. Dann begann der Arzt von neuem: "Es kommt mir heute sehr lange her vor, aber damals war ich wirklich ein sehr bekannter Schriftsteller!"

Keine Spur von Eitelkeit, es klang mehr wie ein Satz aus einem Gedankengang, der ihn hartnäckig verfolgte. Und auch der Satz, den er jetzt sagte, schien zu diesem Gedankengang zu gehören: "Die Spritze, die ich Ihrer Frau machte, habe ich von meiner Selbstmordration genommen. Es ist Scopolamin darin, etwa ein Drittel. Sie wird schlafen, wenn Sie zurückkommen."

Und wieder nach einer Weile: "Ja, ich werde Selbstmord begehen, vielleicht morgen, vielleicht erst in einem Jahr." Er reichte Doll eine matte, feuchte Hand. "Ich bin hier zu Hause. Ich danke Ihnen für Ihre Begleitung. Natürlich war ich nie so gelesen wie Sie. Jedenfalls komme ich heute abend noch vorbei, vergessen Sie die Haustür nicht."

Und noch im Gehen: "Heute werde ich bestimmt keinen Selbstmord begehen. Sie wissen natürlich, daß Ihre Frau eine echte Süchtige ist –?!"

Doll saß bei seiner Frau. Sie schlief ganz fest. Ihr Gesicht sah nun sorgenlos und fröhlich aus, sie schlief wie ein Kind. Durch das offene Fenster kamen Herbstsonnenschein und frische Luft von der Straße herein, die Kinder lärmten fröhlich draußen bei ihren Spielen. Doll war nicht fröhlich, er war sehr müde und völlig hoffnungslos. Dazu quälte ihn der Hunger. Das letzte Stück Brot war längst aufgegessen. Sie hatten nichts mehr.

›Ach!‹ dachte Doll. ›Warum habe ich mir nicht auch solche Spritze machen lassen –?! Einmal alles für kurze Zeit vergessen! Dieser halb Wahnsinnige hätte es getan. Er heißt also Pernies. Ich erinnere mich, er war einmal ein bekannter Mann. Ich glaube, ich habe nie etwas von ihm gelesen, er schrieb wohl mehr über Kunst, als daß er selbst ein Künstler war. Und nun geht er mit Selbstmord um, und seine Frau hat sich auf der Landstraße umgebracht!‹

Doll fuhr auf seinem Stuhl hoch. Er war fast eingeschlafen, und doch mußte etwas geschehen. Keine drei Stunden mehr war die Dunkelheit entfernt, die kein Obdach für sie beide hatte!

Er stand auf. Noch als er aus der Wohnung ging, wußte er nicht wohin. So stieg er noch einmal zu der früheren Wohnung hinauf.

Diesmal wurde ihm auf sein Klingeln sofort geöffnet. Und es war nicht die schnippische Tänzerin, die ihm aufmachte, sondern es war Frau Schulz, jene Dame, der Alma für ihre Abwesenheit die Sorge um ihre Sachen anvertraut hatte und deren Ehrlichkeit von der Hausmannsfrau so arg angezweifelt worden war.

Das weiße, ein wenig fette Gesicht der Frau Major Schulz leuchtete auf, als sie Dolls ansichtig wurde. "Da sind Sie ja, Herr Dr. Doll! Ich habe Ihre Wohnung verteidigt wie ein Löwe – warum sind Sie bloß nicht vierzehn Tage früher gekommen –?! Sie werden jetzt Schwierigkeiten bekommen mit dem Wohnungsamt und der da vorne. – Wo haben Sie denn Ihre Frau –? – Sie schläft – Gottlob, daß sie schläft, so mache ich Ihnen unterdes das Zimmer zurecht. Sie werden ja mit einer Couch für diese erste Nacht auskommen, die andere ist weg, aber Sie brauchen nur hinzugehen, und Sie bekommen sie wieder! – Möchten Sie eine Zigarette? Wie, Sie haben gar keine mehr? Hier, nehmen Sie die Schachtel! – Ach, reden Sie nicht, ich kriege soviel ich haben will, auch Amerikaner, für fünf Mark das Stück, deutsches Geld ... Warten Sie, ich war grade beim Kaffeekochen, als Sie kamen, jetzt trinken Sie eine Tasse Kaffee mit mir. Keinen Kaffee, nein, Café! Ich habe ihn für 400 Mark das Pfund bekommen. Das ist billig, mein Lieber, ich kaufe nur noch billig. Wir werden Weißbrot dazu essen, ich habe auch noch eine Büchse mit Käse hier und, ich glaube, noch etwas Butter.

Ach, reden Sie nicht. Sie haben alles verloren –? Nun, mein Lieber, Sie haben keine Ahnung, wie ich dastehe, ich habe buchstäblich nichts mehr! Grade das noch, was ich auf dem Leibe trage. – Nein, nein, heute sind Sie mein Gast! – Ob wir die junge Frau nicht doch lieber wecken –? Richtig, wir heben ihr etwas auf. – Sie dürfen deswegen aber ruhig alles aufessen, ich bekomme wieder, heute noch. Mich verwöhnen doch alle ... Und ich brauche nie Schieberpreise zu zahlen. – Ja, die Steppdecke ist fort, gestohlen. Ich weiß auch von wem, aber da ich es nicht beweisen kann, werde ich mir nicht den Mund verbrennen.

Sie haben doch gehört, daß der Mann weg ist –? Natürlich abgeholt, so ein Nazi wie der war. Sie sollten bloß noch die Frau holen, die war doch die Schlimmere von den beiden! – Die Wand habe ich aufrichten lassen und etwas verschmieren lassen, ich habe irgendwo notiert, was es gekostet hat, ich sage es Ihnen später. Es war nicht viel, ein Handwerker hat es mir zu Gefallen getan. Die beiden Fensterrahmen mit dem Zellophan und dem Sperrholz habe ich nur geliehen, aber das hat Zeit, vorläufig können sie ruhig in der Wand bleiben.

Aber natürlich steht das Zimmer zu Ihrer Verfügung, es ist ja Ihr Zimmer, und Ihre Möbel sind darin! Auch das Geschirr gehört Ihnen. Ich kann immer bei Bekannten schlafen, und die kleine Sängerin mit ihrer Familie lassen Sie durch das Wohnungsamt raussetzen. Übrigens ganz ordentliche Leute – aber was hilft das? Heute ist sich jeder selbst der Nächste! Sie hat ja schon solche Angst vor Ihnen! Die haben gar nichts, keinen Löffel, keine Tasse ... Übrigens die Teekanne, in der jetzt der Kaffee ist, die gehört Ihnen nicht, Ihre Kannen sind alle bei dem Angriff kaputt gegangen. Eine alte Dame hat sie mir gegeben, sie will natürlich kein Geld dafür. Ich dachte, ein Pfund Zucker und ein Brot. Das ist nicht viel, mein Lieber, Zucker steht jetzt auf 100 und Brot auf 80 – Sie müssen doch eine Kanne haben! Nun, ich werde noch mit Ihrer Frau darüber sprechen.

Sie können ruhig das ganze Weißbrot aufessen, es schmeckt gut, aber es sättigt nicht. Ich hole gleich frisches. Vielleicht kriege ich auch Marmelade. – Wären Sie gestern gekommen, hätte ich Ihnen Kuchen anbieten können, richtigen Butterkuchen, dick mit Zucker bestreut. Schade. Aber ich weiß schon, zum Sonntag werde ich Ihnen einen ganzen Kuchen backen lassen. Mein Bäcker macht Ihnen das ganz billig ..."

So ging das immer weiter, Doll brauchte nur dabeizusitzen und zuzuhören. Ein Ja, ein So, ein Danke genügten vollkommen. Er war in einen Hafen eingelaufen; endlich, endlich, da er schon vollkommen verzweifelt gewesen war, hatte sich doch noch ein Hafen für sie beide gefunden. Er saß behaglich in einem Sessel, die müden Beine mit den brennenden Füßen weit von sich gestreckt, er aß eine Scheibe, drei Scheiben, sieben Scheiben Weißbrot, trank Kaffee, rauchte ein Zigarette und fing wieder an zu essen. Die Schulz aber sprach immer weiter –.

Da saß sie vor ihm, eine Frau in den Vierzigern, im Beginn des Verblühens – was sie doch noch nicht wahrhaben wollte –, die Kleidung ein wenig zerdrückt und schmuddelig, aber unzweifelhaft eine Dame. Oder doch einmal eine Dame gewesen – wer war denn heute noch eine Dame, was früher eine "Dame" geheißen hatte?!

Draußen ist es dann dunkel geworden, an Dolls Bett brennt die große elektrische Stehlampe, leise spielt das Radio Tanzmusik.

Der Arzt, dieses mit Papier bezogene Gespenst, ist dagewesen und schon wieder gegangen. Er hat wohl noch einmal gesagt, die Frau müsse ins Krankenhaus, aber dann hat er ohne alle Weiterungen ihnen beiden eine Spritze gemacht. Jetzt sind sie beide entspannt und gelöst, das Morphium gaukelt ihnen vor, es gäbe nichts Schwieriges mehr für sie.

Auf dem Tisch neben der Couch liegen Zigaretten genug, eine Kanne mit echtem Tee steht dort, Büchsenmilch, Zucker – ein Weißbrot fehlt nicht. Sie sind gut versorgte Leute mit einem Heim, gewählter Musik. Von der Wand sehen Bilder, Originale, nichts grade Erschütterndes, aber guter Durchschnitt.

Dolls schlafen noch nicht. Diesmal war es reines Morphium, was der Arzt gegeben hat, sie plaudern leise miteinander, sie machen noch Pläne ... Pläne –? Jetzt haben sie den Sinn für die Wirklichkeit vollkommen verloren, es sind Träumereien, jede Hoffnung ist, kaum aufgetaucht, schon erfüllt. Die Wohnung gehört ihnen, sie haben Lebensmittelkarten, ein Lastzug wird das Kind Petta und die Sachen aus der Kleinstadt herbringen. Er wird morgen damit beginnen, Bücher zu schreiben, sein Kopf ist plötzlich voller Pläne, er wird Welterfolge haben.

Der Salon der jungen Frau wird *der* Salon von Berlin sein. Die "Brandung" erzählt von Kleidern, die sie sich machen lassen wird, die sie einst besessen hat; er braucht kaum ein Wort dazu zu sagen, er kann seinen eigenen Träumereien nachhängen. Jawohl, er wird mit ihr und dem Kind noch die Weltreisen machen, von denen er vor diesem Kriege schon träumte. Nun ist das verhaßte Morden beendet, ein paar Monate noch, und sie werden aus dieser Trümmerstadt fortfahren in heitere Gegenden, wo stets die Sonne scheint, wo südliche Früchte an den Bäumen reifen ...

So liegen sie da in halben Wachträumen, das ist die Euphorie, der Rausch; endlich sind sie der so bitteren Wirklichkeit entflohen. Beide haben sie tausend Hoffnungen, Hindernisse gibt es nicht mehr. Sie sehen sich an, sie lächeln einander sanft zu, nicht als seien sie Eheleute, sondern wie ganz junge Liebesleute es tun oder Kinder ...

Der Wind läßt manchmal das schlecht gespannte Zellophanpapier im Fensterrahmen knattern, im ausgebrannten Hofgebäude schlägt eine Tür. Immerfort sind geheimnisvolle Geräusche draußen. Rieselnder Schutt –? Ratten, die in den Kellern nach Schrecklichem suchen –? Eine zerstörte Welt, die wieder aufzubauen jeder Wille, jede Hand benötigt wird. Sie aber liegen und träumen. Sie lieben nichts mehr, und sie leben eigentlich auch nicht mehr. Sie haben nichts mehr und sie sind nichts mehr. Die kleinste Widrigkeit kann sie in den Abgrund blasen und für ewig auslöschen. Aber sie träumen.

"Komm, gib mir noch eine Zigarette! Wir werden schon wieder neue kriegen. Ich habe das Gefühl, von heute an wird es uns immer gutgehen."

Aber dann – es ist noch nicht Mitternacht – werden sie unruhig. Die Wirkung der Spritze ist verflogen, die holde Täuschung schwand.

"Ich kann nicht schlafen!" Und: "Die Schmerzen sind nicht mehr auszuhalten! Wir müssen den Arzt noch einmal rufen." – "Zu spät. Sperrstunde! Wir dürfen nicht mehr auf die Straße!" – "Was für ein Unsinn! Und wenn ich ein Kind kriegte?! Oder im Sterben läge?!" – "Gut, daß es nicht so ist –! Ich gehe morgen gleich ganz früh zum Doktor!" – "Morgen früh – so lange halte ich es bei diesen Schmerzen nicht aus – ich gehe gleich!" – "Du, Alma, jetzt, und mit deinem Bein! Dann laß lieber mich gehen!" – "Nein, grade ich. Wenn wirklich eine Patrouille kommt, *mir* werden sie bestimmt nichts tun!" – "Aber die Häuser sind verschlossen!" – "Ich werde schon hineinkommen. Du kennst doch deine Alma. Ich habe bestimmt Erfolg!"

Und sie ging, ließ ihn allein. Noch immer spielte die Musik, noch immer leuchtete hell die Lampe neben der Couch. Aber jetzt war der Rausch verflogen, er sah ihre Lage wieder, wie sie wirklich war: ohne alle Hilfsmittel, krank, ohne Energie, ohne Arbeitswillen, ohne Hoffnung ... Ein papiernes Gespenst, eine zweifelhafte Dame hatten sie ein paar Stunden vergessen lassen, wie ihre wirkliche Lage war, aber nun wußte er es wieder. Jawohl, für den Augenblick hatten sie ein Dach über dem Kopf, aber im Ganzen war nichts gebessert, eher war alles noch schlimmer geworden: nun lief die Frau zu gefährlicher Stunde auf der Straße umher nach einer Spritze Morphium! Ihm fiel auch ein, wie sie in der vorhergehenden Nacht vom Bahnhof Gesundbrunnen nach einer Unfallstelle gedrängt hatte. Da hatte sie von Gallenkoliken gesprochen; jetzt da sie Schmerzen im Bein hatte, erwähnte sie die Galle nicht mehr. Sicher hatte sie gestern schon nur an diese Spritze gedacht. Eine Süchtige – also eine Last mehr!

Ein Uhr – gleich hatte sie wieder zurück sein wollen, und nun war schon eine ganze Stunde vergangen! Er mußte aufstehen, sie suchen, sich um sie kümmern! Aber er stand nicht auf. Was konnte er schon tun –? Vielleicht war sie festgenommen und saß irgendwo auf einer Wache. Oder sie war bei einem Arzt in irgendeinem dieser dunklen Häuser – wie sollte er sie finden? Ihm blieb nur das Warten, immer wieder nichts wie Warten, ein verwartetes Leben, auf das der Tod wartet.

Seine Gedanken verwirrten sich. Die tiefe Erschöpfung, vielleicht auch die Nachwirkung der Spritze machten es, daß er einschlief. Vielmehr: er stürzte in den Schlaf wie in einen tödlichen Abgrund.

Später merkte er, daß sie sich wieder zu ihm auf die Couch legte. Sie war in bester Stimmung. Ja, eine Patrouille hatte sie festgehalten, aber das waren Kavaliere gewesen. "Geh du nur zu deinem Doktor", hatten sie gesagt. "Halt ein weißes Taschentuch in der Hand, dann tut dir keiner was!"

Nein, in das Haus des seltsamen Doktor Pernies war sie nicht hineingekommen, aber sie hatte einen andern Arzt gefunden, einen sehr lebemännischen, zuvorkommenden Arzt, der ihr im Pyjama geöffnet und sofort eine Spritze gemacht hatte. Sie lachte glücklich. Für ihn hatte sie Tabletten mitgebracht, nein, sie vergaß ihren Mann nicht, nie. Er solle diese Tabletten nur gleich nehmen, der Arzt hatte gesagt, sie seien ebenso gut wie Morphium und sehr stark. Sie lachte wieder. "Sieh, und hier sind sogar ein paar Zigaretten. Einer von der Patrouille hat sie mir geschenkt. Laß sehen, acht, zehn, zwölf Stück – ist das nicht anständig –?"

›Nicht so!‹ wollte Doll protestieren. ›So geht alles einen falschen Weg. Wir dürfen solche Dinge nicht tun, weder das mit den Zigaretten, noch das mit dem Morphium. Schon das mit der Schulz war viel zuviel. So darf es nun doch nicht sein, wenn ich auch hundertmal gedacht habe, ich sei ganz leer. So darf es nicht sein, sonst sind wir wirklich ganz verloren. Nichts mehr von diesen Betteleien um Zigaretten, diesen Laufereien nach einer Spritze ...‹

Aber er sagte nichts. Eine bleierne Müdigkeit hielt ihn umfangen, mit verstärkter Macht war die Apathie zu ihm zurückgekehrt. Es half ja doch kein Reden: Alma würde immer nur tun, was sie wollte. Sie war so ferne. Er erlebte und hörte die Welt und sie wie durch einen Vorhang, alles war ohne rechte Beziehung auf ihn. Es ging ihn nichts mehr an; so sehr er sich auch bemühte, "da" zu sein, es gelang ihm nicht. Natürlich hatte er auch die Tabletten genommen, die wie Morphium wirken und sehr stark sein sollten. Vielleicht löschten sie diese quälenden Gedanken aus, nahmen ihn für eine Weile fort von dieser Erde ...

In diesem Zustand blieb er nun Tag für Tag – wie viele Tage? Er wußte es später nicht, und sie wußte es auch nicht. Irgendwann wachte er aus einem künstlichen tiefen Schlaf auf und sah gegen das kleine Zellophanfenster. Dann war es draußen hell oder dunkel, Tag oder Nacht, aber es war gleich, was es war, er blieb doch liegen. Wozu sollte er aufstehen? Er hatte da draußen nichts zu tun, für ihn gab es keine Aufgabe und Pflicht mehr.

Mühsam sammelte er seine Gedanken, dann drehte er sich langsam um und sah neben sich. Manchmal schlief sie da neben ihm, manchmal war sie auch fort. Manchmal war auch er fort (es klang komisch, aber genau so war es richtig ausgedrückt!), dann hatte sie ihm sehr zugesetzt, und er war zu einem Arzt gegangen.

Ja, auch das tat er, wenn es durchaus sein mußte, aber in Wirklichkeit lag er immer und tat nichts, weil er keine Aufgabe mehr hatte, völlig leer gelaufen war ...

Meist aber ging sie selbst, obwohl aus ihrem Bein jetzt ständig Eiter lief, und alle Ärzte sagten, sie müsse unbedingt sofort ins Krankenhaus. Sie hatten jetzt ziemlich viele Ärzte, aber keiner durfte von dem andern wissen. Manchmal, wenn Alma mehrere zum Abend bestellt hatte, bekam sie es mit der Angst zu tun, sie könnten sich treffen, und es könnte herauskommen, wie viele Spritzen sie jeden Abend bekam. Aber es ging immer gut. Sie bekam jetzt meist viele Spritzen, er ging fast immer leer aus, aber sie sorgte gut mit Schlafmitteln für ihn. Wenn die Ärzte kamen, mußte er sich anziehen und den gesunden Gatten spielen. Er kam sich jetzt selbst oft wie ein Gespenst vor, wenn er da saß und höflich über den Zustand seiner kranken Frau sprach.

War er aber nicht fähig, aufzustehen, so versteckte er sich in der kleinen Dienstbotentoilette, solange sie da waren, oder er hockte in dem ausgebrannten Zimmer und starrte in die Ruinen; diese ganze Straße bestand fast nur aus Ruinen. Sie bedrückten ihn nicht mehr so sehr, sie paßten jetzt gut zu ihm ...

Waren dann die Ärzte gegangen, so legte er sich wieder hin, und bald schlief er wieder. Oder er lag auch stundenlang da wie betäubt. Und in allen diesen Tagen, so viele es ihrer auch sein mochten, taten sie nichts, nicht das geringste. Sie gingen nicht auf das Wohnungsamt, sie bemühten sich nicht um Lebensmittelkarten. Nicht einmal die zweite Couch wurde herübergeholt. Sie gaben ihren Freunden und Verwandten kein Lebenszeichen, sie lagen nur da – wie von einem Schlage getroffen, betäubt, gelähmt, gleich unfähig zu Gedanken wie zu Taten. Nur die Sorge um Medikamente und vielleicht um Zigaretten konnte noch ein wenig Leben in sie bringen ...

Natürlich wären sie vor Schwäche längst umgekommen, wenn Frau Schulz nicht für sie gesorgt hätte und neben Frau Schulz eine Freundin der jungen Frau, das Dorle, das irgendwie aufgetaucht war – Doll wußte nicht, woher und wieso – . (Er hatte sich auch in normaleren Zeiten nie zwischen den vielen Freundinnen seiner Frau zurechtgefunden.)

Frau Schulz aber hätte nicht Frau Schulz sein müssen, eine auch im Guten immer fragwürdige Gestalt, wenn die Versorgung der beiden Kranken irgend etwas Regelmäßiges gehabt hätte. Sie sagte, morgen würde sie wieder nach ihnen sehen, und erschien zwei Tage lang nicht. Dolls empfanden das nicht einmal so sehr, ihnen bedeuteten ein oder drei Tage oder eine Woche jetzt nichts. War der Hunger gar zu schlimm, schlich sie in die Küche. Zwischen ihr und der kleinen Tänzerin, die aber gar keine Tänzerin, sondern eine Schauspielerin – und das nicht einmal von kleinen Graden! – war, vor allem aber mit deren Mutter hatte sich eine Art Freundschaft angesponnen. Beide Parteien hatten eingesehen, daß die andere nicht so schlimm war, wie man zuerst geglaubt hatte. Von diesen Küchengängen kam Alma meist mit einem Stückchen Brot oder gar einem Glas voll Marmelade zurück, manchmal aber auch nur mit einem Teller voll kalter Kartoffeln oder ein paar rohen Mohrrüben. Er protestierte nicht mehr – er aß mit, was sie bekam, und dann versuchten sie wieder zu schlafen und die Welt zu vergessen.

Da war noch das Dorle, diese Freundin seiner Frau. Sie war ein noch sehr junges Mädchen, sie hatte ein Kind und eine Mutter. Die Mutter lag im Krankenhaus schon seit der Eroberung Berlins, sie hatte einen Schuß ins Bein bekommen, der durchaus nicht heilen wollte. Und das Kind war nicht satt zu kriegen. Nein, das Dorle konnte nicht wie Frau Schulz zur Ernährung der Dolls beitragen, eher aß sie noch mit bei ihnen. Aber sie machte das Zimmer sauber, wischte Staub, wusch das bißchen Wäsche und verband die Wunde von Frau Doll, so gut es eben ging. Sie war auch immer bereit, neue Ärzte zu bestellen, noch mehr Ärzte zu den alten. Es konnten nie zu viel werden.

Was aber die Geldlage der Dolls selbst anlangte, so wäre sie ohne den Brillantring der Frau Doll verzweifelt gewesen. Auf die Länge von ein und zwei Wochen gesehen, hatte Frau Schulz die Beköstigung der Dolls durchführen können, länger aber – vermutlich aus Geldmangel – nicht. Sie hatte nichts derart gesagt, aber plötzlich waren das Weißbrot, der gute Kaffee und die Zigaretten ausgeblieben; statt des Rufes "Billig! Billig!" war von Frau Schulzens Lippen nur noch die Klage erklungen: "Was das alles kostet! Kinder! Kinder!"

Eines Tages hatte dann Frau Doll ganz überraschend erklärt, sie wolle den Brillantring versetzen, nein, nicht verkaufen, dafür liebte sie ihn zu sehr, nur versetzen. Doll hatte protestiert, aber nur schwächlich – denn was blieb ihnen schließlich übrig? Hier lagen sie, matt und krank, niemand brachte ihnen Geld, aber alles kostete Geld – nun also! Versetzen war sehr gut, dann bekam Alma ihren Ring wieder. Eines Tages würde schon eine Wendung zum Besseren eintreten, die ihnen das Einlösen des Ringes ermöglichte. (Er wußte dabei sehr gut, daß er sich und sie belog, es war nicht die geringste Aussicht auf eine Wendung zum Besseren.) Frau Schulz wurde mit dem Versatz des Ringes beauftragt.

Aber schon am nächsten Tage kam sie mit dem Ring zurück. Sie hatte für ihn ernsthafte, hoch zahlende Käufer, aber in Versatz wollte ihn niemand nehmen.

Geld verleihen, das war heutzutage kein Geschäft: niemand konnte in einem Monat so viel Zinsen zahlen, wie im Schwarzhandel an einem Tage zu verdienen waren. Ja, kaufen wollte man den Ring gerne, und nach längerem Fragen bekam Frau Doll heraus, daß 12 000 Mark dafür bezahlt werden würden. Gewiß, ein guter Preis, nicht wahr? Freilich war der Ring auch gut, Platinfassung, der Brillant mit weißem Feuer, lupenrein, fast fünfviertel Karat.

In ihren geschäftlichen Angelegenheiten war Frau Alma immer ein wenig überraschend – auch für den eigenen Mann. Sie ließ sich den Ring zurückgeben. "Nein", sagte sie später zu ihrem Mann, "wenn die 12 000 bieten, so zahlen sie auch 15 000, und wahrscheinlich haben sie überhaupt 15 000 geboten, und die 3 000 Differenz will die Schulz einstecken. Nein, ich werde den Ring durch Ben verkaufen lassen, der hat viel bessere Verbindungen als die Schulz ..."

Ben –! Es war unzweifelhaft Almas Ring, ein Geschenk ihres ersten Mannes, und Doll war fest entschlossen gewesen, seiner Frau bei diesem Verkauf nicht mit einem Wort hereinzureden. Aber jetzt rief er doch, aus Apathie und Schlafmittelvergiftung für einen Augenblick erwachend: "Ausgerechnet an den Ben! Der uns so lumpig behandelt hat –!"

"Das waren nur die beiden Weiber!" widersprach Frau Alma. "Du erinnerst dich doch, er hatte an dem Tage grade keine Zeit."

"Nicht einmal eine Zigarette hatte er für dich!" rief Doll.

"Wir haben auch oft keine Zigaretten", antwortete Alma. "Laß mich nur machen! Du wirst sehen, wir erzielen bei Ben einen viel höheren Preis!"

"Tu, was du willst!" Damit kehrte Doll in seine Apathie zurück. "Ich wünsche dir nur, daß Ben dich nicht noch einmal enttäuscht!"

Infolge dieser Unterhaltung tauchte eines Tages Herr Ben bei dem Ehepaare auf, das im Bett lag, obwohl es auf den Mittag zuging. Herr Ben ließ sich aber kein Verwundern merken, graumeliert, aber mit dunklen, glühenden Augen küßte er der jungen Frau die Hand, besah aufmerksam den Ring, erklärte dann, er verstehe von Edelsteinen nichts, wolle aber sehen, ob sich der von der jungen Frau geforderte Preis von 20 000 Mark erzielen lasse. Was rauszuholen sei, werde er jedenfalls bestimmt rausholen, Alma kenne ihn ja. Nachdem Herr Ben noch 1 500 Mark, die er zufällig bei sich hatte, zur Behebung der ärgsten Dollschen Notlage deponiert hatte, entschwand er wieder, Händchen küssend, mit dem Ring ...

Ob Frau Schulz über den wieder fortgenommenen Ring (mit dem ihr vielleicht auch eine erhebliche Kommissionsgebühr entgangen war) ärgerlich war oder nicht, jedenfalls besaß sie eine ausgezeichnete Witterung für Geld. Die Benschen 1 500 waren noch keinen halben Tag bei Dolls, so erschien Frau Schulz mit einem Notizbüchlein, und es ergab sich, daß sie an Dolls eine Forderung zu haben glaubte, die diese 1 500 nicht unwesentlich überstieg. Mit Staunen hörten die Dolls an, wie sie eine endlose Litanei von Zigaretten, Kaffee, Zucker, Salz, Kuchen und Kartoffeln herunterbetete. Auch die von einem Handwerker aus "Gefälligkeit" wieder aufgerichtete Wand fehlte nicht – und der Mann hatte sich seine Gefälligkeit gut bezahlen lassen. Vom ersten Tage an war alles genau angeschrieben worden, auch all das, was sie als Geschenk ausgegeben und für das sie sich hatte herzlich danken lassen, jetzt fand es sich wieder als geschäftliche Lieferung und nicht billig – billig! Ja, die Vermutung war nicht von der Hand zu weisen, daß Frau Schulz nicht nur die ihnen mitgebrachten Zigaretten und Kaffee in Rechnung stellte, sondern auch so manche Zigarette, die nie geraucht, so manchen Kaffee, der nie getrunken worden war ...

Es wäre vielleicht schon bei dieser Gelegenheit zu einem kräftigen, aber erlösenden Krach gekommen, wenn nicht beide Dolls so völlig gleichgültig gewesen wären gegen das, was um sie und was mit ihnen geschah. Eine kurze ärgerliche Aufwallung – aber auch die erst in Abwesenheit der Schulz (diese Gute hatte sich nach solchem Bombenabwurf erst einmal zurückgezogen und wartete die Wirkung klüglich in der Ferne ab) –, Alma schwor jedenfalls, nie wieder von der Schulz etwas anzunehmen, und sei es auch nur eine einzige Zigarette. Dann wechselten die 1 500 Mark ihren Besitzer, und Ben wurde durch das Dorle berichtet, er müsse sofort neues Geld bringen.

Diesmal ließ sich Herr Ben aber einige Tage Zeit. Und als er dann schließlich kam, war der Ring seiner Angabe nach noch nicht verkauft. Leider waren, wie er zu seinem eigenen großen Leidwesen berichten mußte, die Preise für Gold und Edelsteine grade rückläufig, ein schlechter Augenblick zum Verkauf. Er habe aber jemanden in Aussicht, der vielleicht doch etwa den geforderten Preis anlegen wolle, vielleicht nicht zwanzig, aber doch neunzehn oder achtzehn. Jedenfalls: "Das weißt du ja, Alma, ich tue für dich, was nur irgend möglich ist!"

Außerdem brachte er zweitausend Mark, von seinem eigenen Geld vorgeschossen, nicht ohne schwere Opfer, wie er mehrfach betonte.

Das Schifflein der Dolls war aber erst einmal wieder flott, der Schulz wurde ihre Restforderung ausgezahlt, und von Stund an besorgte das Dorle alle Einkäufe der Dolls.

Siebentes Kapitel.
Trennung der Dolls

In Tagen und Wochen ausgedrückt, hätten es Dolls nie sagen können, wie lange sie nun schon auf ihrer Couch lagen. Jedenfalls war es eine endlose Zeit, nie ganz wach, nie mit irgend etwas beschäftigt, was über die dringendsten Lebensbedürfnisse hinausreichte.

Das Bedürfnis der jungen Frau nach narkotisierenden Spritzen hatte sich entgegengesetzt der Neigung der Arzte, ihr welche zu geben, vergrößert, die nie richtig behandelte Vereiterung des Oberschenkels wurde immer bedrohlicher. Immer entschiedener forderten die Ärzte: "Entweder Krankenhaus oder Aufgabe der Behandlung!"

Auch die wirtschaftliche Lage der Dolls wurde stets unmöglicher. Ben kam immer lässiger und brachte stets weniger Geld. Noch immer war der Ring nicht verkauft, er mußte immer noch "unter Opfern" aus Eigenem vorschießen, stets kleinere Summen, erst 1000 Mark, dann nur noch fünfhundert. Die Lage auf dem Edelsteinmarkt war eben gar zu schlecht. Es war unratsam, jetzt zu verkaufen, man würde nicht einmal fünfzehn, ja, vielleicht noch viel weniger erzielen. Aber er blieb weiter bemüht, getreuer Freund der Alma ...

Bis eines Tages plötzlich die junge Frau entschlossen sagte: "Heute noch lasse ich mich ins Krankenhaus aufnehmen!" Und einen Augenblick später setzte sie hinzu: "Und dich bringe ich vorher noch in dein Sanatorium!"

Diesmal wurde wirklich etwas daraus. Die junge Frau entwickelte eine Energie wie schon seit vielen Tagen und Monaten nicht mehr. Sie suchte ein bißchen Wäsche und Toilettenzeug für den Mann zusammen, und wenn er fragte: "Und was wirst du nehmen?" so antwortete sie nur: "Darum mach dir nur keine Gedanken, ich sorge schon für mich selbst!"

Wäre Doll ein wenig wacher und nicht so apathisch gewesen, er wäre aus dem Verwundern über die plötzliche Tatkraft seiner Frau nicht herausgekommen, sie kämpfte sich sogar bis zum Bürgermeister des Bezirks durch und erbettelte von ihm ein Auto, den schwerkranken Mann in ein Sanatorium zu fahren.

Irgendwann erwachte dort Doll aus einem tiefen Schlaf, der wie der Tod gewesen war, so ohne Erinnerung und Traum, selbst ohne Atem schien der Schlaf gewesen ... Er sah mühsam, noch ganz benommen, um sich, zu erkunden, wo er war, wo denn Alma geblieben war –? Immer hatte er sie neben sich im Bett gespürt, nun war sie fort, und er war ganz allein. Diese Entdeckung beunruhigte ihn sehr, sie lichtete den Nebel des Schlafmittels in seinem Hirn rascher, er setzte sich im Bette auf und sah um sich ...

Es war eine ehemals weißlackierte, jetzt viel bestoßene Eisenbettstelle, in der er saß; über seinem Leib lag eine blaukarierte Bettdecke. Der Raum war sehr klein und enthielt nichts wie eben diese Bettstelle. Etwa bis zu Mannshöhe war die Wand mit einer grünen Ölfarbe gestrichen, dann war sie geweißt wie die Decke, an der über ihm sehr hoch eine elektrische Lampe brannte. Ein Stück des Deckenbewurfs war abgefallen, er sah das Rohrgewebe und die Bretter, an denen es festgemacht gewesen war ...

Einen Augenblick betrachtete er das alles. Er mußte überlegen, wo er diese beschädigte Decke schon gesehen hatte. Dann fiel es ihm plötzlich ein. Plötzlich erinnerte er sich der Nacht vom 15. zum 16. Februar 1944, als einer der für ihn schlimmsten Bombenangriffe 55 Minuten lang über Berlin hinweggegangen war. 55 Minuten lang waren in der nächsten Nähe des Sanatoriums Bomben niedergefallen, und eine große Sprengmine hatte eine Ecke weiter alles dem Erdboden gleichgemacht. Sie, die Kranken und die Schwestern, die in einem halb über der Erde befindlichen, völlig unzureichenden Luftschutzkeller saßen, hatten von allen Seiten den Schein der Brände gesehen. Als sie aber nach der Entwarnung nach oben gekommen waren, hatte das Glas aller Fenster in den Zimmern gelegen, die Decken waren zum größten Teil eingestürzt gewesen, und in jener Nacht war auch das Stück Gips da oben an der Decke abgestürzt.

Er erinnerte sich jetzt dessen wieder genau; plötzlich war es, als fühle er wieder das Grauen, die Furcht jener Nacht. Plötzlich war es ihm, als könne gleich die Sirene gehen und ihn hinunterscheuchen in den Keller zu einer andern schrecklichen Stunde der Qual.

Aber dann besann er sich: es war jetzt Friede, Friede ... Keine Sirene ging mehr. Ruhig konnte er in der "Tobzelle" des Sanatoriums weiterschlafen, bis es Morgen wurde, in dieser Tobzelle, die von der Schwester Emerentia nur "das Stübchen" genannt wurde. Wie aber kam er, Herr Doll, in dieses Stübchen –?! War er so unruhig gewesen, hatte er getobt? Noch nie hatte er bei seinen früheren Aufenthalten im Sanatorium hier gelegen! Jedenfalls lag er nicht bloß auf Matratzen, sie hatten ihm die Bettstelle gelassen, es konnte also nicht ganz schlimm gewesen sein! Und jetzt, er sah es erst in diesem Augenblick –: die mit Eisen beschlagene Tür der Zelle war nur angelehnt, schlimm konnte es mit ihm nicht stehen.

Doll setzte sich vorsichtig auf die Bettkante. Ein bißchen unsicher fühlte er sich noch von dem Schlafmittel, aber er würde schon, wenn er sich ab und an gegen die Wand stützte, gehen können. Unwillkürlich sah er sich nach seinen Hausschuhen und dem Bademantel um. Aber er erinnerte sich, daß er nichts Derartiges mehr besaß. So nahm er die Bettdecke um die Schultern und trat auf den Gang und von dort auf die Diele.

In dem großen Samtsessel saß wie immer beim Licht der kleinen Hilfslampe der Nachtpfleger. Eine Weile beobachtete ihn Doll aus der Ferne. Nein, es war nicht der nette Holländer, der den Krieg hindurch hier die Nachtwachen gemacht hatte, und der oft noch bei schon fallenden Bomben die letzten widerspenstigen Kranken aus den Betten in den Keller geschleppt hatte. Es war ein unbekannter Pfleger. Trotzdem –!

Doll räusperte sich, ging weiter. Der Pfleger fuhr aus einem leichten Halbschlaf auf, spähte in das Dämmerlicht und legte beruhigt den Kopf zurück, als er Doll erkannte. "Na, sind Sie auch einmal wach?" fragte er dann. Und er setzte hinzu: "Erkälten Sie sich bloß nicht mit ihren nackten Füßen –!"

"I wo!" antwortete Doll, setzte sich dem Pfleger gegenüber in einen Korbsessel und schlug die Decke um die Beine. "Ich erkälte mich nie. Ich bin hart. Ich habe einmal im Winter da hinten vor der Teeküche einen halben Tag auf den roten Fliesen gelegen, es hat mir auch nichts getan."

"Danke schön!" sagte der Pfleger. "Und warum haben Sie das gemacht?"

"Keine Ahnung mehr!" antwortete Doll. "Wahrscheinlich um ein Mittel zu kriegen, das die mir sonst nicht gegeben hätten. – Sind Sie direkt hinter dem Simon Boom gekommen –?"

"Wer ist denn das –? Ach so, ich weiß schon, der holländische Nachtpfleger! Nein, den habe ich nicht mehr gekannt. Der ist gleich nach dem Umsturz weggemacht. Ich bin erst ein paar Wochen hier."

"Ist denn noch jemand von den alten Leuten auf der Station? Sie haben sicher gehört, ich war hier schon öfter, ich bin gewissermaßen Stammgast auf der Station."

Er sagte das nicht ganz frei von Stolz. Dies war ein Haus, in das er immer gegangen war, wenn ihn seine überreizten, nie sehr starken Nerven im Stich gelassen hatten. Schwere Stunden hatte er in diesem Hause erlebt, Depressionen, in denen er sich völlig aufgegeben hatte, in denen er selbst an seinem Verstande gezweifelt hatte, aber immer hatte er sich wieder aufgerappelt. Plötzlich – von heute auf morgen – hatte er sich dann für gesund erklärt und war wieder an seine Arbeit gegangen ...

Er liebte das Haus, besonders aber diese Station mit dem langen Gang zu den Toiletten, auf dem sich zu jeder Tages- und Nachtzeit die Schritte der Kranken hören ließen, diesen Gang mit seinem rotbraunen Linoleum, auf den so viele weiße Türen gingen, alle ohne Klinken übrigens, mit den Schlüsseln der Pfleger allein zu öffnen, und mit großen Glasfenstern, die den Einblick in jedes Zimmer von außen gestatteten, mit Fenstern, deren Glas so stark war, daß es auch der erregteste Kranke nicht mit einem Stuhlbein zerschlagen konnte.

Er liebte die geheimnisvolle Atmosphäre, die sich nach jedem "Exitus" verbreitete, die Pfleger, die dann ziellos herumstanden, und die alle Kranken, da sie von dem Todesfall nichts erfahren sollten, immer wieder in ihre Zimmer zurückscheuchten. Immer war es "peinlich", wenn jemand im Sanatorium starb, es wurde von allen Angestellten gewissermaßen als Schande empfunden, man starb hier nicht, hier wurde man gesund! Und meist gelang es der Leitung auch, einen solchen Moribundus noch kurz vor dem Ende in ein städtisches Krankenhaus zu schmuggeln.

Er liebte die "Schocktage", wenn den Kranken mit Cardiazol oder Insulin oder auch mit elektrischem Strom Schocks beigebracht wurden. Dann hörte er in seinem Zimmer plötzlich den Aufschrei der Geschockten, wenn sie das Bewußtsein verloren, der genau so klang wie der Schrei eines Epileptikers. Und schon trat tiefe Stille ein, als wagten die Verschonten nicht, sich zu rühren, um nicht ein gleiches Schicksal auf sich hinabzuziehen.

Er liebte ganz besonders das verbotene Herumsitzen in der "Teeküche", in der nie mehr Tee gekocht, sondern nur noch abgewaschen wurde, das lange Plaudern mit der Pflegerin dort, die ihn schon seit vielen Jahren kannte ... Sie verwöhnte ihn mit Essen, soweit ihr das möglich war. Er mochte die jüngere, noch anziehende Frau gern, die nun schon zwanzig Jahre unter diesen langsam hinsterbenden Männern lebte, und die sich – trotz Verlusts all ihrer Illusionen – Hilfsbereitschaft und Mutterwitz bewahrt hatte.

Und er liebte die Visiten der Ärzte in ihren langen, tadellos weißen Kitteln, für die jeder Kranke nur ein Fall war, der sofort jedes Interesse verlor, sobald das eigentliche akute Stadium überwunden war. Er amüsierte sich in aller Bescheidenheit über diese Psychiater, die den kleinsten Stimmungsumschwung ihrer Patienten genau beobachteten, für die aber körperliche Erkrankungen nicht existierten. Er liebte diese Ärzte grade darum, weil sie, je älter und wissensreicher sie wurden, sie um so mehr ihren Kranken zu gleichen schienen, weil sie so ohne jede Beziehung zum wirklichen Leben zu sein schienen.

Er liebte die Spaziergänge in den kleinen, hoch ummauerten Gärten, die allem auf der Welt, nur nicht Gärten gleichsahen und Stätten völliger Trostlosigkeit darstellten. Er liebte den plötzlich entstehenden Lärm auf dem Gang, wenn ein erregter Kranker rasch in die Tobzelle oder in das Bad geschafft wurde. Er liebte das ganze Haus mit seiner dichten, stickigen Atmosphäre, mit seiner Geborgenheit, das Leben hinter den schmalen Eisenfenstern, es war ihm wie ein Zuhause.

"Sagen Sie", fragte er später den Nachtpfleger Bachmann. "Warum liege ich eigentlich im Bunker? War ich so erregt –? Habe ich was kaputt geschlagen –?"

"Ach, nicht die Bohne!" antwortete der Pfleger. "Sie waren fromm wie ein Lamm. Aber es war nichts frei, als Sie kamen, da hat man Sie eben dahin gesteckt."

"Waren Sie hier, als ich kam? Haben Sie meine Frau gesehen?"

"Nein, Sie kamen schon vor meinem Dienst, am Nachmittag. Ich weiß von nichts. Sie waren wohl ziemlich vollgetankt, haben aber noch mehr bekommen."

"So!" sagte Doll. Und: "So!" Aber er setzte die Unterhaltung nun nicht mehr fort, er saß still da, deckte sich fester zu. Plötzlich fiel ihm ein, daß er nicht einmal wußte, in welches Krankenhaus Alma gekommen war! Er konnte ihr nicht schreiben, ihr keinen Boten senden, sie nicht rufen. Er war allein, seit einer langen Zeit war er wieder einmal ganz allein, und plötzlich fühlte er, wie schwach er noch war und wie schlecht es ihm ging.

Er stand auf. Unwillkürlich fing er an, auf und ab zu gehen, die Decke um die Schultern, wie er schon viele Nächte diesen langen Gang auf und ab gewandert war, die endlosen Stunden ohne Schlaf hinter sich bringend.

So fand ihn die alte Nachtschwester. Mit ihrer hellen Altersstimme rief sie, ohne Rücksicht auf den Nachtschlaf der andern: "Und da haben wir ja auch unsern Herrn Dr. Doll wieder –! Nun, Herr Doktor, wie geht es Ihnen denn? Wie gefällt es Ihnen im Stübchen? Hihi, hihi, da hat sich die Schwester Emerentia aber einen

Witz gemacht, den Herrn Doll ins Stübchen zu stecken, unsern alten Stammgast! Na, lassen Sie nur, Herr Doll, es kommt auch noch wieder anders! Nur: wir haben über zweihundert Voranmeldungen und kein Bett seit Wochen frei. Wenn da jemand ganz ohne Anmeldung kommt ..."

"Ich war ja angemeldet", brummte Doll. Es stimmte zwar nicht ganz, aber ...

"Jaja, natürlich!" rief die Schwester immer eifriger und helltöniger. "Es ist ja auch keine Schande, in der Zelle zu liegen, wenn man so brav und artig ist wie der Herr Doktor, nicht wahr, Herr Bachmann?" Der Nachtpfleger brummte eine Zustimmung. "Aber nun gehen wir auch hübsch wieder ins Bett! Es ist noch viel zu früh, so herumzulaufen, erst halb drei ... Sie erkälten sich ja!"

"Erkälte mich nie –"

"Doch, jaja, natürlich erkälten Sie sich. Und wenn Sie nicht mehr schlafen können, gebe ich Ihnen noch was Hübsches ein. Was möchten Sie denn gerne zum Schlafen haben –?"

Wäre er es noch nicht gewesen, diese Frage brachte ihn sofort in den alten Dreh des Hauses, nämlich so viel Schlafmittel herauszuschinden wie nur irgend möglich. Abweisend sagte er: "Ach, lassen Sie mich nur ruhig hier weiter rumlaufen! Sie geben mir ja doch nichts Vernünftiges, ihr beschummelt hier ja alle einen armen, elenden Kranken!"

Die Nachtschwester Trudchen tat einen hellen Entsetzensschrei. "Aber, Herr Doktor, wie können Sie nur so was sagen, Sie, ein gebildeter Mann! Wann habe ich Sie wohl je beschummelt? Aber natürlich", fuhr die Nachtschwester fort, "wenn einer ewig unartig ist und ständig Krach macht, dann gebe ich ihm auch mal statt Luminal Scopolamin. Das ist doch nie im Leben Beschummeln, das ist eine ärztliche Maßnahme!"

"Ach so –!"

"Aber bei Ihnen ist doch so was nie nötig, Herr Doktor! Wissen Sie was, ich werde Ihnen Paraldehyd geben! Das haben Sie doch immer Ihr Schnäpschen genannt, das haben Sie doch immer gerne genommen!"

"Na, und wieviel wollen Sie mir davon geben?" fragte Doll jetzt schon lebhaft interessiert. Paraldehyd war kein schlechter Vorschlag von dem Trudchen, sie kannte ihre Pappenheimer, sie, die nun schon über dreißig Jahre den Nachtdienst im Sanatorium versah. Sie ersetzte völlig einen wachthabenden Arzt, der Geheimrat ließ ihr darum auch in der Medikamentur ganz freie Hand.

"Wieviel ich Ihnen geben will?" fragte die Nachtschwester und warf einen schnellen, prüfenden Blick auf Doll, um zu taxieren, wieviel er wohl brauche. "Nun, ich werde Ihnen drei Teilstriche Paral geben ..."

Mit einem Ruck zog Doll die Decke wieder um die Schulter und schickte sich an, seinen Fußmarsch wieder aufzunehmen. "Ihre drei Paral behalten Sie ruhig, Schwester Trudchen!" antwortete er verächtlich. "Da gehe ich lieber die ganze Nacht spazieren, als mir solche Kinderportionen verpassen zu lassen." Und im Abgehen, mit Nachdruck: "Acht will ich mindestens haben!"

Geschrei, Geschwätz, Beschwörungen. Herr Dr. Doll wisse doch sehr gut Bescheid, fünf seien die Höchstdosis. Herrn Doll ging so lächerlicher, ausgedachter Kram wie eine Höchstdosis nichts an: er war giftfest! Er hatte schon mal sechzehn Paral bekommen. (Eine glatt erfundene Behauptung!) Der Handel begann, Schwester Trudchen beschwörend und flehend, Doll stolz wie ein Spanier, der Bettlergeschenke verschmäht, immer bereit zum Abgehen, aber innerlich höchst aufgekratzt von alledem. Er dachte bei sich: ›Ihr seid schön dumm. Ich würde großartig auch ohne jedes Schlafmittel schlafen, ich stecke ja noch ganz voll von dem Zeugs. Aber nun grade nicht!‹

Schließlich einigten sie sich auf sechs Teilstriche. Doll versprach, sofort ins Bett zu gehen, die Schwester verpflichtete sich, das Paraldehyd nicht mit Wasser zu verdünnen. "Wenn es Ihnen die Kehle ausbrennt, Herr Doktor, mir tut es ja nicht weh!"

Doll lag wieder im Bett, in dem Stübchen. Dieses Haus war schon richtig, in seiner Art war es ein ganz großartiges Haus. Er lag, seinen schnapsigen Schlaftrunk erwartend, die Hände hinter dem Kopf verschränkt, behaglich im Bett. Flüchtig dachte er an Alma, aber jetzt ganz ohne Sehnsucht, ohne das dringende Bedürfnis, sofort zu ihr zu stürzen. Das war nicht nötig. Alma lag auch in einem Krankenhause, ihre Wunde wurde jetzt täglich behandelt und verbunden – sie war auch gut aufgehoben, genau wie er, kein Grund zu Besorgnissen!

Wie immer in diesem Hause ließ das Schlafmittel reichlich lange auf sich warten. Das war ein Trick von denen, um das Mittel recht kostbar erscheinen zu lassen, oder es war auch einfach Bummelei. Die Kranken hatten ja Zeit genug, die konnten warten. Doll hörte, wie sich Schwester Trudchen mit dem Nachtpfleger ganz ungeniert laut im Schwesternzimmer unterhielt. Früher hatte er manchmal gegen diese Rücksichtslosigkeit getobt, so gar nicht den kostbaren Nachtschlaf der Kranken zu respektieren. Jetzt lächelte er nur darüber. Auch das gehörte zu diesem Haus. Das Haus allein hatte von dieser Krachmacherei den Schaden: um so mehr Schlafmittel mußten gegeben werden –!

Einen Augenblick war sich Doll ganz klar darüber, daß dies eben ein blöder Schluß gewesen war: den Ärzten schadete es bestimmt nicht, wenn die Kranken zu viel Schlafmittel bekamen. Es schadete allein den Kranken, die dann den ganzen Tag mit halbblödem Kopf herumliefen. Auf den Fall Doll bezogen, war es der Schwester Trudchen auch ganz egal, ob Doll drei oder acht oder sechzehn Teilstrich Paraldehyd bekam. Eigentlich brauchte er gar keines mehr, er fühlte sich sehr behaglich im Bett. Allmählich erwärmten sich seine eiskalt gewordenen Glieder wieder, er brauchte sich nur im Bett umzudrehen und einzuschlafen.

Aber nein, es war besser, auf einmal ausgelöscht zu werden, plötzlich nicht mehr da zu sein.

Es gab ein Gedicht, es stand vorne in einem Novellenband der Irene Forbes-Mosse. Es hieß "Der kleine Tod" und fing etwa so an: "Den kleinen Tod, den stürb ich gar so gerne, den kleinen Tod beim ersten Licht der Sterne ..."

Es war gewiß ein ganz anderer Tod, von dem die Dichterin aussagte, aber Doll nannte dies rasche Ausgelöschtwerden durch Medikamente seinen kleinen Tod. Er liebte ihn. In der letzten Zeit hatte er so viel an seinen Bruder, den Großen Tod gedacht, er hatte mit ihm gelebt, gewissermaßen Haut an Haut; er hatte sich daran gewöhnt, ihn als die einzige, ihm noch verbliebene Hoffnung anzusehen, die ihn gewiß nicht enttäuschen würde. Er brauchte nur ein bißchen mehr Entschlußkraft, als er im Augenblick grade zur Verfügung hatte, und es war geschehen. Und bis dieses Mehr an Entschlußkraft da war, hatte er den Kleinen Tod. Im Augenblick wartete er grade auf 6 Gramm Paral, und sobald die in ihm waren, war es mit all diesen Überlegungen und Zergliederungen vorbei. Er mußte sich nicht mehr quälen, über nichts hatte er sich noch Rechenschaft abzulegen, warum Herr Dr. Doll dies so tat und jenes außer acht ließ, es gab dann keinen Doll mehr ...

Immerhin war es jetzt wirklich an der Zeit, daß die mit ihren Schlafmitteln antraten. Mit einem Ruck ist Doll aus dem Bett. Er geht zum Schwesternzimmer hinüber, die Tür steht offen. Schon hat ihn die Nachtschwester erspäht. "Da ist wieder der Herr Dr. Doll –! Kommen Sie, Schwester, geben Sie ihm doch gleich sein Zeugs!"

Die Schwester hat schon die braune Flasche zur Hand genommen, sie ruft (sie ist nämlich noch immer durch Herrn Dolls ungerechtfertigten Verdacht gekränkt): "Da kann sich der Herr Doktor gleich überzeugen, daß ich ihn nicht beschummele! Ich und beschummeln! Eher gebe ich zu viel als zu wenig!"

Und sie gießt ein. Schon verbreitet sich der charakteristische Paralgeruch, im Grunde stinkt das Zeug abscheulich. Aber für Doll riecht es gut, herrlich! Er beobachtet gespannt das Eingießen und nickt sogar beistimmend, als die Schwester ruft: "Da sehen Sie, beinahe sieben sind es geworden! Wie bin ich zu Ihnen, Herr Doktor –?"

Aber der ist jetzt nicht mehr gesonnen zu reden. Er hat schon das Medizingläschen in der Hand, endlich, endlich hat er wieder den tiefen Schlaf, den Kleinen Tod in der Hand, er ist ganz eingehüllt in den Geruch. Nein, jetzt unterhält er sich nicht mehr. Sein Gesicht ist ernst, fast finster geworden: er ist ganz allein mit sich und seinem Schlaf. Er gießt den Inhalt des Glases mit einem Ruck in den Mund. Es brennt viel schärfer als der allerschärfste Schnaps, es scheint die Haut im Mund wegzufressen, es macht das Atmen unmöglich. So ungern er es tut, er muß zwei kleine Schluck Wasser nachtrinken, er muß diesen herrlichen Todesgeschmack abschwächen. Dann sieht er noch einmal auf die beiden, murmelt ein kurzes "Nacht" und geht zurück in die Zelle, in sein Bett. Er liegt noch einen Augenblick, die Hände hinter dem Kopf verschränkt, sieht starr in das Licht.

Es zieht wie Wolken durch seinen Kopf, er möchte noch an dies und das denken, und er ist doch schon fort von dieser Welt in seinem geliebten Kleinen Tod ...

Irgendwann wacht er dann wieder auf, und jedesmal ist seine Stimmung anders. Mal liegt er stundenlang mürrisch in seiner Zelle, spricht kaum das Nötigste, wendet sich zur Wand und verweigert jede Auskunft, wenn die Arztvisite kommt. Oder er weint auch viele Stunden leise vor sich hin; dann empfindet er ein unendliches Mitleid mit sich und seinem vertanen Leben, er fühlt, daß er sterben muß. An solchen Tagen ißt und trinkt er nichts, sie sollen ihn schon verrecken sehen in seiner Gestankzelle ... Und wieder an andern Tagen ist er aufgeräumt, die Decke um die Schultern, rennt er überall umher, unterhält sich mit den andern Kranken.

Der junge Stationsarzt war freundlich zu ihm, er suchte ihm zu helfen, er wollte klar sehen, woher diese Mischung von Apathie und Verzweiflung bei Doll stammte. Aber Doll wollte darüber nicht sprechen, er würde vielleicht nie darüber sprechen können, nicht einmal zu seiner Frau, zu Alma. Vielleicht würde er sich eines Tages davon freischreiben können – aber erst, wenn alles überstanden war. Manchmal glaubte er daran, daß er wieder gesund werden würde, daß noch einmal etwas da sein würde, die Leere in seinem Innern auszufüllen. Aber das waren seltene Stunden.

Meistens suchte er den jungen Arzt von seiner Spur abzulenken; dann erzählte er etwas aus seinem Leben, er sprach über Bücher oder er ließ den jungen Arzt auch einmal sich aussprechen, über die schlechte Bezahlung, die noch schlechtere Beköstigung, den übermäßigen Dienst, die verächtliche Art des Geheimrats, seine Mitarbeiter zu behandeln. Oder er versuchte, etwas von dem jungen Arzt über Selbstmordmöglichkeiten herauszubekommen. Darin besaß er eine große Geschicklichkeit: er sammelte Material über Zyankali, Morphium, Scopolamin, Dosen, die unbedingt tödlich wirkten, über das Einspritzen von Luft in die Venen zur Herbeiführung einer Embolie, über Insulin, das einen später kaum nachweisbaren Selbstmord ermöglichte. Er sammelte Material, er wollte bereit sein, wenn die Stunde ihm Kraft genug schenkte, "dies" zu tun, den einzigen Ausweg zu benutzen, der einem Deutschen heute noch blieb.

Zweiter Teil. Die Gesundung

Achtes Kapitel.
Die selbständige Entlassung

Während Doll so auf "Männer Drei oben" ein tatenloses Leben führte, dabei aber gezwungen war, durch die stets geringer werdenden Schlafmitteldosen alle Tage ein wenig wacher zu werden, konnte es ihm als dem Stammgast der Station nicht verborgen bleiben, daß die Patientenschaft dieser Station wesentlich anders zusammengesetzt war als früher. Die Paralytiker und Schizophrenen waren völlig zurückgetreten hinter einer ziemlich rasch durchpassierenden Klientel, die weder geistes- noch gemütskrank zu sein schien.

Diese Patienten langten meist in den Abendstunden an, selten von Angehörigen geleitet. Oft waren sie dann von einer fast gespenstisch anmutenden Lustigkeit, sehr geneigt, sich zu unterhalten und großzügig die teuersten englischen und amerikanischen Zigaretten zu verschenken. Später wurden sie von zwei Pflegern mit milder Überredung ins Bad geführt, und während sie dort in der Wanne saßen, arbeiteten die Stationsschwester und die Pflegerin eifrig an der Durchsuchung ihrer Sachen. Doll sah manchmal dabei zu und stellte fest, daß man mit einer minuziösen Genauigkeit jede Taschenfalte und jeden Briefumschlag nachsah, während man sich doch sonst damit begnügt hatte, alles Schneidende und Stechende zu entfernen, dazu vielleicht noch die Schnur vom Bademantel, die manche Depressiven zum Selbstmord benützten.

Tauchten dann die Neuankömmlinge wieder aus dem Bade auf, wurden sie trotz aller Proteste sofort ins Bett gesteckt. Es gab keine weiteren Unterhaltungen mit den andern Patienten mehr, eine Schwester faßte Posto an ihrem Bett, der junge Arzt erschien, meist gab es eine intravenöse Injektion, und der Patient schlief ein. In diesem Schlafzustand wurde er dann meist eine Woche lang gehalten. Manchmal wurde es freilich auch laut in dem Zimmer, Geschrei ertönte, das Geräusch scharrender Füße wurde laut, durch das Türfenster sah Doll flüchtig eine Pyjamagestalt, im Ringkampf mit Schwester und Pfleger befindlich, er hörte: "Macht mich nicht verrückt! Ich will ..." Und das beruhigende Zureden: "Einen Augenblick Geduld, Herr Doktor! (Fast alle diese Patienten wurden "Herr Doktor" angeredet.) Der Arzt kommt sofort ..."

Eilig kam auch wirklich der telefonisch herbeigerufene Arzt, nicht selten sogar der Geheimrat, neue Spritzen, andere Schlafmittel wurden gegeben, und Ruhe trat ein.

War dann diese erste Woche vorüber, tauchte der Patient schon dann und wann am Arme der Schwester auf. Mit gedunsenem Gesicht wandelte er schlafmittelbefangen von oder zu der Toilette, und es kam oft genug vor, daß er unterwegs stehen blieb, den Kopf gegen die Wand lehnte und stöhnte: "Ich kann nicht mehr, oh, ich kann nicht mehr! Was für ein Idiot bin ich gewesen, hierher zu gehen!"

Aber, ob Idiot oder nicht, auch ein Laie mußte sehen, daß es mit diesen Kranken rasch voran ging. Die meisten liefen schon in der dritten Woche angekleidet auf dem Gang hin und her, sie lehnten am Flurfenster und starrten ins Freie, sie sagten ungeduldig: "Es wird höchste Zeit, daß ich aus diesem Laden herauskomme!" Meist verschwanden sie dann wirklich rasch, besonders, wenn ihnen die Anrede "Herr Doktor" zu Recht zustand, und neue ähnliche Kranke zogen in ihr Zimmer ein.

Auch ein weniger in solchen Häusern erfahrener Mann als Doll hätte es schon nach drei Tagen gewußt, was es mit diesen Kranken für eine Bewandtnis hatte. Es war gar nicht nötig, daß einer dieser "Doktoren" eines Tages zu Doll ganz offen sagte: "Ja, mein Lieber, Sie haben's gut, Sie können hierbleiben, so lange Sie wollen. Ich muß möglichst schnell raus. Niemand draußen darf merken, daß ich hier bin, und warum ich hier bin."

Natürlich durfte es niemand merken. Es waren ja Ärzte, morphiumsüchtig gewordene Ärzte, die sich hier, in aller Heimlichkeit, und vor allem verborgen vor dem gefürchteten Gesundheitsamt, von ihrer Sucht kurieren ließen. Daß es in der Mehrzahl Ärzte waren, lag daran, daß diesen das so knapp gewordene Morphium noch am leichtesten erreichbar war. Hätte es dieses Narkotikum reichlicher gegeben, wäre es bequem zu kaufen gewesen, so hätten bestimmt drei Viertel des deutschen Volkes die Zeitkrankheit, die abgrundtiefe Verzweiflung und Apathie, auf diese Weise zu betäuben gesucht.

So waren es in der Hauptsache Ärzte und allenfalls reiche Leute, die sich die Schwarzhandelspreise für Morphium leisten konnten. Sie fingen mit ein, zwei Spritzen an. Diese Spritzen schenkten Sorgenfreiheit; Kälte, Hunger, Leid um Verlorene und Verlorenes zählten nicht mehr. Langsam mußten sie steigern. Was vor einer Woche noch gewirkt hatte, heute wirkte es nicht mehr. Steigern und immer wieder steigern. Zu Anfang hatten sie nur des Abends vor dem Schlafengehen gespritzt, dann war die Nachmittagsstunde so endlos gewesen, und die Spritze hatte auch über sie bereitwillig hinweggeholfen, und schließlich hatten sie sich morgens für einen endlosen grauen Tag nicht mehr erheben können. Am Ende hatten sie so viel Morphium verbraucht, daß die Apotheker argwöhnisch geworden waren, oder ihre Arbeitslust völlig erstorben war. Oder aber ihre Frauen, ihre Angehörigen, ihre Freunde wurden mißtrauisch, ihre Ehe, ihr ganzes bürgerliches Leben, ihre Existenz standen auf dem Spiel: ein morphiumsüchtiger Mann war kein heilender Arzt mehr, sondern ein gefährlicher Kranker. Sie verschwanden eilig in dem Sanatorium. Nach außen hin lagen sie an einer Angina, ein freundlicher Kollege nahm sich unterdes der Praxis an – daß nur das Gesundheitsamt, die vorgesetzte Behörde, nichts davon erfuhr!

Doll sah in dieser nicht abreißenden Kette von Süchtigen Leidensgefährten, Menschen genau wie er selbst, die an sich und Deutschland verzweifelt waren, die unter der Last all der Erniedrigungen und Schamlosigkeiten zusammengebrochen und in künstliche Paradiese geflohen waren. Sie alle suchten – genau wie er – den "Kleinen Tod". Sie alle hatten vielleicht noch eine geringe Hoffnung, die sie von dem letzten Schritt abhielt, ihnen allen fehlte noch – genau wie Doll – der letzte entscheidende Anstoß. Überall die gleiche Flucht aus der Gegenwart, die

Weigerung, die Last auf die Schultern zu nehmen, die ein schmählicher Krieg allen Deutschen auflud.

Aber hinter der eigenen Gestalt, hinter diesen eiligen Besuchern der dritten Männerstation oben tauchte eine dunkle, düster drohende Masse auf: das ganze deutsche Volk. Es hatte eine Zeit gegeben, es war eine Zeit der Täuschung gewesen, aber in dieser Zeit hatte Doll doch gewußt, daß er nicht allein in dem ungeheuren Bombentrichter lag, sondern mit ihm das ganze deutsche Volk. Wie sich die morphiumsüchtigen Ärzte von diesem Volke gelöst hatten, so hatte es auch Doll getan. Endlose Stunden auf dem rotbraunen Linoleum des Ganges zur Nacht auf und ab schreitend, endlose Stunden in seinem Zellenbett liegend, in das Deckenlicht starrend, überlegte er, grübelte, übersah den Weg, den er bis hierher gegangen, immer weiter in eine eigensüchtige Vereinzelung hinein. Feige fliehend vor der ihnen allen gestellten Aufgabe ...

Das Volk aber war draußen. Es war nicht wegzuleugnen, es war da, und er gehörte zu ihm. Während er hier tatenlos, weich gegen sich, von den Almosen lebte, die ihm auf Grund seiner früheren Besuche von diesem Hause gewährt wurden, arbeitete das Volk. Es hatte die Panzersperren weggeräumt und den Schutt von den Straßen, es deckte jetzt die Dächer ein und machte die Wohnungen winterfest. Es barg ausgeglühte Maschinen und ließ sie wieder arbeiten. Es hungerte, fror, brachte die Gleisanlagen wieder in Ordnung, buddelte im eisigen Oktoberregen Kartoffeln und zog in endlosen Trecks, mit dem Spärlichsten zufrieden, über die Landstraßen.

Während Doll neidisch auf die Zusatzlebensmittel der anderen Kranken starrte, versiegte die Milch in den Brüsten der Mütter, und Kinder kamen vor Hunger um. Während sich Doll mit der Nachtwache um ein zusätzliches Schlafmittel stritt, legten sich alte Frauen und Männer, zu Tode erschöpft, im Chausseegraben, im nassen Walde zum Todesschlaf nieder. Während heimkehrende Soldaten nach allem suchten: nach der alten Heimstatt, nach Weib und Kindern, nach Essen und Arbeit, Woche um Woche, und dabei nicht verzweifelten – waren Herrn Dr. Doll seine Wohnung und seine Nahrung nicht ein paar Schritt, nicht einige Worte auf den Ämtern wert. Während Doll ein Drohnendasein von dem Schmuckerlös seiner Frau führte und höchstens sich bitter beklagte, daß die Tausender nicht schnell genug zu ihm hinliefen, die er doch sofort sinnlos verschwendete, nahmen schwache Mädchen schwerste Arbeiten auf sich, von deren Tagelohn sie sich nicht eine Zigarette kaufen konnten – zu dem Preise, der Doll längst selbstverständlich geworden war.

Nein, er hatte sich wahrhaftig weit verloren, er war in ein beschämend nutzloses, faules Parasitendasein versunken. Er sah den Weg klar, der ihn in die Tobzelle dieses Hauses geführt hatte, seit jenem 26. April immer tiefer hinein in Morast und Sumpf. Und doch verstand er nicht mehr, wie er diesen Weg hatte gehen können. Welch Gefühlsaufwand um eine harmlos-trottelhafte Figur wie den Farken-Willem! Wie hatte ihn der Bierverleger Zaches so aus jeder Haltung werfen können –! Er hatte doch schon immer gewußt, wie diese Nazis waren. Diese sinnlosen Laufereien nach Ärzten und Schlafmitteln und Spritzen, die doch nichts änderten, die jede Entscheidung, die notwendig war, nur noch schwieriger machten!

Und dann war da noch etwas anderes. Dieser plötzlich ein wenig aufgewachte Dr. Doll, dieser Bücherschreiber, der gemeint hatte, es gebe für ihn nichts mehr zu schreiben, dieser Zweifler und Grübler, der sich völlig leer geglaubt hatte, dieser Ex-Bürgermeister, der seiner Aufgabe nicht gewachsen gewesen war, dieser Vater und Ehemann, der Kinder und Frau völlig vergessen hatte – er dachte plötzlich an die Kinder, mit großen Sorgen dachte er auch an die Frau. Jetzt, da Doll spürte, daß er gesünder wurde, daß es vielleicht doch noch etwas gab für ihn in diesem Leben wie eine Aufgabe, zwischen diesem schon wieder verbissen arbeitenden Volke, jetzt fiel ihm die junge Frau ein, und es wurde ihm angst um sie –!

Zu diesem Zeitpunkt war Doll schon nicht mehr ohne Nachrichten von seiner Frau. Geschrieben hatte sie natürlich nicht, aber eines Tages war das Dorle bei ihm aufgetaucht, die getreue Freundin seiner Frau; sie hatte ihm ein nagelneues Nachthemd gebracht und Zigaretten und ein halbes Brot. O ja, die Frau dachte an ihn, sie vergaß ihn nie, sie sorgte sich um ihn, und sie sorgte für ihn. Sie liebte ihn, und er liebte auch sie – wieder, er hatte es nur während seiner Krankheit vergessen.

Doll rauchte, Doll aß wie ein hungriger Wolf das halbe Weißbrot auf einmal auf. Das Dorle saß dabei auf der Bettkante und berichtete. Sie erzählte, daß die Alma der Liebling aller im Krankenhaus sei, auch der strengen, frommen Nonnen, und daß sie von allen verwöhnt werde, auch von den Ärzten. Die Wunde war wirklich schlimm gewesen, die Eiterung saß durch die verschleppte Behandlung schon tief. Aber nun sah es schon besser damit aus, jetzt hatten sie Zucker in die Wunde gestreut, ein altes Hausmittel, seitdem gehe es wirklich besser ...

Ja, die Alma habe wieder ein bißchen Geld. Der Ben sei endlich – nach vielen Anrufen – im Krankenhaus erschienen und hätte Geld gebracht, aber nur noch Zweitausendfünfhundert. Er hätte gesagt, durch die stets sinkende Marktlage in

Brillanten habe er im Ganzen nur Elftausend erzielt, mehr sei eben nicht zu machen gewesen. Die Alma habe eine Sauwut auf den Ben und habe es ihr, der Dorle, verboten, dem Doll davon zu erzählen; er möge es die Alma bloß nicht merken lassen, daß er Bescheid wisse. Eine Dame, die mit der Alma im gleichen Zimmer liege und die genau auf dem Schwarzen Markt Bescheid wisse, habe der Alma gesagt, ein Ring, wie von ihr beschrieben, würde mühelos 25 000, ja vielleicht sogar 30 000 Mark bringen. Doll könne sich also den Zorn der Alma vorstellen, und mit dem guten Freund Ben sei sie für jetzt und immer fertig!

Doll empfand auch Zorn, aber mit dem Zorn eine leichte Befriedigung, denn kein Ehemann ist frei von ein wenig Eifersucht auf die früheren Freunde der Frau, und er sieht sie lieber gehen als kommen. Er hörte also auch geduldig der Dorle schüchterne, aber gut verständliche Lobpreisung der eigenen Person an, was sie dagegen für eine gute Freundin sei, zu allem bereit, durch dick und dünn. Und er dachte, während er dies müßige Geschwätz anhörte: ›Ach, mein gutes, liebes, dummes Dorle! Auch du bist nur eine so gute Freundin der Alma, bis nichts mehr von ihr zu holen ist. Das müßte die Alma eigentlich auch recht gut wissen. Denkst du, ich merke nicht, daß du dir jetzt in aller Unschuld und Harmlosigkeit schon die dritte der zehn Zigaretten, die du mir mitgebracht hast, anbrennst –?! Bei der Alma wirst du es nicht anders machen, und wenn sie auch sehr gerne abgibt, viel zu gerne eigentlich und ganz verschwenderisch, sie will eben abgeben und nicht feindlich gebrandschatzt werden, und eines Tages wird es plötzlich bei ihr zu Ende sein mit den freundschaftlichen Gefühlen – auch dir gegenüber!!‹

So dachte Doll, aber er ließ sich darum nichts merken, sondern fragte, wie es denn wohl mit den schmerzstillenden Spritzen seiner Frau stehe? Auch darüber wußte das Dorle Bescheid. Zu Anfang habe die Alma ziemlich viele Spritzen bekommen, aber dann habe der Chefarzt ein Machtwort gesprochen, und nun bekomme die Kranke nur noch eine kleine Spritze zur Nacht und auch die nicht immer. Sondern sie mußte darum immer erst einen Tanz mit dem jungen Nachtdienst tuenden Arzt aufführen, aus dem sie freilich meist erfolgreich hervorging, denn der junge Arzt erlag leicht ihrem Charme, wenn sie bettelte, schmollte, weinte, klagte, lachte, sich zur Wand drehte und nicht ein einziges Wort mehr sprach, aber sofort aus dem Bette sprang und den fortgehenden Arzt festhielt, um die ganze Litanei noch einmal zu wiederholen. Verschlug das alles aber nichts, so war dieser Arzt für ausländische Zigaretten sehr empfänglich, die er sich von seinem dürftigen Gehalt nicht leisten konnte. So bekam die Alma doch noch meist ihre Abendspritze, berichtete das Dorle.

Nachdem Doll sich diese Nachrichten ein paar Tage überlegt hatte, entschied er, daß er bei Alma einmal selbst zum Rechten sehen müßte. Außerdem würde es sehr hübsch sein, das freudig überraschte Gesicht der jungen Frau zu sehen, wenn der Schwerkranke plötzlich in der Tür stand. Doll kannte den Geheimrat, und mit Recht bezweifelte er, daß er ihm schon jetzt die Erlaubnis zu freiem Ausgang in die Stadt erteilen würde. Doll war erst mitten in der Schlafmittel-Entwöhnung und noch nicht ganz taktfest in der Stimmung, und der Verdacht würde bei den Ärzten bestehen, daß er sich beim freien Ausgang in die Stadt zusätzliche Schlafmittel oder gar Narkotika besorgen würde. Denn diese Ärzte sind von einem ewigen Mißtrauen gegen ihre Kranken geplagt und können nie die Böcke von den Schafen unterscheiden – so denken wenigstens die Patienten, und also auch Herr Dr. Doll.

Wenn aber Doll den mißtrauischen Geheimrat kannte, so kannte er auch die Gewohnheiten des Hauses, und auf ihnen baute er seinen Plan, doch aus der streng geschlossenen Abteilung Männer Drei zu einem Stadtbesuch zu entwischen. Nach dem Essen, wenn die einen Pfleger zur Freistunde gingen und die andern von ihr kamen, in diesem Augenblick, da noch niemand recht Bescheid weiß auf der Station, in diesem Augenblick behauptete Doll kühnlich, es sei angerufen worden, er solle mal schnell aufs Büro wegen seiner Rechnung.

"Na, denn gehen Sie also aufs Büro!" sagte der Pfleger gleichgültig und schloß ihm die Tür auf.

Doll stieg die Treppen hinunter. Diese Treppen erinnerten ihn daran, daß er noch sehr wacklig und daß dieser Stadtausflug wirklich eine gewagte Sache war. Stufen waren eine komische Einrichtung geworden, sie saßen so willkürlich, immer anders als erwartet, die Knie wackelten, und sofort trat ein leichter Schweiß auf seine Stirne. Aber das erste Hindernis hatte er genommen, und nun galt es, das zweite zu nehmen, das Tor aus dem Haus hinaus! In der "Loge" saß ein immer waches Mädchen, und sie drückte nur auf den Knopf, der die Türe öffnete, wenn ihr der Fall klar schien.

Doll klopfte gleich gegen das Logenfenster und sagte dann freundlich zu dem heraussehenden Gesicht: "Der Geheimrat hat auf der Station angerufen, ich soll zu ihm ins Kurhaus kommen. (Das war der Hauptbau des Sanatoriums, in dem auch der Geheimrat wohnte.) Übrigens, ich heiße Doll, Dritte Männer oben."

Das Mädchen nickte und sah ihn weiter prüfend an. Sie antwortete: "Ich weiß –", aber dieses "Ich weiß" bezog sich nur auf Dolls Namen und Unterbringungsort.

Doll lächelte wieder. "Am besten", sagte er sanft, "rufen Sie gleich beim Geheimrat an, damit Sie auch sehen, es stimmt."

Aber er hatte noch nicht zu Ende gesprochen, da hatte sie sich schon entschieden. Es war auf den Knopf gedrückt worden, das Türschloß summte. Doll sagte "Danke schön" und stand draußen im Garten, und zehn Schritte von der nicht verschlossenen Gartentür lief die Straße.

›Aber‹, sprach er zu sich, ›hier darf ich nicht auf die Straße treten, das Mädchen kann mir durchs Fenster nachsehen. Ich muß durch den Garten zum Kurhaus gehen und den dortigen Ausgang benutzen. Ein wenig mißtrauisch war sie schon. Geholfen hat mir, daß ich nur meinen Straßenanzug anhabe, nicht Hut noch Mantel. So geht man doch Ende November nicht aus. Sie sollte wissen, daß ich weder Hut noch Mantel besitze –!‹

Er lächelte vor sich hin. Er schlenderte, die Hände in den Taschen, durch den Garten, immer gewärtig, einen Arzt oder eine Schwester zu treffen, die nicht so leichtgläubig sein würden. Aber es ging alles gut, unangefochten gelangte er an der Hauptvilla vorüber auf die Straße und schlug nun rascher den Weg zur U-Bahnstation ein.

Es war doch schon verdammt kalt. Hoffentlich war Alma bald auf den Beinen, dann mußten sie als erstes in die Kleinstadt fahren und ein wenig saisongemäßere Kleidung holen. Nein, als erstes mußte die Geschichte mit der Wohnung und den Karten in Ordnung gebracht werden. Ach, sie hatten noch viel zu tun, ehe er richtig mit der Arbeit anfangen konnte –!

Es ist wirklich zu kalt für einen Sommeranzug – er ist froh, als er endlich in der U-Bahn ist, da ist es doch etwas wärmer. Er muß nun nicht mehr so klappern. Die Leute freilich können es nicht lassen, ihn wegen seiner leichten Kleidung anzustarren, aber sollen sie ihn gerne für einen Abhärtungsfanatiker halten.

Er sitzt auf einer Bank, die Hände zwischen den Knien, das Gesicht ein wenig vorgeneigt, daß es im Schatten bleibt. Ihm ist reichlich schlecht, Brechreiz quält ihn, der Schweißausbruch von der Treppe her wiederholt sich. Diese verdammten Dörrgemüse heute mittag! Es ekelt ihn jetzt noch, wenn er daran denkt. Hat man den ganzen Krieg darum Dörrgemüse gefressen, um es jetzt im Frieden mit Mäusedreck-Zulage zu bekommen –?! Eine Unverschämtheit ist das – der edle Geheimrat kann gar nicht schnell genug reich werden –!

Doch gibt sich Doll einen Augenblick später zu, daß es nicht das Dörrgemüse ist, das seine Übelkeit hervorruft. Immerhin hat er sich von dem Pfleger Franz noch zwei Nachschläge geben lassen – und der Mäusedreck war vielleicht gar kein Mäusedreck, sondern ein bißchen angebrannte Wruken! Nein, es ist einfach zu früh für diese Landpartie! Er ist noch nicht richtig gesund. Und es ist zu kalt!

Besonders fühlt er das, als er von der letzten U-Bahnstation zum Krankenhaus schleicht. Es ist gar kein so weiter Weg – normalerweise zehn Minuten, aber für ihn dauert das eine halbe Stunde. Er ist nicht mehr fröhlich, kaum freut er sich noch auf das Wiedersehen mit Alma. Über die von einer Bombe aus dem Verband geschleuderte Granitplatte der Gehbahn stolpernd, denkt er auf dem mühseligen Hinweg nur an den noch mühseligeren Heimgang. Und an den Empfang im Sanatorium. Da suchen sie ihn jetzt schon. Dem Pfleger und dem Logenfräulein, die ihn hinausgelassen haben, wird Krach gemacht. Es wird verdammt dicke Luft herrschen bei seiner Rückkehr. Nun, er sitzt gottlob schon im Stübchen, tiefer kann er auch strafweise nicht versetzt werden. Nimmt denn diese endlose Straße überhaupt kein Ende –? Und nun fängt es auch noch an zu tröpfeln – genau das richtige Wetter für solch eine Landpartie –!

Als er dann aber – von einer dieser Nonnen geführt, deren Lächeln, wie aus einem Madonnenbild gestohlen, immer geheimnisvoll unheimlich bleibt –, als er dann in der Tür von Almas Krankenzimmer steht, und er sieht sie da im Bett liegen – der Rücken ist ihm zugekehrt, sie schläft wohl, das Gesicht zur Wand –, als da die Dame im andern Bett sagt: "Frau Doll, ich glaube, Sie haben Besuch ...", ist alles Ausgestandene vergessen.

Er legt den Finger auf den Mund, ist mit drei raschen Schritten an ihrem Bett und sagt leise: "Alma –! Alma –! Meine Alma –! Mein Gold!"

Sie dreht sich langsam um, er kann es förmlich sehen, daß sie ihren Augen nicht glauben will. Aber plötzlich fängt ihr Gesicht zu glänzen an, vor lauter Glück zu leuchten und zu strahlen an, sie streckt die Arme nach ihm aus und flüstert: "Wo kommst du denn so plötzlich her? Du bist doch im Sanatorium!"

Er liegt schon neben dem Bett auf den Knien, hat die Arme um sie geschlungen, sein Kopf ruht an ihrer Brust. Er spürt den alten lieben Geruch der Frau, so lange entbehrt, er flüstert: "Ich bin denen ausgerissen, Alma! Ich habe es vor Sehnsucht nach dir nicht mehr aushalten können, da bin ich einfach ausgerissen ..."

Oh, das Glück, wieder beieinander zu sein, zu fühlen, wo man hingehört in dieser eisigen Welt von Vereinsamung und Zerstörung. Glück, Glück, doch wieder Glück – und er hatte so lange geglaubt, er könne nie wieder glücklich sein! Zu hören, wie sie ihn voll Stolz der Zimmergenossin vorstellt: "Das ist mein Mann!"

Und er weiß doch, er ist bloß ein alt gewordener Mann in einem zerknitterten, gar nicht einwandfreien Sommeranzug, er selber auch zerknittert und ganz und gar nicht einwandfrei aussehend. Aber das alles sieht sie nicht, weil sie ihn eben liebt, sie ist blind dafür.

Später sitzt er bei ihr auf der Bettkante, und sie erzählen sich – ach Gott! Was haben sie sich alles zu erzählen! Von den Ärzten, die jedes hat, und von den Mitkranken und den Schwestern und dem Essen, mit dem Alma es so viel besser getroffen hat als er, der Arme! Gleich muß er etwas Brot, das noch bei ihr liegt, essen, und die Suppe, die sie statt Nachmittagskaffee bekommt, zwingt sie ihm auch noch auf. Sie winkt mit Geld, und eine Schwester läuft nach Zigaretten. Ach, das Geld, diese Zweitausendfünfhundert, die Restzahlung von Ben, ihre letzte Einnahme, es ist schon beinahe wieder zu Ende. Bei ihr hält sich das Geld eben nicht. Er hat doch ein Nachthemd gebraucht (500 Mark!), und sie hat ein Nachthemd gebraucht (700 Mark!) – und dann diese Zigaretten –! Hier nehmen sie ihr sogar 15 Mark für die amerikanischen Zigaretten ab, diese Räuber! Sie wissen ja, sie ist eine Kranke, die sich nicht selber helfen kann!

Aber sie lacht dazu, lacht über die Wucherpreise, lacht über das schwindende Geld: heute ist heut! Es wird sich schon finden. Sie ist vierundzwanzig Jahre alt, und es hat sich noch immer gefunden, immer ist es irgendwie weitergegangen. Es wird auch jetzt weitergehen! Wenn sie nur erst wieder zusammen sind, diesmal werden sie es anders machen! Sie werden ihre Sachen aus der Kleinstadt holen, sie haben ja noch so viel Sachwerte, ein Jahr lang können sie von der "Substanz" leben. Sie werden sich eine prima Wohnung einrichten, und sie wird am Kurfürstendamm ein Krawattengeschäft eröffnen. Nur ganz teure Ware, möglichst aus England –! Davon versteht sie etwas, er weiß doch, sie hat einmal in dem feinsten Herrenausstattungsgeschäft gearbeitet. Sie wird schon sehen, daß sie nur die Kundschaft bekommt, die Geld hat, dafür hat sie einen Blick.

Unterdes, während sie so Geld verdient, wird er ein großes Buch schreiben, das seinen Namen auf einen Schlag wieder in aller Leute Munde bringt. Aber er wird nicht nur schreiben, er wird dabei auch ein bißchen nach dem Kind, der Petta, sehen. Das Kind muß sich noch viel mehr an ihn gewöhnen, es muß ihn richtig liebhaben lernen, nie soll es ihn als "Stiefvater" empfinden.

So plaudert sie. Nirgends sieht sie Hindernisse, sie kann sich nur Erfolge denken. Er lauscht ihr, er nickt oder ist auch bedenklich, aber das alles ist nicht wichtig. Sie ist ein Kind, die Pläne von heute sind morgen vergessen, morgen sind andere Pläne da, andere Hoffnungen. Er kann sie ruhig auch die unmöglichsten Pläne entwickeln lassen, sie haben keine Konsequenz. Und doch fühlt er sich von ihrer Tatkraft angesteckt, von diesem jungen wirbelnden Leben: dieser Ausbruch aus dem Sanatorium, so verfrüht er auch war, er ist doch ein erster selbständiger Schritt, ein Gruß an die Zukunft!

So saßen sie und plauderten zärtlich von Vergangenheit und Zukunft, da ging das Licht an im dunkel gewordenen Zimmer, eine Nonne stand in der Tür, die Hand am Schalter, und sagte, madonnenhaft lächelnd in ihre erschrocken auseinanderfahrenden Gesichter: "Gleich kommt das Abendessen! Ich glaube, Herr Doll, Sie müssen jetzt nach Hause gehen."

Ja, sie hatten über ihrem langen Gespräch alles um sich vergessen. Sie hatten nicht gemerkt, daß es dämmrig und daß es dunkel geworden war. Längst war die Tanzmusik im Radio verklungen, jetzt hielt irgendein Mann, der mit der Zunge anstieß, einen Speech über die Notwendigkeit, Steuern zu zahlen. Aber doch ging Doll nicht sofort. Er kam nun sowieso viel zu spät ins Sanatorium zurück. Vielleicht würden die ihm sogar, um ihn zu ärgern, nicht einmal das Abendessen aufheben, aber das war ihm alles jetzt ganz gleich. Die letzte Zigarette, die allerletzte, die übriggebliebene, rauchten sie beide noch gemeinsam: "Erst du drei Züge, dann ich drei Züge, nun wieder du drei Züge – halt, mogle nicht zu meinen Gunsten, Verwöhnerin, das waren nur zwei Züge –!"

"Morgen kommst du wieder!" sagte Alma beim Abschied mit Nachdruck.

"Morgen –?" fragte er lächelnd zurück. "Ich glaube nicht, daß ich schon morgen wiederkommen kann. Die werden mich jetzt eine Weile strafweise hinter Schloß und Riegel halten."

"Ach, du schaffst es schon!" meinte sie vertrauensvoll. "Wenn du willst, schaffst du alles." Er lächelte nur zu diesem Lob. "Und", setzte sie eilig hinzu, "wenn es morgen nicht geht, kommst du in drei, vier Tagen! Denke nur immer daran, daß ich hier liege und bloß auf dich warte."

Er küßte sie. "Auf Wiedersehen, Liebes! Sobald wie möglich!"

"Sobald wie möglich! Auf Wiedersehen! Komm gut hin – o Gott, du Ärmster, was wirst du frieren müssen!"

Ja, er fror erbärmlich auf seinem Heimweg, und er war froh, als er das Sanatorium endlich erreicht hatte. Von dem Augenblick an, da er auf den Klingelknopf drückte, da das Türschloß mit Schnarren begann, beschäftigte ihn, trotz seines

Frierens, nur noch der Gedanke, wie man ihn wieder aufnehmen würde, und er hoffte, es werde ein wenig gnädig abgehen.

Das Mädchen, das ihm geöffnet hatte und das nun durch das Logenfenster sah, war noch dasselbe, das ihm am Nachmittag den Weg auf seine gröblichen Schwindeleien hin frei gemacht hatte. Sie wollte schon das Guckfensterchen öffnen und ließ es dann doch. Aufatmend stieg Doll die Treppen hoch und dachte: ›Nun, die erste Gefahr ist überstanden ...‹

›Wie ist es?‹ dachte er weiter, noch immer auf der Treppe. ›Ist das nicht eigentlich genau so, als müßte ich mich in der Schule wegen eines geschwänzten Tages melden –? Bin ich nun eigentlich dreizehn oder bin ich zweiundfünfzig Jahre alt? Es ist genau dasselbe Gefühl wie damals, und jetzt riecht es auch so, wie es im Prinz-Heinrich-Gymnasium in der Grunewaldstraße gerochen hat! Ein Gefühl von erwartungsvoller, prickelnder Angst, ein Geruch von ödem, der Sonne ausgesetztem Staub ... Ach, es ist wirklich so: im ganzen Leben kommen wir nicht aus der Schule. Ich jedenfalls nicht, ich bin und bleibe der alt gewordene Gymnasiast und mache noch immer die gleichen Dummheiten wie damals!‹

Er drückte jetzt auf den Klingelknopf der Dritten Männerstation. Wie immer mußte er eine ganze Weile warten, bis ihm geöffnet wurde. Der alte Oberpfleger sah ihn einen Augenblick an, als wolle er etwas sagen, aber dann ließ er ihn ohne ein Wort eintreten. ›Das war Gefahr Nummer Zwo –!‹ dachte Doll.

Auf der Diele saßen wie immer in der Stunde zwischen Abendessen und Schlafengehen viele Kranke herum, andere gingen den langen Gang mit einer zornigen Ungeduld auf und ab. Um diese Zeit verließen selbst Patienten, die den ganzen Tag teilnahmslos im Bett gelegen hatten, ihr Lager. Von irgendeiner Unruhe getrieben, vielleicht von einem unbewußten Freiheitsverlangen hochgejagt standen und liefen sie ziellos und wortkarg herum, ehe der Schlaf kam – meist durch die Nachtschwester in Tränklein, Tabletten, Spritzen verabreicht.

Doll ging wortlos zwischen den Leidensgenossen hindurch, und auch sie beachteten ihn kaum. Es war der große Vorteil dieser "schweren" Station, daß man sich benehmen konnte wie man wollte, heute mit allen reden und morgen gegen alle schweigen, heute lustig sein und morgen alles entzweischlagen – nichts überraschte, alles galt gleich.

Doll fand sein Stübchen, die Zelle, verschlossen, nicht nur die mit dem kleinen Glasstück des Spions, sondern auch die gepolsterte, lärmaufsaugende Außentür war zu: das war besorgniserregend viel Bemühen für das Eigentum eines Mannes, der so gut wie nichts besaß. Nun schön, sie hatten ein sehr kleines Stückchen Seife, ein Nachthemd und einen Kamm vor dem eventuellen Diebstahl eines kleptomanischen Kollegen bewahrt, aber nun sollten sie ihm seinen Stall aufschließen! Er war todmüde und hungrig, hoffentlich stand sein Abendessen drin in der Zelle, daß er damit nicht auch noch Lauferei hatte!

"Herr Ohnholz", sprach Doll höflich zu dem gleichgültig an ihm vorbeigehenden Pfleger, "wollen Sie mir nicht meine Zelle aufschließen –?"

"Ihre Zelle –?" grinste der Pfleger, aber nur schwach, und tat nichts dergleichen. "Aber da sitzt seit heute nachmittag der Bartel aus Zimmer 14 drin, war ein bißchen aufgeregt, nicht wahr –?"

"Und wo wohne ich jetzt? In Zimmer 14?" fragte Doll und wollte es noch immer nicht so recht glauben, was ihm doch jetzt schon sehr wahrscheinlich schien.

"Ja, da kann ich Ihnen nichts darüber sagen!" antwortete der Pfleger achselzuckend und ging schon wieder weiter. "Soviel ich weiß, ist deswegen nichts angeordnet."

›Sehr hübsch – angenehm und lieblich!‹ dachte Doll und ging weiter zur Teeküche. ›Nun, wir werden ja sehen. Qui vivra, verra ...‹

In der Teeküche saß seine alte Freundin, die Pflegerin Kleinschmidt. Einige dutzend Male hatten sie schon im Luftschutzkeller miteinander gezittert und die letzte Zigarette und den letzten Bohnenkaffee nach dem Angriff untereinander geteilt.

"Na –?" fragte die Kleinschmidt, als sich Doll wortlos auf dem Holzstuhl an der andern Seite des Küchentisches niederließ. "Na –? Ich denke, Sie haben sich selbst entlassen, Herr Doll –?"

"Nur 'nen kleinen unerlaubten Besuch bei der kranken Frau gemacht", antwortete Doll. "Und unterdes haben die meinen Bunker besetzt. Ganz der Chef, der liebe Gott!"

"Der liebe Gott tut immer das Richtige!" nickte die Pflegerin, die den Geheimrat ebensowenig ausstehen konnte wie Doll, und sie kannte den Chef schon an die zwanzig Jahre. "Wissen Se, Herr Doll", fuhr sie dann fort und sah ihr Gegenüber mit bedeutungsvoll zusammengekniffenen Augen an. "Wenn ich Sie wäre, ließe ich's bei der eigenmächtigen Entlassung ...", und wieder nach einer Pause: "Ich ließe mich nicht mit viel Stunk rausschmeißen aus einem Laden, der so viel Geld an Ihnen verdient hat. Lieber schmisse ich mich selbst raus!"

Doll dachte einen Augenblick scharf nach. Die Uhr ging auf acht. "Ob ich noch 'ne Untergrund in die Stadt rein kriege?" fragte er dann.

"Immer! Immer!"

›Irgendwie werde ich in das Haus schon reinkommen. Die Schulz wird nicht sehr erfreut über mein neuerliches Auftauchen sein, aber mit der komme ich schon zurecht. Es geht alles ein bißchen schneller als im Programm vorgesehen mit meiner Heimkehr in die Welt, ins tätige Leben, aber die Kleinschmidten hat ganz recht: lieber tun, als getan werden!‹

"Na –?" fragte die Pflegerin und sah ihn prüfend an.

"Ist gemacht!" antwortete er und stand schon auf. "Auf Wiedersehen, meine Gute, oder nicht auf Wiedersehen – wenigstens nicht in diesem Haus!"

"Halt! 'nen Momang!" rief die Pflegerin und nahm nicht die gebotene Hand. "Sie haben doch nischt zu Abend gegessen! Warten Sie! Ick jeb Ihnen –!" Und sie nahm aus dem Wärmeschrank eine Schüssel Kartoffeln mit Mohrrüben. Sie legte Brot dazu, vier, fünf Scheiben.

"Das geht nicht!" widersprach Doll. "So viel Brot steht mir nicht zu. Ich will nicht, daß Sie sich meinetwegen Brot absparen."

"Quatschen Sie hier bloß keine Opern", antwortete die Kleinschmidten. "Ick gebe Ihnen nich mehr, als ick vaantworten kann." Und erklärend: "Der Bartel hat 'nen Anfall jehabt, und jetzt 'ne Spritze, von der er bis morjen nich uffwacht. Der braucht keen Abendessen. Daher!"

"Na, denn also! Danke schön!" sagte Doll und fing an zu essen wie ein hungriger Wolf. Während er aß, drehte sich die Pflegerin aus Stummeln bedächtig eine Zigarette, brannte sie an der Gasflamme des Wärmschrankes an und begann dann, Doll über den Zustand seiner Frau auszufragen, wo er ein Heim finden würde, was für Sachen er noch besäße, und vor allem was für Aussichten ...

"Na also!" sagte sie schließlich, räumte den Teller fort und stellte ihm einen Becher mit Milchkaffee und einen Teller mit Marmeladenbroten hin. "Dann können Sie ja ooch noch mal janz von vorne anfangen, wie wir alle. Schaden tut Ihnen det bestimmt nischt. Die Grappen vagehen Ihnen davon!"

Doll protestierte: "Aber diese Marmeladenstullen stammen nicht vom Haus. Die sind ganz privat. Solche Stullen werden hier nicht gereicht. Außerdem bin ich völlig satt."

"Wie sich een erwachsener Mann bloß so anstellen kann", meinte sie etwas spöttisch. "Seien Sie doch bloß froh, daß Se sich vor den Hungertagen noch mal sattfressen können! Fressen Sie, Mensch!" schrie sie plötzlich zornig. "Hab ick wat jesagt, als Sie mir am 16. Februar 43 morjens Ihren letzten Bohnenkaffee und Ihre letzte Zigarette gaben –?! Na also", fuhr sie friedlicher fort, als er schon aß, "daß ihr Männer euch immer erst dußlig anstellen müßt, keene Jungfer ziert sich wie ihr!"

Später, als er sich zum Gehen anschickte, schob sie ihm noch eine "aktive" Zigarette und einen Zwanzigmarkschein über den Tisch. "Ick denke", sagte sie drohend, "Sie werden sich nich wieder zieren! Ick werde mir auch nich zieren, wenn Sie mir statt eine zwei Zigaretten zurückbringen. Und det Jeld jeben Sie mir noch vor Ultimo zurück, Ehrensache det, wat –? Und jetzt hauen Sie bloß hier ab! Ihre sieben Zwetschgen ha ick in 'nen Karton jetan, es wäre auch noch mehr rinjejangen! Übrigens, die letzte U-Bahn dürfte schon abjeschwommen sind, na, det Loofen nach Wilmersdorf wird so 'nen starken jungen Mann, wie Sie sind, nischt ausmachen – besonders in diese Jahreszeit. Womöglich holen Se sich 'ne Lungenentzündung – jarnich unflott! Sparen Se sich 'ne Masse Sorgen in de nächste Zeit –!"

Neuntes Kapitel.
Robinson

Die letzte U-Bahn war wirklich schon fort gewesen und der Marsch durch das finstere, zerbombte Berlin gar nicht unflott – wie die Kleinschmidt gesagt hatte. Manchmal hatte Doll, alter Berlinkenner, wirklich nicht mehr gewußt, wo er eigentlich war. Menschen, die er hätte fragen können, waren kaum noch auf der Straße, und die er sah, die hasteten so eilig an ihm vorüber, als hätten sie Angst vor ihm, und vermutlich hatten sie wirklich Angst. Wollte doch Doll selbst manchmal ein Grausen ankommen, so fürchterlich war ihm dieses nächtliche Steinchaos, über das ein Novemberwind dunkle Regenwolken jagte. Und doch war eine Wandlung in ihm eingetreten: als er in Berlin angekommen war, hatte er gedacht: ›In dieser Totenstadt werde ich nie arbeiten können!‹ Jetzt dachte er trotzig: ›Und ich werde doch hier arbeiten! Trotzdem! Grade!‹

Lange mußte er vor dem verschlossenen Hause warten, die Klingel war abgestellt, und niemand schien noch in das Haus zu wollen. Es war sehr kalt, die Zähne klapperten Doll im Munde. Aber die Versuchung, zur Auffrischung seiner

Lebensgeister schon jetzt die von der Kleinschmidt gespendete Zigarette zu rauchen, wies er standhaft zurück: er hatte beschlossen, sie erst im Bett zu genießen, wenn er wirklich "daheim" war, in dem Heim, aus dem nun tatsächlich eine Heimat werden sollte – soweit es auf ihn ankam. Und auch die Befürchtung, es käme die ganze Nacht keiner mehr mit einem Hausschlüssel, es hätten schon alle Bewohner ihr Haus aufgesucht, zerstreute er sich immer wieder: ›Nein, ich werde hier nicht die ganze Nacht stehen, bestimmt kommt noch einer. Und das bald – ich fühle es!‹

Eine lange Zeit schien sein Fühlen ihn zu narren, dann erschien um die Ecke ein großer, langer junger Mann und sagte überrascht: "Ach, Herr Dr. Doll –! Den Hausschlüssel vergessen –? Und so stehen Sie hier ohne Mantel in der Eiseskälte?!"

Sie kannten sich, wie die Berliner sich durch den Luftschutzkeller kennengelernt haben, so obenhin, nach Namen und Beruf, und ob man sich vor dem andern als einem wilden Nazi mit seinen Reden besonders in acht zu nehmen hatte. Doll war schon im Begriff, mit einer Phrase zu antworten, sagte dann aber doch, denn der junge Mann war stets als "anständiger Kerl" bekannt gewesen: "Die Wahrheit zu sagen, besitze ich vorläufig weder Hausschlüssel noch Mantel. Wir sind etwas devastiert hier in Berlin angekommen – wie so viele heute!"

Das Treppenhaus, in dem alle Scheiben durch Pappe ersetzt waren, kam ihm nach der stürmischen Kälte draußen wie ein angenehm gewärmter Raum vor. "Ah!" sagte er. "Diese Wärme tut gut!"

Der Begleiter murmelte eine leicht verwunderte Zustimmung und erkundigte sich nach der "gnädigen Frau". Sie lag – leider – in einem Krankenhaus, doch hoffte Herr Doll, sie bald wieder bei sich zu haben. Der junge Mann hoffte das auch, er würde sich freuen, die junge Frau bald wiedersehen zu dürfen, sie habe immer für eine gute Stimmung im Luftschutzkeller gesorgt. Er habe – wie übrigens alle Hausgenossen – stets ihre Haltung bei den schwersten Angriffen bewundert. Vielen sei ihre unbekümmerte Fröhlichkeit Trost und Vorbild gewesen. Auch ihm, er gestehe das offen.

Die Herren trennten sich mit einem Händeschütteln, das unerwartet kräftig ausfiel. Dann stieg Doll noch eine weitere Treppe hinauf und klingelte an der Schulzschen, nein, an seiner Etagentür. Er klingelte kräftig und mehrmals. Den Karton mit seinen sieben Zwetschgen hielt er unter dem Arm, trotz des "angenehm warmen" Treppenhauses liefen noch immer Frostschauer seinen Rücken hinunter.

Endlich wurde ihm geöffnet, als er die Notbeleuchtung der Treppe grade zum achten Male anknipste. Und wieder war es die junge Schauspielerin, die ihm zu diesem zweiten Lebensbeginn in Berlin die Tür öffnete. Unterdes hatte Alma ja schon festgestellt, daß diese junge Dame gar nicht so bösartig und schnippisch war, wie es an jenem Morgen geschienen hatte, im Gegenteil, sie hatte sich im Helfen oft recht großzügig gegen die hungernden Dolls erwiesen.

Sie sagte nach dem Öffnen der Tür: "Ach, der Herr Doll –! Und so spät noch –! Kommen Sie doch erst einmal mit mir in die Küche, ich habe grade den Brei für das Kleine auf dem Feuer, und ein bißchen wärmer ist es da auch durch das Gas!"

Doll setzte sich müde auf den Küchenstuhl zwischen Gasherd und Tisch, auf den Stuhl, auf dem an jenem Septembermorgen seine Frau so trostlos gesessen hatte, und fand wirklich das bißchen Wärme vom Gasherd her sehr angenehm. Fräulein Gwenda aber rührte in ihrem Breitopf und sagte: "Sind Sie denn nun auch wirklich gesund, Herr Doll –? Sehr gesund sehen Sie eigentlich nicht aus, und zur Holzbeschaffungsaktion würde ich Sie bestimmt nicht mit in den Wald nehmen!"

"Doch, ich bin wieder ganz gesund", erwiderte Doll, nicht ganz der Wahrheit gemäß, denn grade im Augenblick fühlte er sich besonders elend und matt. "Es ist die Krankenhausluft, durch die ich noch so elend aussehe", setzte er darum erklärend hinzu, denn er wollte bei Fräulein Gwenda doch nicht den Gedanken aufkommen lassen, die Lotterwirtschaft mit ewigem Liegen und Hungern und Aushelfen beginne von neuem. "Ich bin all die Wochen nicht an die frische Luft gekommen bis heute. Da habe ich auch meine Frau besucht, und für den ersten Ausgang ist das wohl ein bißchen viel gewesen."

Fräulein Gwenda erkundigte sich nun teilnehmend nach dem Befinden der jungen Frau, und es dauerte darum eine ganze Weile, bis Doll die Frage nach seinem Zimmer anbringen konnte: ob Frau Schulz heute da sei? Ob sie gar schon im Bett liege –? Ob sie wohl noch zu sprechen sei –?

Ja. Fräulein Gwenda meinte "Ja". Frau Schulz schlafe heute wohl hier, soviel ihr bekannt sei. Aber ob sie das Licht schon aus habe, das wisse sie nicht. So schlich sich denn Doll auf Zehenspitzen bis an die Tür "seines" Zimmers und spähte durch das Schlüsselloch. Es war aber alles dunkel. Er lauschte lange: da hörte er den sachten, ein bißchen flötenden und dann wieder leise pfeifenden Schlafatem und wußte es nun gewiß: in dieser Nacht sah es mit seiner eigenen Schlaferei faul aus und mit der Bettwärme erst recht. Zum richtigen behaglichen Rauchen der Kleinschmidtschen Zigarette würde er wohl kaum kommen.

Als er wieder in der Küche stand, waren Fräulein Gwenda und der Brei fort und das Gas gelöscht. Auch hier war ohne ihn Feierabend gemacht worden. Eine Weile stand er und sah diese Küche an. Es war unzweifelhaft seine, ihre, der Dolls Küche; jedes Stück darin gehörte ihnen, nicht nur die Möbel, sondern auch jeder Löffel, Quirl, Topf, Teller. Aber als er in das große und breite Küchenbüfett hineinschauen wollte, war jedes Abteil verschlossen, und die Schlüssel waren nicht da.

›Es ist doch eine komische Welt‹, dachte er. ›Sie müßten uns doch wenigstens fragen, und ein bißchen Miete müßten sie auch zahlen. Wie steht es überhaupt mit der Wohnungsmiete?‹ fiel es ihm plötzlich ein. ›Die kleine Familie von Fräulein Gwenda wohnt ja erst seit Ende August hier, aber die Schulzen, die so tüchtig im Rechnungmachen ist, werde ich morgen früh gleich mal kräftig in die Zange nehmen wegen Miete, Licht und Gas. Das bringt Geld, und wenn es auch nicht viel Geld sein wird an den Schwarzmarktpreisen gemessen, für die, die gar kein Geld haben, ist auch wenig Geld viel Geld.‹

Während er so vor sich hindachte, sah er sich die Schlösser zu den Speisekammern an, von denen es in dieser hochherrschaftlichen Küche nämlich zwei gab, eine rechts, die andere links vom Fenster. Aber sie waren auch beide abgeschlossen. ›Natürlich‹, sagte er zu sich mit einem leichten Seufzer. ›Die eine für die Schulz, die andere für das Fräulein Gwenda. Die Dolls haben die gar nicht auf ihrer Rechnung. Auch das muß anders werden. Morgen früh gehe ich gleich auf das Wohnungsamt und stelle unser Recht klar. Aber nein, zuerst muß ich auf das Ernährungsamt und Karten holen; das Leben mit Betteln und Borgen und Kaufen auf dem Schwarzen Markt geht unmöglich weiter!‹

Jetzt stand Doll vor dem Küchentisch und betrachtete ihn nachdenklich. Aber er kam ihm doch zu kurz und zu hart als Notlager vor. Dann fiel ihm die Badewanne ein, aber der Frost, der immer noch in seinem Körper steckte, schüttelte ihn schon bei dem Gedanken an solch Notlager, so daß er ihn sofort verwarf. Auf dem kleinen Zwischenflur lag Velours, und an dem Kleiderrechen auf der Diele hatte er einiges weibliche Mantelzeug hängen sehen, damit konnte er sich zudecken.

Aber es schien ihm immer noch nicht das Rechte, bis ihm schließlich einfiel, daß die Wohnung doch sechseinhalb Räume hatte, und der halbe, das war das Mädchenzimmer. Er ging hinein und knipste, aber es wurde nicht hell, entweder weil die Leitung entzwei war oder weil keine Birne in der Fassung saß. So ging er in die Küche zurück, machte ungeschickt genug mit dem Anzünder wieder das

Gas an, fand im Mülleimer eine Zeitung und drehte sich aus ihr eine Fackel. Mit ihr beleuchtete er das Mädchenzimmer.

Jawohl, die Bettstelle war noch dort und auf ihr die Matratze und sogar das Keilkissen, aber sonst war da gar nichts, kein Bettstück und keine Bettdecke. Und es war verdammt kalt in diesem schmalen Loch! Mit dem letzten Rest der Fackel leuchtete er das Fenster an und sah, daß im Rahmen nur noch ein paar Scherben spießten. Die frische Nachtluft hatte ungehinderten Zutritt. Trotzdem entschied er sich für dieses Schlafgemach, ein Bett blieb doch immer ein Bett – und dafür war er ein Mann, daß er nicht auf den Gedanken kam, daß man ein Bett auch umstellen kann, z. B. in die geschützte, wärmere Küche. Nein, auf diesen Gedanken kam Doll nicht, eben weil er ein Mann war, wie wenigstens die Alma später sagte, als sie von dieser ersten Nacht gehört hatte.

Auch hatte Doll jetzt plötzlich Hemmungen, das weibliche Mantelzeug so einfach als Zudeck zu benutzen. Er mühte sich lange damit ab, einen vertretenen Läufer im hinteren Gang von den Nägeln zu lösen. Endlich gelang es, aber es war klar, daß dieser Läufer mit seinem völlig zerfetzten Rand nie wieder gelegt werden konnte. Doll zog in der Küche schnell seinen Anzug aus, brannte sich am Gas die Zigarette an, schleppte den Läufer hinter sich drein und bezog sein Nachtquartier, den alten, staubigen Teppich in vielen Bahnen auf sich packend. Die froststarren Füße aber wickelte er in den Rest eines Morgenrockes, den er im Badezimmer gefunden hatte.

So lag er denn im Dunkeln, ab und an glühte die Zigarette auf; dann verschwand vor dem nahen feurigen Schein die helle Fensteröffnung mit dem schwarzen Dachprofil des Hofgebäudes und dem grauen Himmel darüber. Glühte die Zigarette aber nicht, trat wieder der Himmel hervor, und die Luft schien ihn kühler anzuwehen.

Zuerst wollte sich trotz der Zigarette keine rechte Behaglichkeit einstellen, weil er nicht warm werden konnte, denn der Läufer war wohl schwer und roch unangenehm nach Staub und allem möglichen sonstigen nicht recht Bestimmbaren, aber gewiß nicht wärmend. Doch als die Zigarette ausgeraucht war, und nur noch der Himmel über dem schwarzen Dach seinen matten Schein in Dolls Gesicht sandte, fand sich der Frierende plötzlich in einer Einschlaf-Phantasie, der er von seinen frühesten Knabentagen an sich immer dann hingegeben hatte, wenn ihm seine Lebensumstände besonders bedroht erschienen waren.

Diese Phantasie lief darauf hinaus, daß er Robinson war auf der wüsten Insel, aber ein Robinson ohne Freitag und ein Robinson, der jeden Besuch weißer Menschen verabscheute und der bei dem Gedanken, von ihnen "gerettet" zu werden, Angst empfand. Sondern dieser andere Robinson tat alles, um sich gänzlich vor seinen Mitgeschöpfen zu verstecken. Diese Pflanzung um seine Höhle herum konnte gar nicht dicht und der Weg durch sie hin nicht verwachsen und versteckt genug sein. Ja, am liebsten erfand er sich einen tiefen Talkessel zwischen hohen und steilen Felswänden, und in diesen Kessel führte nur ein langer dunkler Felsentunnel, der leicht mit Steinen zu verrammeln war. Der Talkessel selbst aber hatte einen lockeren und doch von oben undurchsichtigen Baumbestand, der Robinson auch gegen Fliegereinsicht abdeckte.

In solch tiefe Abgeschiedenheit war Doll schon als Junge geflüchtet, wenn ihm die Welt mit ihren Menschen zu gefährlich geworden war, wenn er einen Beweis in Geometrie nicht kapiert hatte, wenn eine böse Lüge ans Tageslicht gekommen war. Die gleiche Fluchtmöglichkeit hatte auch der Mann in gewissen mutlosen Stunden nicht verschmäht, und eine ganz besondere Wichtigkeit hatte sie natürlich für ihn in den letzten Jahren durch die ständigen schweren Bombenangriffe auf Berlin bekommen.

Im Grunde aber – und das wußte Doll seit der Lektüre Freudscher Schriften recht gut – bedeutete diese Felsenhöhle oder der geschützte Talkessel nichts anderes als den Schoß der Mutter, in den sich der Bedrohte zurückwünschte. Dort allein war sichere Stille gewesen, und die südliche Sonne, die er stets auf sein Robinsoneiland scheinen ließ, das war das große heiße Herz seiner Mutter, das ihm gnädig und unermüdlich die Strahlen ihres warmen roten Blutes sandte!

Mit diesen und ähnlichen Gedanken schlief er endlich doch ein, und als er aufwachte, stand zwar die scheidende Nacht noch schmutziggrau in der leeren Fensterhöhle, Herr Doll aber sprang doch mit Eifer und völlig warm von seinem Lager, begierig, den ersten wirklich tätigen Tag nach dem Zusammenbruch all seiner Hoffnungen zu beginnen. In der Küche beim elektrischen Licht bekam er freilich einen Schreck, was für Spuren der staubige Läufer auf ihm hinterlassen hatte. Aber zu ändern war da nichts, denn Wäsche zum Wechseln besaß er nicht. So verwandte er im Badezimmer alle Sorgfalt auf eine gründliche körperliche Reinigung und fühlte sich frisch, wenn auch wieder recht kalt, als er vor dem großen Spiegel in der Diele stand und sich musternd betrachtete. Ja, er fand, er sah so frisch und gesund aus wie seit langem nicht. Eilig lief er die Treppe hinunter, die Haustür war schon offen, aber um die Ecke herum der Laden von Mutter Minus war noch geschlossen.

Da aber Licht im Laden brannte, so begann er zu klopfen, und er klopfte so beharrlich weiter, bis schließlich der gute, dicke, weißhaarige Kopf der Mutter Minus sich an der Türscheibe platt drückte – er wurde aber energisch geschüttelt zum Zeichen, daß noch kein Einlaß sei. Doll dagegen klopfte um so stärker, die leere früh-graue Straße hallte wider davon, und als die gute Minus nun wirklich so ärgerlich, wie sie nur sein konnte, die Tür aufmachte und den beharrlichen Trommler von der Schwelle scheuchen wollte, hatte er schon ihre Hand zwischen den seinen und sagte: "Ja, ich bin's wirklich, der Dr. Doll. Ende März haben wir uns zum letzten Male gesehen, und ich freue mich, daß Sie's gut überstanden haben wie wir auch. Meine Frau freilich liegt im Krankenhaus, ich denke aber, schon in der nächsten Zeit wird sie wieder bei mir sein. Und wenn ich eben solch unverschämten Krach gemacht habe, so nur darum, weil ich Sie unbedingt alleine sprechen muß, ehe noch Ihre Frühgäste alle kommen!"

Während Doll so fröhlich auf Mutter Minus einredete, hatte er sie sachte, Schrittchen um Schrittchen, in ihren Laden zurückgedrängt. Nun schloß er vorsorglich die Ladentür wieder zu, damit nicht etwa andere Frechlinge sich die gleiche Freiheit nähmen.

"Ja", sagte die gute Minus und war schon nicht mehr böse. "Ja, daß Sie beide zurück sind, habe ich schon gehört, und daß es Ihnen nicht gut geht, das ist mir auch erzählt worden. Und was haben Sie jetzt auf dem Herzen, Herr Doktor –?"

Doch ehe Doll noch seine Bedürfnisse, Aussichten und Versprechungen dargelegt hatte, sagte sie schon: "Aber was frage ich noch? Warum kommt man denn so früh zur Mutter Minus und will sie unbedingt alleine sprechen? Was zu essen, wie –? Ein bißchen gutes Freßchen, was –? Nun, Herr Doktor, einmal will ich's ohne Karten tun, aber nur dies eine Mal, verstehen Sie! Nicht wieder!"

"Großartig, Frau Minus!" rief Doll, beglückt, weil es ihm so leicht gemacht worden war. "Sie sind immer die Allerbeste."

"Ach, reden Sie nicht!" antwortete Frau Minus und packte schon zusammen, füllte in Tüten, wog ab, schnitt und klackste auf Papier – wobei Dolls Augen immer größer wurden, denn er hatte sich im besten Falle ein Brot und ein wenig Kaffee-Ersatz erwartet. "Reden Sie bloß nicht so viel und versprechen Sie vor allem nichts! Aber denken Sie daran, ›einmal‹ habe ich gesagt, und dabei bleibt es. Wenn auch alle sagen, ich bin zu gut und kann nicht ›Nein‹ sagen. Ich kann ›Nein‹ sagen. Sie wissen, es darf nicht sein, und die können mir wegen so was glatt den Laden zumachen. Aber dieses eine Mal sage ich: Mensch bleibt Mensch, und ich habe ja auch davon gehört, wie es Ihnen beiden ergangen ist. So, nun nehmen Sie das Zeugs und reden Sie nicht viel. 12 Mark 47 macht's, und wenn Sie Geld haben, so zahlen Sie es gleich, sonst lassen Sie's. Anschreiben darf ich, anschreiben tu ich für Sie auch noch 'ne Weile, das ist etwas anderes. Aber ohne Karten, nein!"

Und nachdem sie das zum drittenmal mit aller Energie betont hatte, als wolle sie ihr schwaches Herz hart machen, schob sie Doll, der vor Dankbarkeit wirklich gerührt war, aus dem Laden auf die Straße. Er hörte den Schlüssel sich im Schlosse drehen und nickte noch einmal heftig zurück, weil er wegen der vollen Arme nicht winken konnte. Dann ging er heim mit dem Gefühl, er sei plötzlich ein sehr reicher Mann geworden.

Er hatte beim Weggehen den in der Flurtür steckenden Schlüssel an sich genommen, und das war gut, denn bei seiner Rückkehr rührte sich noch immer nichts. Das war ihm lieb, denn so konnte er seine Schätze ungestört und unbeobachtet auspacken. Als sie dann vor ihm auf dem Küchentisch lagen, schien er sich wirklich ein reicher Mann, der doch eben noch der arme Lazarus gewesen war. Es lagen da aber drei Brote – ein weißes und zwei dunkle –, eine Tüte mit Kaffee-Ersatz, eine mit Zucker, eine mit Nudeln, eine mit weißem Mehl, eine kleine Spitztüte mit Kaffeebohnen, ein Papier mit Butter, eines mit Margarine und ein Pappteller voll Marmelade.

›Wenn ich das auf dem Schwarzen Markt hätte kaufen müssen!‹ dachte Doll und setzte in einer Kasserolle Wasser auf, für Muckefuck selbstverständlich, denn die guten Kaffeebohnen blieben natürlich für das Wiedersehen mit Alma.

Er fand es ein wenig schwierig, Geschirr für sein Frühstück zusammen zu bekommen, sie hatten ihm ja sein Büfett zugeschlossen! Aber im Abwaschtisch fand er schließlich, was er brauchte, wusch notdürftig mit kaltem Wasser ab und sagte wieder einmal bei sich: ‹Das muß alles anders werden – heute noch!› Worauf er sich zu einem Schlemmermahl niedersetzte.

Nur zweimal wurde er dabei gestört. Das eine Mal kam die Schulzen wie ein Gespenst, aber wie ein sehr ungewaschenes, in die Küche geschusselt, starrte entsetzt auf den Frühgast und fuhr schon wieder hinaus, mit dem nur geächzten Schrei: "Herr Gott, das hätte ich wissen müssen, Herr Dr. Doll!"

Und fort war sie wieder, mit ihrem unordentlichen, halb zerfetzten Nachtgewand, ihrem wuscheligen Kopf, an dem die kurzen Löckchen in Haarwickeln steckten. Doll eilte ihr nach: "Hören Sie doch, Frau Schulz!" rief er beschwörend. "Warten Sie doch nur einen Augenblick, ich sehe auch gewiß nicht hin!"

Die Tür schlug ihm vor der Nase zu, ins Zimmer vorzudringen, widerstrebte ihm, so rief er denn durch das Schlüsselloch: "Gnädige Frau, ich mache nur rasch einen Weg auf die Kartenstelle – kann ich Sie hinterher sprechen?"

Ein Seufzer, ein "Ach Gott!" antworteten ihm.

"Ich muß Sie unbedingt heute noch sprechen! Es handelt sich um eine Sache, die auch für Sie wichtig ist!" – Ein Seufzer, noch tiefer, als einzige Antwort. "Aber das war doch nicht so schlimm", flüsterte, pfiff Doll durchs Schlüsselloch. "Ich habe doch auch eine junge reizende Frau! – Also, gnädige Frau, wir sprechen uns nachher – in Friede und Freundschaft! – Auf Wiedersehen!"

Das wieder geseufzte "Ach Gott" klang jetzt immerhin so, daß Doll es für ein "Ja" nehmen konnte. ›Alte Vogelscheuche!‹ murmelte er bei sich. ›Du wirst staunen, wie ich dich aus der Wohnung kutschieren werde –! Denkst du, ich habe vergessen, wie du nach dem 20. Juli die göttliche Errettung des geliebten Führers bejubelt hast –?!!!‹

Noch nicht lange saß er wieder bei seinen Marmeladenstullen, da kam die zweite Störung: es klingelte an der Etagentür. Dem Öffnenden stand der lange junge Mann gegenüber, der ihn am Abend zuvor ins Haus und damit in ein bißchen Wärme gelassen hatte.

"Ach, Sie sind es selbst, Herr Dr. Doll!" sagte er verlegen, besann sich aber rasch. "Ich dachte, Sie würden noch schlafen und wollte dies nur rasch abgeben ..." Er brachte ein großes Paket zum Vorschein. "Es ist ein Mantel", erklärte er hastig. "Leider nur ein Sommermantel, und ein Hut. Ich bin größer als Sie, aber vielleicht geht es doch. Es ist natürlich nur geliehen, entschuldigen Sie bitte. Sie tragen es eben so lange, bis Sie etwas anderes haben ..."

"Aber, Herr –" fing Doll überwältigt an. "Sehen Sie, nun habe ich sogar Ihren Namen vergessen ..."

"Ach, der Name tut ja nichts zur Sache! Jedenfalls, wenn es auch nur ein Sommermantel ist, es ist doch besser als gar nichts ..." Das Paket hatte unterdes seinen Besitzer gewechselt; die beiden Männer hatten sich kräftig die Hand geschüttelt ...

"Ich finde das einfach großartig von Ihnen, Herr –" fängt Doll an, unterbricht sich aber schon wieder. "Nein, jetzt müssen Sie mir aber Ihren Namen sagen –" Es ist Doll, als könne er dem andern nicht ordentlich danken, wenn er namenlos bliebe ...

"Grundlos", antwortete der. "Franz Xaver Grundlos. – Aber jetzt muß ich eiligst fort – ins Geschäft. Die U-Bahn –"

Die letzten Worte klingen schon von der Treppe her. Jetzt, wo Doll Herrn Grundlos "ordentlich" danken könnte, ist der fort!

Zum zweitenmal kann Doll an diesem Morgen Geschenke auspacken. Ihm ist zumute, als seien Weihnachten und Geburtstag auf einen Tag gefallen. Ach, wie falsch hat er in seiner Depression die Deutschen gesehen! Der Anstand, die einfache Rechtlichkeit, sie sind noch nicht ausgestorben, sie werden nie aussterben. Nein, sie werden wieder stark werden, sie werden dieses Unkraut der Nazis aus Denunziationen, Neid, Haß überwältigen, ersticken –!

Nur ein Sommermantel und zu groß, beides richtig. Aber es ist ein schöner blauer Stoffmantel, zum Teil mit Seide abgefüttert. Die Menschen helfen also einander wieder, keiner steht ganz allein auf der Welt, jeder vermag zu helfen, jedem kann geholfen werden. – Natürlich war der Mantel etwas zu lang, aber was schadet das –?

Er behält ihn an und setzt auch das Sammethütel bayrischen Einschlags auf – früher hätte er solch Ding nie auf seinem Kopf geduldet! Aber so übertrieben warm ist es nun doch nicht in der Küche, daß man beim Essen eines Marmeladenbrotes nicht einen Sommermantel tragen könnte. Er setzt sich auch nicht wieder hin zu dieser Esserei. Plötzlich brennt es ihm auf den Nägeln, zum Ernährungsamt zu kommen! Monate hat er die Sache verbummelt, aber nun will er dieser guten Frau Majorin zeigen, daß er auch Karten hat, daß er nicht mehr auf sie angewiesen ist! Noch heute wird er es ihr zeigen!

Ein Problem bleibt freilich, wo er solange seine Lebensmittel läßt. Er traut keinem. Schließlich schleicht er mit ihnen in das ausgebrannte Vorderzimmer, das voll von Trümmern und Gerumpel liegt, und legt die Tüten in eine Lade der angebrannten Wickelkommode von Petta.

Noch eine letzte Musterung vor dem Spiegel. ‹Gut!› sagt er zu sich. ›Jedenfalls tausend Prozent besser, als ich in den letzten Monaten ausgesehen habe! Und nun auf zur Attacke gegen das Ernährungsamt! Gebe es der Himmel, daß ich auch auf solch anständigen Menschen stoße wie in den letzten vierundzwanzig Stunden nun schon dreimal! Aber an einem solchen Glückstage muß mir ja alles gelingen!‹

Es ist noch lange nicht acht Uhr, als Doll das Haus verläßt, und Mittag ist längst vorüber, als er wieder heimkehrt, ein sehr veränderter Doll. Er setzt sich ohne ein

Wort auf den Küchenstuhl neben den Gasherd, er ist zu Tode erschöpft. Fräulein Gwenda, die ihre Kartoffelsuppe auf dem Gasherd überwacht – sie steht da nun schon vier Stunden und müßte doch endlich kochen, aber bei *dem* Gas! –, Fräulein Gwenda bittet ihn um den Flurschlüssel, den er wohl an sich genommen habe. Doll steht ohne ein Wort auf. Er sieht auf einen Blick, daß jetzt die Schlüssel sowohl in den beiden Speisekammern wie im Küchenbüfett stecken. Er zieht sie ab, steckt sie in die Tasche und schickt sich an, die Küche zu verlassen.

Die beiden Frauen – Gwenda und die verwitwete Frau Major Schulz – tauschen einen raschen Blick, sie verständigen sich dahin, dem armen Irren erst einmal seinen Willen zu lassen. Die jetzt völlig aufgetakelte Schulz mit neckischen Lämmerlöckchen flötet: "Wenn Sie mit mir sprechen wollen, Herr Dr. Doll, ich stehe zu Ihrer Verfügung. Ich bin nur noch Ihretwegen hier."

Aber er steht nicht zu ihrer Verfügung. Er geht den Gang hinauf in das Zimmer der Schulz. Er tritt ein, schließt die Tür ab hinter sich und setzt sich in einen Sessel. Er ist stark angeschlagen, todmüde und ziemlich verzweifelt: dieser Vormittag war für die schwachen Kräfte eines kaum Genesenen zu viel. Er will jetzt nur ruhen, ruhen ... Er lehnt sich zurück und schließt die Augen. Aber gleich öffnet er sie wieder. Er friert, oh, wie er friert! Zwar hat er noch den Mantel an, aber ... Schwerfällig steht er wieder auf und rückt das elektrische Heizöfchen ganz dicht an seine Beine. Er holt sich von der Schlafcouch die Steppdecke der Schulz und wickelt sich darin ein ...

Zum zweitenmal schließt er die Augen. Er denkt noch: ›Ich darf nicht länger als höchstens bis vier schlafen. Um fünf muß ich bei Alma sein. Was ich ihr freilich von meinen großartigen Erfolgen auf den Ämtern erzählen soll ... Nein, nur jetzt nicht daran denken, sonst wird aus dem Schlaf nichts!‹

Langsam dämmert er hinüber. Aber er schläft noch keine fünf Minuten, da klopft es gegen die Tür und Frau Schulz zirpt: "Ach, Herr Dr. Doll, einen Augenblick! Wollten Sie mich denn nicht sprechen –?!"

Er weigert sich zu hören. Er schläft. Er muß schlafen.

"Bester Herr Dr. Doll, machen Sie mir doch bloß einen Augenblick auf, daß ich wenigstens meinen Mantel und meine Tasche holen kann! Ich muß doch fort –!"

Doll schläft. Aber als sie ihn zum dritten Male beschwört, springt er auf, er wirft das Heizöfchen um, stürzt zur Tür, dreht den Schlüssel, reißt sie auf und schreit zornig: "Zum Henker mit Ihnen! Wenn Sie nicht auf der Stelle machen, daß Sie von der Tür hier wegkommen, dann schaffe *ich* Sie fort, aber gleich alle vier Treppen hinunter – haben Sie mich verstanden, Sie –?!!!"

Dieser Zornesausbruch ist so wirkungsvoll, daß Frau Schulz vor ihm den Gang hinabflieht. "Ich gehe ja schon!" flötet sie dabei angsterfüllt. "Entschuldigen Sie bloß die Störung! Es wird gewiß nicht wieder vorkommen!"

Doll schläft jetzt sehr fest, sofort nach seinem Zornesausbruch ist er eingeschlafen, tief und ruhig, als habe dieses Gewitter die Luft gereinigt. Als er wieder aufwacht, dunkelt es schon im Zimmer. Er fühlt sich wunderbar ausgeruht und erfrischt – wie seit langem nicht. Sein erster gesunder Schlaf ohne alle Mittel! Ruhig bleibt er im Sessel sitzen, ruhiger kann er jetzt an das denken, was ihm sein Vormittagsbesuch auf den Ämtern einbrachte.

Er sieht sich wieder in der langen Schlange derer stehen, die mit ihm auf der Kartenstelle warten. Trotz seines frühen Kommens sind an die hundert Menschen vor ihm. Er hört wieder das Streiten, das ewige Sticheln der Mitwartenden. Er sieht den Zank um ein einziges Wort, das oft auch noch mißverstanden wurde, und die unbegreiflichen Wutausbrüche, wenn sie meinen, daß jemand versucht, sich vorzudrängen. Unvermeidlich hat Doll nach dreistündigem Warten in dieser haßerfüllten Atmosphäre nicht mehr die festliche Stimmung vom Morgen. Er wehrt sich dagegen, aber diese niederdrückende Stimmung ist nun einmal da.

Dann stand er endlich in dem Zimmer, an einem Tisch, vor einem Mädchen oder einer Frau, hinter ihm reden sie, neben ihm reden sie, und nun redet auch Doll, sagt, was er sich hundertmal überlegt, genau zurechtgelegt hat ...

Aber er kommt keine drei Sätze weit. "Erst müssen Sie Ihre polizeiliche Anmeldung und Ihre Wohnungseinweisung bringen", erklärt das Fräulein. "Ohne das gibt es hier keine Karten. Gehen Sie nur erst aufs Wohnungsamt! – Der nächste, bitte!"

"Aber Fräulein!" rief er. "Es ist doch immer unsere Wohnung gewesen, wir waren nie abgemeldet, wozu muß ich mich da neu anmelden –?! Sehen Sie nur in Ihrer Kartothek nach –!"

"Dann lassen Sie sich das vom Wohnungsamt bestätigen! – Und überhaupt ..." Sie musterte ihn abweisend. "Der nächste, bitte –!"

Doll hatte gut reden; sie hatte das auf dem Amt gelernt: Überhören. Sein Sprechen war für sie wie das Gesumm einer Fliege! Er mußte gehen, und um eine solche Auskunft hatte er über drei Stunden und viel Eifer verloren!

Er ging zum Wohnungsamt, er fand das Wohnungsamt. Er brauchte dieses Mal nicht so lange anzustehen. Es ging schon mit anderthalb Stunden ab. Aber auch auf dem Wohnungsamte erreichte er nichts. Erst hörte ihn wieder eine Dame an und war zweifelhaft wegen seines Falles. Er hätte sich doch vor dem 30. September melden müssen, und jetzt war es beinahe Dezember! Die Dame überwies ihn an einen Herrn, einen sehr leicht erregbaren Herrn, der, wie Doll aus der Behandlung eines Mannes vor ihm ersah, nicht gern zuhörte, sondern lieber selber sprach.

Vor diesem Manne breitete Doll einige Papierchen aus: ältere Mietsquittungen seiner Wohnung, den Nachweis seiner Bürgermeistertätigkeit in der Kleinstadt, Bescheinigungen über den Krankenhausaufenthalt der Dolls in der Kreisstadt ...

Der Herr am Schreibtisch fegte die Papiere nach kurzem Blinzeln auf einen Haufen zusammen und sagte hastig: "Das interessiert mich alles gar nicht! Stecken Sie das ruhig wieder ein, Sie können es aber ebensogut in den Papierkorb werfen! – Der nächste –!"

"Und meine Wohnbescheinigung –?" beharrte Doll ziemlich verärgert.

"Ihre Wohnbescheinigung –? Großartig!" rief der Erregbare schon erregt. "Woraufhin denn? Keine Ahnung! Denke ja gar nicht daran, so was auszustellen! Der nächste!"

"Was verlangen Sie denn für Unterlagen?" erkundigte sich Doll hartnäckig.

"Ich verlange gar nichts! Sie verlangen was! – Der nächste, und ein bißchen fix!" Dieses "Der nächste" schien er ganz mechanisch zu rufen, wie ein anderer hinter jeden Satz etwa ein "Nicht wahr?" hängt. Eilig fuhr er fort: "Bringen Sie mir eine eidesstattliche Erklärung Ihres Hauswirtes, daß Sie seit 1939 die Wohnung innehaben. Bringen Sie mir eine polizeiliche und eine Lebensmittelabmeldung aus dem Ort, in den Sie evakuiert waren –"

"Ich war nie evakuiert. Außerdem gibt es dort keine Lebensmittelabmeldungen, weil es keine Karten gibt."

"Lächerlich!" rief der Beamte. "Flausen sind das, Ausflüchte! Nach Berlin wollen Sie sich reinschwindeln, das ist alles! Aber von mir bekommen Sie nichts, gar nichts, auch wenn Sie mir jetzt die schönsten Bescheinigungen bringen!" Er ließ die Hand schmetternd auf den Tisch fallen. Er steigerte sich noch immer mehr. "Ich kenne solche Leute auf den ersten Blick – von mir bekommen Sie nie etwas. Der nächste!"

Plötzlich sagte er ganz veränderten Tonfalls, nur noch mürrisch: "Und überhaupt ..."

Zum zweiten Male bekam Doll an diesem Morgen die Worte "Und überhaupt" zu hören, wie eine düstere Drohung gegen ihn. Sein Blut floß nach diesen sinnlosen Anschnauzereien und Verdächtigungen nicht mehr ganz sanft durch seine Adern, böse fragte er: "Was heißt das? Was soll dieses ›Und überhaupt‹ bedeuten –?"

"Ach, gehen Sie doch!" tat der Beamte plötzlich sehr gelangweilt, "Sie wissen ganz gut Bescheid. Tun Sie bloß nicht so!" Er betrachtete eingehend seine Fingernägel, dann schaute er zu Doll hoch: "Oder wollen Sie mir erklären, wovon Sie und Ihre Familie seit dem 1. September eigentlich hier in Berlin gelebt haben?" Er fuhr triumphierend fort, und alle andern im Raum sahen schadenfroh auf Doll, der es so tüchtig kriegte! "Entweder sind Sie nicht am 1. September zugezogen, sondern erst jetzt. Dann haben Sie den Stichtag verpaßt und kriegen schon darum keine Bescheinigung von mir! Oder aber Sie leben seit dem 1. September vom Schwarzen Markt, dann muß ich Sie der Polizei melden –!"

"Wenn Sie", antwortete Doll zornig und übersah in seiner Erregung, großzügig gegen sich selbst, daß der Mann zum Teil mindestens recht hatte, "wenn Sie die Papiere eben ordentlich angesehen hätten, statt sie ungeprüft dem Papierkorb zuzusprechen, so hätten Sie gesehen, daß ich bis gestern im Krankenhaus gelegen habe – also dort ernährt worden bin. Und meine Frau liegt noch immer im Krankenhaus, auch darüber können Sie jederzeit eine Bescheinigung bekommen ..."

"Das interessiert mich alles nicht! Das geht mich gar nichts an! Der nächste! Ich habe Ihnen gesagt, was ich für Bescheinigungen von Ihnen haben will. Also, der nächste –!"

Diesmal war das nicht nur so als Arabeske an den Satz gehängt, sondern er nahm den nächsten nun wirklich dran. Langsam ging Doll aus der Amtsstube. Er fühlte die überlegen-höhnischen Blicke des andern in seinem Rücken, er wußte, daß der triumphierte und daß er dachte: ›Dem habe ich es aber gegeben! Der kommt nicht so leicht wieder!‹ Und ebenso sicher war Doll, daß sein Nachfolger am Tisch leichten Erfolg haben würde, seine Sache möge noch so faul aussehen. Ja, er würde sogar liebenswürdig behandelt werden, denn der Beamte wollte doch nun sich und seinem Büro und dem Publikum beweisen, daß er doch ein anständiger Kerl war. Aber er war es nicht, er war einer von den Millionen Tyrannen, die in diesem Unteroffiziersstaat seit eh und je ihr Szepter geschwungen hatten.

Auf dem Heimweg hat Doll ganz vergessen, daß ihn gegen die Novemberkälte ein erst vor ein paar Stunden großzügig gespendeter Mantel schützt und daß sein Magen von einem gleicherweis gewährten Frühstück gefüllt ist. Er zweifelt mal wieder völlig an seinen deutschen Mitmenschen. Sein Morgenelan ist verpufft. Robinson fühlt sich sehr allein auf seiner Insel.

So kommt es, daß Fräulein Gwenda und vor allem Frau Schulz büßen müssen, was das Wohnungsamt verschuldet hat. So kommt es, daß Doll völlig entmutigt einschläft. Aber er ist eben doch nicht mehr der Doll der letzten Zeit. Anderthalb Stunden Schlaf schenken ihm wieder Vertrauen und Mut. ›Ich schaffe es doch!‹ denkt er. ›Und wenn ich es nicht schaffe, bringt es die Alma fertig. Vielleicht wäre es überhaupt schlauer gewesen, sie dorthin zu schicken. Sie kann mit Männern viel besser umgehen als ich. Und überhaupt, die Alma –!‹

Er muß grinsen, weil auch er jetzt bei "Und überhaupt" angelangt ist. Dann schleicht er sich auf leisen Sohlen in das ausgebrannte Zimmer, sich sein Freßlein zu holen, und macht sich an ein verspätetes Mittagsmahl.

Zehntes Kapitel.
Robinson geht in die Welt

So leise Doll geschlichen war – die verwitwete Major Schulz hatte ihn doch gehört. Kaum schnitt er sich die erste Scheibe vom Brot, so klopfte es sachte, und auf sein "Herein" erschien der Wuschelkopf der Schulz: "Ach, Herr Doktor Doll, wenn ich jetzt meine Sachen holen dürfte – falls ich nicht störe?"

"Holen Sie, holen Sie nur!" antwortete Doll. Doch fiel ihm plötzlich der Wutanfall ein, mit dem er diese Frau für die Sünden des Wohnungsamtes gestraft hatte, und er sagte: "Übrigens verzeihen Sie bitte, daß ich vorhin so ausfallend wurde. Ich hatte rechten Ärger gehabt auf den Ämtern, und meine Nerven gingen mir durch. Ich bin eben noch gar nicht gesund –"

Kaum gesprochen, bereute er seine Worte. Er spürte, er sah es förmlich, wie die eben noch verschüchterte Schulz wieder auflebte. Besonders die "Ämter" hätte er nicht erwähnen dürfen, denn gleich fragte sie: "Und was hat man auf dem Amt gesagt –? Wie ist wegen der Wohnung entschieden worden –?"

"Wie die Wohnung", antwortete Doll ein wenig vorsichtiger, "zwischen mir und Fräulein Gwenda aufzuteilen ist, das wird noch entschieden. – Jedenfalls wird

Ihnen das eine klar sein, gnädige Frau, daß ich nicht auf die Benutzung dieses Zimmers verzichten kann."

Frau Schulzes Gesicht verzog sich. "Aber Herr Doll!" rief sie klagend. "Sie können mich doch nicht zu Anfang des Winters auf die Straße setzen! Ich will gerne ein anderes Zimmer suchen, aber bis dahin ..."

"Bis dahin werden wir hier gemeinsam hausen zu zweien, und wenn meine Frau kommt, zu dreien ..." Sie wollte etwas sagen. "Nein, nein, gnädige Frau, das kommt nicht in Frage. Ich weiß, Sie haben dies Zimmer immer nur gelegentlich benutzt ..."

"Das ist eine Verleumdung!" rief die Schulz, und ihr fettes, weißes Gesicht bebte vor Entrüstung und Zorn. "Glauben Sie doch nicht ein Wort von dem, was die Gwenda sagt! Diese Schauspielerin – sie lügt ja schon von Berufs wegen!"

"Ich habe mit Fräulein Gwenda über Sie nie ein Wort gesprochen, Frau Schulz!"

"Nein, natürlich nicht. Entschuldigen Sie bitte! Ich weiß schon, es ist diese Schlange gewesen, die Portierfrau, das Naziweib! Immer will sie mir was anhängen! Aber die bringe ich noch ins Gefängnis! Was die hier allein aus Ihrer Wohnung geklaut hat, bis ich ihr die Schlüssel abgenommen habe! Eimer und Töpfe und Bilder – Ihre Frau soll bei der unten nur richtig nachsehen, einen halben Hausstand findet sie da! Natürlich habe ich hier immer gewohnt, jeden Tag!"

"Also", sagte Doll, "Sie haben das Zimmer regelmäßig, Tag für Tag, benutzt –?"

"Immer, immer! Ich sage Ihnen ja, seit vorigem Jahre –"

"Dann werden Sie mit mir einig sein, daß wir endlich einmal wegen Miete usw. abrechnen. Ich habe nicht alles so genau wie Sie angeschrieben, ich mache es darum auch billig. Sagen wir für die Miete und die Möbel- und Küchenbenutzung während all der Zeit zweihundert Mark und für Gas und Elektrizität noch einmal einhundert Mark, macht Summa dreihundert Mark. Wenn ich bitten darf, gnädige Frau –?"

Und er streckte die Hand aus.

Unwillkürlich hatte Frau Schulz sich gesetzt, aber wohl nicht so sehr der Bequemlichkeit halber, sondern weil der Schreck ihr in die Beine gefahren war. Diesen Angriff hatte sie nicht erwartet. "Ich habe kein Geld!" murmelte sie und hielt die Tasche sehr fest. "Keine zwanzig Mark ..."

"Oh!" meinte Doll beruhigend. "Das macht nichts. Geben Sie mir jetzt erst einmal die zwanzig Mark. Ich bin auch mit Abschlagszahlungen einverstanden. Und bis die Dreihundert zusammen sind, lassen Sie mir vielleicht die Steppdecke hier! Ich kann sie im Augenblick sehr gut gebrauchen."

"Nein! Nein! Nein!!!" Frau Major Schulz schrie jetzt geradezu. "Ich bezahle das nicht! Das war nie ausgemacht! Ich habe mit Ihrer Frau vereinbart, daß ich hier auf Ihre Sachen aufpasse, und dafür habe ich hier wohnen dürfen."

"Aber Sie erzählten mir doch eben selbst, daß so viel von meinen Sachen fortgekommen ist! Wie hat denn das geschehen können, wenn Sie so aufpaßten? Nein, Frau Schulz, die dreihundert Mark müssen Sie schon zahlen. Vielleicht erinnern Sie sich: ich habe Ihre Rechnungen über soundso viel Zigaretten auch anstandslos bezahlt, über dies und das Brot, über so viele Pfund Kartoffeln – nein, meine Forderung ist wirklich billig. Ich bin überzeugt, meine Frau wäre gar nicht einverstanden, die würde noch viel mehr verlangen ..."

"Ihre Frau hat mir ausdrücklich gesagt, ich hätte hier nichts zu bezahlen!"

"Nein, gnädige Frau, das hat sie bestimmt nicht gesagt. Darüber wollen wir gar nicht erst reden. Das ist so, und das Geld müssen Sie bestimmt bezahlen, und je eher, um so besser!"

"Und meine Steppdecke?" rief Frau Schulz. "Herr Doktor, liebster, bester Herr Doktor, ich bin viermal ausgebombt, und alles, was ich gerettet habe, ist diese Steppdecke. Herr Doktor, Sie können so hartherzig nicht sein! Ich besitze nichts mehr, ich bin eine arme Frau, und ich werde alt!" Sie hatte seine Hand gefaßt, sie sah ihn mit Augen an, in denen Tränen schwammen. "Die Zigaretten!" flüsterte sie wie zu sich. "Er hat mir die Zigaretten übelgenommen. Ich habe Ihnen wirklich nicht zu viel angerechnet – oder doch nur ganz, ganz wenig! Sie werden mir doch mein Leben gönnen – von den Zigaretten lebe ich doch, auch ich will doch leben! Wozu habe ich mich denn durch die letzten Jahre gerettet, wenn ich jetzt verhungern soll?! Nein, die Zigaretten dürfen Sie mir nicht übelnehmen, und meine Steppdecke lassen Sie mir auch! Sie sind nicht so hartherzig, wie Sie jetzt tun. Ich kann die Dreihundert bestimmt nicht bezahlen. Ja, wenn die mir meine Pension zahlten! Aber nichts, nichts – Und der Führer hat doch gesagt ..."

Jetzt hatte sie sich ganz verwirrt und sah Doll nur mit ihren tränenden Augen flehend an. Seine Hand hatte sie fest zwischen ihre unangenehm warmen und feuchten Hände gepreßt.

"Gnädige Frau!" sagte er und befreite seine Hand mit einem Ruck, der nicht höflich war. "Gnädige Frau, Tränen verfehlen bei mir ihre Wirkung, meist machen sie mich nur gereizt. Sie haben eben selbst zugegeben, daß Sie über die Zigaretten nicht korrekt abgerechnet haben, so glaube ich Ihnen auch kein Wort von Ihrer Armut. Sie dürfen Ihre Decke behalten, wenn Sie mir die Dreihundert bezahlen! Wenn nicht, bleibt die Decke hier."

"Nein!" sagte nun Frau Major Schulz, und ihre ganze fieberhafte Erregung war auf einen Schlag verschwunden. "Nein, ich bezahle das Geld nicht. Sie können ja gegen mich klagen. Ihre Forderung ist unberechtigt. Ihre Frau hat mir ausdrücklich gesagt –"

"Das war schon erledigt, Frau Schulz. Also bleibt die Decke hier!"

"Schön", sagte Frau Schulz trocken. "Auch gut, Sie werden sehen, was Sie davon haben, Sie und Ihre Frau! Morphinisten, das ist auch verboten –!"

"Nicht so schlimm wie betrügerischer Zigarettenhandel." Aber dann ekelte ihn die Wendung, die dieses Gespräch nahm. "Danke, Frau Schulz, wir haben nichts mehr zu besprechen. Nehmen Sie noch aus dem Küchenbüfett und aus der Speisekammer Ihre Sachen. Und geben Sie mir die Hausschlüssel –"

"Ich gebe die Schlüssel nicht her! Ich lasse mich nicht so auf die Straße setzen –!"

"Die Tasche!" schrie Doll. Plötzlich war er doch wieder zornig geworden, zu seiner eigenen Überraschung. Er nahm ihr die Tasche einfach aus der Hand. Sie schrie leicht auf. "Haben Sie nur keine Angst, ich nehme Ihnen schon nichts fort!" Die Tasche war vollgestopft mit Briefen, allem möglichen Toilettenkram, mit Zigarettenpackungen. "Wo haben Sie denn die Schlüssel!" fragte Doll und wühlte tiefer. Ein Packen Geld kam ihm in den Weg, es waren blaue Scheine, Hundertmarkscheine, dreißig bestimmt, vielleicht sogar vierzig. Er gab sie ihr in die Hand. "Hier sind auch Ihre zwanzig Mark, Sie arme Frau, die nichts mehr besitzt, die darauf warten muß, daß der Führer ihr die Pension zahlt ..." Endlich hatte er die Schlüssel. "Ist da noch ein Privatschlüssel am Bund?"

Sie schüttelte den Kopf. "Ich habe nichts ..." flüsterte sie und hielt, immer noch ganz fassungslos, das Bündel Scheine in der Hand.

"Ich sehe es!" bestätigte Doll und gab ihr die Tasche wieder. "Schönen Dank. Und wenn Sie jetzt gehen würden –?"

Einen Augenblick stand sie unschlüssig, dann legte sie plötzlich drei Hundertmarkscheine auf den Tisch. Ohne Blick. Ohne Wort. (›Ob sie sich vielleicht doch schämt? Unwahrscheinlich!‹) Sie ging aus dem Zimmer ...

"Ihre Decke", rief Doll ihr nach. "Sie vergessen Ihre Decke!"

Sie ging weiter, den Gang hinunter, an der Küche vorbei. "Ihre Sachen im Büfett!" schrie Doll. Umsonst. Die Flurtür klappte, Frau Schulz war gegangen.

Mit einem Achselzucken kehrte Doll zu seinem Brot zurück. Trotz des Geldes war er nicht recht zufrieden mit diesem Ausgang der Unterredung. Die Dreihundert, deren Anblick ihn ein wenig störte, verwahrte er schließlich in seiner Tasche. Nach den Preisen, die Alma heute im Krankenhaus bezahlte, entsprachen sie freilich nur 15 Zigaretten oder einer Friedensmark. Ihm aber waren sie viel mehr wert, und nicht nur darum, weil er sie sich erkämpft hatte.

Es war unterdes ganz dunkel geworden. Sein Brot aß er bei Licht und konnte sich wieder einmal darüber verwundern, wie schnell es sich fortißt. Immer wieder sagte er sich: ›Dies ist nun wirklich die allerletzte Scheibe!‹ und immer wieder nimmt er nach kurzem Schwanken eine neue. Er ißt das Brot trocken, die Marmelade und das Fett sollen bleiben bis zur Rückkehr von Alma.

Dann nimmt er die Eßwaren und will sie wieder in Pettas angebrannte Wickelkommode zurücktragen. Da fällt ihm ein, daß er ja die Schlüssel zur Speisekammer seit Mittag in der Tasche hat, und er geht in die Küche.

Dort befindet sich das Fräulein Gwenda. Sie trägt jetzt einen silbergrauen Pelz und ist bemalt, als solle sie von der Küche sofort auf die Bühne. Es stellt sich aber heraus, daß sie nur einer Einladung von Freunden folgen will. Fräulein Gwenda beginnt ein Klagelied darüber, wie kalt es jetzt ist, daß man es im Winter in der Wohnung vor Kälte nicht aushalten wird. Jawohl, sie hat sich "schwarz" ein Öfchen gekauft, und in den nächsten Tagen wird sie auch "schwarze" Briketts bekommen, das Stück zu Zwofünfzig. Nein, das ist billig, unerhört billig, es werden schon vier Mark für das Brikett gezahlt. Und was wird er im Winter machen? Er kann doch nicht immer das elektrische Heizöfchen brennen lassen, dann sperren sie den Strom ab, und alle sitzen im Dunkeln –!

"Hören Sie, Fräulein Gwenda!" unterbricht Doll diesen Bericht, der ihn nicht grade ermuntert. "Hören Sie, Fräulein Gwenda, ich habe die Schulz aus der Wohnung gesetzt und ihr die Schlüssel abgenommen. Sie hat hier also nichts mehr zu suchen. Nur, daß Sie Bescheid wissen ..."

Die Gwenda verzieht schnell ihr buntes Gesicht, das soll wohl ein Lachen sein, und sie sagt: "So, sind Sie ihr also auch auf die Schliche gekommen!?! Ich dachte mir schon, daß das nicht mehr lange gehen würde. Nun, ich weine ihr keine Träne nach."

"Sie haben also auch schon Erfahrungen gemacht!" stellt Doll fest. "Das Küchenbüfett, denke ich, lassen wir von jetzt an offen, jeder nimmt von dem Geschirr, was er grade braucht. Es wird schon für beide reichen. Die Vorräte aber tut jedes in eine Speisekammer und nimmt den Schlüssel an sich. Welche wollen Sie, die rechte oder die linke?"

Fräulein Gwenda möchte die linke, im übrigen ist sie mit allem einverstanden. "So, und nun wollen wir beide doch gemeinsam nachsehen, was an Vorräten von der Schulz etwa noch vorhanden ist, damit sie uns nicht nachher einen Vorwurf machen kann ..."

"Oh, was soll von der da sein?" sagt die Gwenda verächtlich. "Sie hat ja immer nur aus der Einkaufstasche in den Mund gelebt."

Und das mußte wirklich so sein, denn außer ein wenig Gewürzen, zwei Zwiebeln und einer Handvoll Kartoffeln fanden sie nichts. Doll zog also in die Speisekammer ein, und stattlicher als zu der Schulz Zeiten sah es jetzt doch darin aus!

Dann schließt er ab. Über alledem ist es spät geworden, draußen ist es schon dunkel. Es stürmt, der Wind drückt gegen das Zellophan des Fensters, und manchmal fegt Regen prasselnd dagegen. Trotzdem will Doll noch in das Krankenhaus zu Alma gehen. Den ganzen Tag hat ihm dieser Besuch vorgeschwebt. Er hat es sich so schön vorgestellt, wieder bei ihr auf dem Bettrand zu sitzen, leise spielt das Radio, vielleicht hat sie wieder was zu rauchen da ... (Obwohl es eigentlich bei ihren Geldverhältnissen eine Sünde und Schande ist!)

Am besten sagt er ihr noch nichts davon, daß er aus dem Sanatorium rausgesetzt worden ist, das würde sie nur beunruhigen. Sie würde sich Sorgen machen, wie er allein in der Wohnung zurecht kam. Sie würde ihre Entlassung fordern, ihre Wunde aber war noch nicht in Ordnung. Er wird so tun, als sei er denen wieder ausgerissen. Es wird ihm schon eine kleine Geschichte einfallen, die er ihr erzählen kann.

Mit diesen Gedanken beschäftigt ist Doll die Treppe hinuntergestiegen, nun bläst ihn der eisige Novemberwind an, dicke Regentropfen peitschen ihm ins Gesicht. Er schauert zusammen. ›Es ist eben doch nur ein Sommermantel‹ denkt er. Und bleibt stehen. Ob Sommermantel oder nicht, mit dem Mantel kann er nicht ins Krankenhaus kommen, der Mantel verrät sofort, daß er nicht mehr im Sanatorium ist! Er muß in dem dünnen Sommeranzug gehen, und bei diesem Gedanken schaudert Doll noch stärker. ›Ich könnte den Mantel beim Pförtner abgeben‹, überlegt er. Aber das geht auch wieder nicht. Dann bedauert und bewundert sie ihn, daß er bei solchem Wetter zu ihr gekommen ist, und plötzlich entdeckt sie, daß der Anzug trocken ist, während es draußen gießt.

Nein, hier kann er nicht schwindeln, er muß im Jackett gehen. ›Ich könnte sagen‹, fällt ihm wieder ein, ›daß mir jemand im Sanatorium den Mantel geborgt hat. Aber auch das ist verdammt unwahrscheinlich. Ich kneife da heimlich aus und borge mir dazu einen Mantel. Außerdem könnte Alma den Sommermantel des Herrn Franz Xaver Grundlos wiedererkennen – Frauen haben einen Blick für so was. Nein, es bleibt nichts anderes übrig, ich muß und muß im Jackett gehen!‹

Es war wirklich ein miserables Wetter, naß und kalt, und als Doll ins Treppenhaus zurückging, empfand er wieder die Windstille der Luft dort wie Wärme – ganz wie am Vorabend. Aber erst, als er wieder in sein Zimmer trat und die behaglich rotglühende Scheibe des Heizöfchens sah, kam ihm der Gedanke, daß er überhaupt nicht zu gehen brauchte. Denn mit Sicherheit erwartete ihn die Alma nicht. Jetzt, wo es im Krankenhaus schon Abendbrotzeit war, hoffte sie wohl auch nicht mehr auf ihn. Es war also keine Notwendigkeit, in die dunkle, nasse Kälte zu laufen und sich halbtot zu frieren. Er konnte glatt zu Hause bleiben, ins warme Bett kriechen, noch eine Weile lesen und dann morgens seinen Besuch am hellen Tage und bei hoffentlich besserem Wetter machen.

Aber gleich schüttelte Doll mit dem Kopf; er stampfte sogar mit dem Fuß auf, so entschlossen war er. Denn er hatte sich diesen Besuch nun einmal vorgenommen, und er wollte nicht wieder – nie wieder wollte er in die Gewohnheiten der letzten Monate verfallen, in die Stumpfheit und Apathie, in das gleichgültige Sichgehenlassen. Und schnell, als habe er Angst, er könne noch andern Sinnes werden, riß er den Mantel vom Leibe, warf ihn über den Sessel und lief wieder die Treppen hinunter, lief in den stürmischen, eiskalten Regen hinaus. Und so schnell lief er immer weiter, daß er gar nicht recht darauf merkte, wie sehr ihn fror, daß er wieder über die verschobene Granitplatte stolperte, nein, nichts von alldem drang so recht in sein Bewußtsein. Sondern er hatte immer die sanfte Helle des Krankenzimmers vor sich, mit der gedämpften Radiomusik, und er hörte sich, noch atemlos vom raschen Lauf "Guten Abend, Alma!" rufen und sah ihr glücklich aufstrahlendes Gesicht.

Und während er noch, von dieser festlichen Erwartung angefeuert, lief, war es ihm, als laufe er von seiner ganzen zerschlagenen, entgötterten Vergangenheit fort, in der er mit einem falschen und dummen Stolz auf sein Einzelgängertum und seine Robinsonade gelebt hatte. Ihm war, als laufe der arm gewordene Mann nun einer besseren, helleren Zukunft entgegen.

So kam er, als habe ihn der Wind mühelos dorthin geweht, in den Eingang des Krankenhauses. Hier verhielt er einen Augenblick, trocknete sich das Gesicht mit dem Taschentuch ab und putzte die vom Regen beschlagene Brille. Dann strich er sich das Haar mit den Händen glatt – den Kamm hatte er natürlich wie immer vergessen. Dann, als er ein wenig ruhiger atmete, stieg er langsam die Treppen hinauf, kam unangehalten, ja, ungesehen bis an die Tür ihres Zimmers, klopfte und trat rasch ein.

Er sah, ganz wie er erwartet und doch tausendmal schöner als er erwartet, das freudige Aufglänzen ihres Gesichtes und hörte sie rufen: "Ach, mein Junge, mein Junge, du! Bist du denen doch wieder weggelaufen? Ich habe es doch den ganzen Tag gefühlt, daß du kommen würdest!"

Und er lief mehr zu ihrem Bett, als er ging, er neigte sich über sie und küßte sie und flüsterte: "Nein, Alma, diesmal bin ich denen nicht weggelaufen! Ich bin schon seit gestern abend dort rausgesetzt. Ich habe es dir eigentlich nicht sagen wollen, aber als ich dein glückliches Gesicht sah, konnte ich plötzlich nicht lügen!"

Und er setzte sich zu ihr und erzählte ihr alles, was er seit seinem Fortgange gestern erlebt hatte, auch seinen so verfehlten Weg auf die Ämter, der ihn fast wieder mutlos gemacht hätte, und seinen Kampf mit der Schulz, und zum Schluß berichtete er die Geschichte von dem so töricht zurückgelassenen Mantel. "Und nun habe ich ganz umsonst gefroren! Das heißt, vielleicht habe ich grade nicht umsonst gefroren. Ich weiß noch nicht, weil das Ganze wie eine Wandlung ist. Und überhaupt – ich habe gar nicht richtig gefroren, ich hatte wenigstens keine Zeit, darauf zu achten."

Und er sah sie dabei so an, daß sie seinen Kopf zu sich herunterzog und flüsterte: "Ach du, wie siehst du mich plötzlich an?! Weißt du auch, daß ich dich schrecklich liebhabe, und daß du plötzlich dreißig Jahre jünger aussiehst?! Am liebsten risse ich jetzt auch aus und ginge heute abend noch mit dir in unser Häuserchen!"

In dem gleichen Augenblick, da sie diese Worte gesprochen hatte, sah er an der Veränderung ihres Gesichtes, daß der plötzliche Einfall, sofort mit ihm nach Haus zu gehen, Gestalt in ihr annahm, daß aus dem flüchtigen Wunsch schon sehnlichstes Verlangen, und – ein wenig später – feste Absicht geworden war. Sie hatte ihre Wunde völlig vergessen. Sie murmelte: "Ich werde es schon schaffen! Und wenn die mich so nicht rauslassen, mache ich es wie du und entlasse mich selbst!" Und strahlend: "Denke doch, wie schön das sein wird: heute abend werden wir beide wieder beisammen sein!"

Er antwortete ärgerlich: "Daran ist gar kein Gedanke, Alma! Denke doch bitte an deine Wunde, die noch täglich behandelt und verbunden werden muß! Du mußt jetzt erst ganz gesund werden. Ich helfe mir schon so lange. Nur nicht wieder mit dieser elenden Bettliegerei anfangen!"

Sie sagte ihm trotzig, sie tue noch immer, was sie wolle! Und nun werde sie erst recht heute abend von hier fortgehen!

Er kannte ihre Starrköpfigkeit, ihm blieb nichts anderes übrig, als einzulenken, zu beschwichtigen, gute Worte zu geben. Lange glückte es ihm nicht, sie blieb bei ihrem Entschluß, sich heute noch gesund schreiben zu lassen. "Den jungen Arzt kriege ich schon herum!"

Dieser Streit zog sich ohne jede Aussicht auf Ende und Erfolg immer weiter hin. Schon ein paarmal hatte die madonnenhaft lächelnde Nonne gesagt, Herr Doll müsse nun wirklich gehen. Das Abendbrot stand längst auf dem Nachttisch. Schließlich, als er endlich Abschied nahm, erreichte er von ihr das Zugeständnis, daß sie wenigstens heute abend noch nicht, und keinesfalls vor Rücksprache mit dem Chefarzt fort wollte. So glücklich der Abend begonnen hatte, so verstimmt endete er: beide Teile hatten nicht erreicht, was sie wollten, und beide waren sie darum verärgert.

Als Doll über den Flur fortging, sah er durch eine offene Tür in einem Zimmer einen jüngeren Mann stehen, in einem weißen Ärztekittel. ›Aha, da wollen wir doch gleich mal sehen!‹ dachte er, ging in das Zimmer und machte sich bekannt. Es zeigte sich, daß der junge gelbliche Mann wirklich der Arzt vom Nachtdienst war. Doll, dem sein Gegenüber vom ersten Augenblick an mißfallen hatte, sagte: "Meine Frau hat zu mir eben den Wunsch geäußert, sofort entlassen zu werden. Ich habe es ihr ausgeredet. Ich nehme an, daß dies in Ihrem Sinne ist. Der Zustand der Wunde –"

"Ist ausgezeichnet!" setzte der Arzt Dolls Worte rasch fort. Er schien ähnliche Gefühle wie Doll gegen ihn zu hegen. "Krankenhausaufenthalt mehr nötig. Ambulante Behandlung genügt vollkommen. Wenn Ihre Frau zweimal wöchentlich zum Verbinden kommt, ist das ausreichend."

"Ich habe meine Frau gebeten und habe auch ihr Versprechen, daß sie erst einmal mit dem Chefarzt über diese Entlassung spricht", fuhr Doll unbeirrt fort, nur klang seine Stimme etwas gereizter. "Denn außer der Wunde handelt es sich ja wohl noch um eine fast regelmäßig allabendlich verabfolgte Morphiumspritze, nicht wahr –? Vor einer Entlassung müßte diese Spritze doch wohl völlig abgesetzt sein, oder nicht –?"

Es war kein Zweifel; der junge Arzt war bei diesem Angriff zusammengezuckt, und sein gelbliches Gesicht sah jetzt fahl aus. Aber er faßte sich rasch und antwortete, wobei er die Überlegenheit des Fachmannes über den unwissenden Laien geflissentlich übertrieb: "Ach, die Spritze – Ihre Frau hat Ihnen davon erzählt? Nun, auch in diesem Falle kann ich Sie beruhigen: Ihre Frau *glaubt*, daß sie Morphium bekommt. In Wahrheit habe ich ihr im Anfang harmlose Ersatzmittel gegeben, in letzter Zeit nur noch destilliertes Wasser ..."

Der Arzt lächelte bei diesen Worten so häßlich, daß Doll versucht war zu rufen: ›Und für destilliertes Wasser hast du dir teure amerikanische Zigaretten schenken lassen! Wie anständig das ist –! Außerdem glaube ich kein Wort davon. Alma weiß sehr wohl die Wirkung von Wasser und Morphium zu unterscheiden. Das ist alles bloß Schwindel, um dich vor deinem Chef zu sichern!‹

Aber er sagte von all diesem nichts, denn wozu konnte solch eine gereizte Unterhaltung führen –? Sondern er meinte statt dessen: "Soviel ich von diesen Dingen verstehe, muß auch der Glaube an Wasser, das für Morphium gehalten wird, erst abgewöhnt werden, oder meinen Sie nicht?"

Der Arzt lächelte wieder auf seine häßliche Art. "Ach!" meinte er mit einer wegwerfenden Handbewegung. "So kompliziert sind diese Dinge nun doch wieder nicht. Ich denke, wir beide gehen jetzt an das Bett Ihrer Frau, und ich eröffne ihr das Notwendige. Sie werden erleben, daß von einem Schock nicht die Rede sein kann, im Gegenteil, es wird wohl ein gewisses Gefühl der Erleichterung auftreten."

"Nein!" sagte Doll, und seine Augen sahen jetzt sehr böse darein. "Ich denke gar nicht daran, auf einen derartigen Vorschlag einzugehen. Das hätte nur zur Folge, daß sich der Zorn meiner Frau gegen mich, statt gegen Sie richten würde. Es bleibt dabei: ich bespreche die Sache zuerst mit dem Chefarzt, und ich bitte Sie dringend, vorher diese Unterredung bei meiner Frau nicht zu erwähnen!"

Jetzt lächelte der Weißkittel völlig überlegen. "Machen Sie sich nur keine Sorgen, Herr Doll!" sagte er voll hämischem Trost. "Ich werde Sie schon nicht vor Ihrer Frau bloßstellen, Sie werden nicht die Allgewalt ihres Zornes zu spüren bekommen. Selbstverständlich war das nur ein Vorschlag von mir, daß Sie bei der Eröffnung zugegen sein sollten! Ich mache das natürlich auch gerne alleine ..."

"Ich wünsche keine Eröffnung heute abend!"

"Nun", meinte der Arzt unbestimmt, "ich werde ja hören, was mir Ihre Frau von Ihrem Besuch erzählt. Selbstverständlich richte ich mich ganz nach dem augenblicklichen Zustand der Patientin." Er sah sein Gegenüber an, wie überlegend, was etwa noch zu sagen sei. Dann griff er in die Tasche seines Arztkittels und zog ein Päckchen amerikanische Zigaretten hervor. "Bitte schön!" sagte er zu dem völlig Überraschten. "Aber ich bitte sehr –!"

Und Doll, der geschlagene, aus dem Konzept gekommene, völlig verblüffte Doll nahm eine Zigarette ... Im Augenblick darauf hätte er sich wegen dieser Dummheit, wegen dieses Mangels an Geistesgegenwart ohrfeigen können! Jawohl, dieser junge hämische Intrigant hatte ihn geschlagen, in allen Punkten, und nun, da er sich durch die Annahme einer Zigarette solche Blöße gegeben hatte, war nicht daran zu denken, noch einmal von der Sache zu reden.

So wechselten die Herren nur noch ein paar höfliche, aber matte Worte, und Doll ging voll Wut heim, voll Wut über sich selbst und seinen ewigen Mangel an Schlagfertigkeit und Geistesgegenwart.

Einziger Trost bei alledem war, daß Alma ihm fest versprochen hatte, nicht schon heute ihre Entlassung zu verlangen, sondern zu warten, bis er oder sie mit dem Chefarzt gesprochen hatte. Als Doll aber weiter nachgrübelte, fand er diesen Trost nur gering. Denn wenn er auch sicher war, daß Alma ihr Wort hielt, so schien es ihm doch sehr möglich, daß der junge Arzt redete und damit das erreichte, was Doll im Augenblick für das verderblichste hielt: die vorzeitige Entlassung Almas.

Auf seinem Hinweg zum Krankenhaus hatte ihn die freudige Erwartung weder Kälte noch Regen fühlen lassen, auf dem Heimweg waren es die grüblerischen Gedanken, die ihn unempfindlich gegen den Regen der stürmischen Novembernacht machten. Er kam erst von diesen Gedanken ab, als er, schon in der Nähe seiner Wohnung, so kräftig gegen einen Mann anrannte, daß er ihn zu Fall brachte. Er half ihm gleich wieder mit um Verzeihung bittenden Worten auf und erwartete mit einer gewissen Ergebung, daß der Hingestürzte ihn jetzt mit einem ganzen Schwall von Beschimpfungen und Drohungen überschütten würde. Aber das geschah zu seiner Überraschung nicht, sondern sein in der Dunkelheit ihm völlig unkenntliches Gegenüber fragte zaghaft: "Haben Sie eigentlich schon etwas getan, um in der Literatur wieder Ihren Platz einzunehmen, Herr Doll –?"

Er war so verdutzt über diese unerwartete Ansprache in der Nacht, daß es eine lange Zeit dauerte, bis er endlich begriff, wer da zu ihm sprach und wen er in den Dreck gerannt hatte: nämlich den papierenen Arzt, der in Berlin als erster seine Frau behandelt hatte. Schließlich sagte er, etwas töricht: "Ach, Sie sind es, Herr Doktor! Ich bitte wirklich sehr um Entschuldigung. Hoffentlich habe ich Ihnen nicht weh getan ..."

"Ich glaube", sagte der andere und war noch immer Meister in der Kunst, nicht zu hören, was ihn nicht interessierte. "Ich glaube, man muß sich jetzt beeilen, wenn man eine Rolle spielen will. Alle möglichen ganz unbekannten Leute scheinen sich schon wieder um die Futterkrippe zu drängen ..."

Es klang dies nicht so sehr neidisch, sondern wie alles, was er sagte, wesenlos, in den Nebel gesprochen, ohne Resonanz in ihm und um ihn. Sie gingen nun nebeneinander ihren benachbarten Heimen zu. Der gespenstische Arzt fuhr fort: "Auch bilden sich schon wieder alle möglichen Vereine, Bünde, Kammern, Gruppen – aber noch in keinem Falle hat man mich aufgefordert, daran teilzunehmen. Und ich war doch früher einmal ein recht bekannter Schriftsteller; nicht so bekannt wie Sie, Herr Doll, aber doch recht angesehen –."

Sie waren während dieser Worte ihrem Ziele immer näher gekommen, nun machte es sich ganz von selbst, daß Doll neben dem Arzt in dessen Haus und Wohnung ging und dort in sein leidlich angewärmtes Behandlungszimmer, wo sie sich wieder ohne weiteres vor und neben dem Schreibtisch niederließen. Der weiß lackierte Behandlungsstuhl mit seinen Greifern für die Beine sah genau so gespenstisch wie sein Herr darein. Etwas Unwirkliches war an alledem, so als läge Doll in einem Traum, aus dem er gleich erwachen müsse.

Der Arzt aber fuhr fort: "Es ist ganz, als hielten mich alle für tot, so sehr bin ich schon vergessen. Aber ich kann nicht ganz vergessen sein, ich lese die Namen alter Freunde in den Zeitungen. Ich habe sie nicht vergessen, sie können mich nicht vergessen haben. Aber nichts! Kein Laut! Als wenn ich tot wäre – aber ich bin noch nicht tot, noch nicht!"

Einen Augenblick schwieg er und sah Doll mit seinen braunen, ausdruckslosen Augen an, starr, ohne zu blinzeln. Der sagte, um den andern zu trösten: "Auch an mich hat sich noch niemand gewendet ..."

"Nein!" sagte das papierne Gesicht mit bei ihm ganz ungewohntem Nachdruck. "Nein! Ich habe mir keinen Vorwurf zu machen!" Er beantwortete eine Frage, die ihm nicht gestellt war: "Nein, ich war nie ein Nazi. Natürlich bin ich eine Weile bei der Wehrmacht Arzt gewesen, das ist etwas, dem sich niemand entziehen konnte. Aber nie in der Partei – und jetzt dieses Schweigen, als hielten sie mich für einen Nazi. Was macht man dagegen –?"

Jetzt sah er sein Gegenüber mit rasch blinzelnden Augen an, und die papierdünne Haut über den Backenknochen schien beinahe rosig. "Wogegen soll man etwas tun –?" fragte Doll. "Gegen das Übergangenwerden –? Warum melden Sie sich nicht bei einem Ihrer alten Freunde –? Vielleicht wissen die gar nicht, daß Sie noch leben. So viele sind noch in der letzten Zeit zugrunde gegangen –."

"Ich habe Briefe geschrieben, viele Briefe!" antwortete der Arzt. "Sehen Sie, eine halbe Schublade voll!" Er zog eine Lade des Schreibtisches auf und zeigte Doll ein Häuflein Briefe, kuvertiert und adressiert und mit der Bärenmarke der Stadt Berlin versehen. Der Arzt fuhr hastig fort: "Ein Brief ist wie ein Ruf, schon wenn man ihn schreibt, ruft er den Angeschriebenen." Er schwieg einen Augenblick. Dann: "Wer will mir einen Vorwurf machen? Und nie ein Nazi! Nie! Wirklich nicht!" Er blinzelte heftiger.

Doll hatte das sichere Gefühl, daß dieser Doktor Pernies doch noch so weit an dieser Welt teil hatte, daß er sich von etwas quälen ließ, ja, daß er zur Abwendung dieser Qual sogar zu einer Lüge imstande war. Mindestens schien die stets wiederholte Versicherung, er sein kein Nazi gewesen, verdächtig. Das erinnerte an jenen Bierverleger, der seinem Bürgermeister immer wieder schwor, er habe bestimmt nichts versteckt – bis das Versteck doch gefunden wurde.

Doll stand auf. "Ich würde die Briefe absenden", sagte er.

Doch der Arzt war schon wieder ganz undurchdringlich und weltfern. "Natürlich!" sagte er tonlos. "Bloß, welchen sende ich ab –? An wen –? All diese Menschen sind von einer unglaubhaften Eitelkeit, der, an den ich mich nicht gewendet habe, fühlt sich übergangen. Ich danke Ihnen für Ihren Besuch!"

Doll trat in die Nacht hinaus. Vielleicht hatte Alma unterdes mit dem jungen Arzt ihre Entlassung besprochen und war jetzt schon in der Wohnung? Er beschleunigte seinen Schritt.

Aber als er das Zimmer betrat, war es leer. Keine Alma war gekommen, er war diesen Abend noch allein; vielleicht mußte er noch manchen Tag an ihrem künftigen Leben allein bauen. Er hatte die Absicht, möglichst bald zu seiner Arbeit und damit zu einem sinnvollen Leben zu kommen. Dazu mußte er die Leute, die heute Bescheid wußten, kennenlernen, er mußte erfahren, was es heute bereits wieder an Veröffentlichungsmöglichkeiten, an Zeitungen, Zeitschriften, Verlagen gab. Doch wohin sich wenden –? Er war nun zwei Monate in der Stadt Berlin, aber er wußte nichts, er wußte gar nichts von dem, was seit dem großen Umsturz hier geschehen war. Nie hatte er in eine Zeitung gesehen – ein beschämendes Geständnis, das er sich da machen mußte!

Während Doll so vor sich hindachte, hatte er sein Zimmer einigermaßen sauber und ordentlich gemacht. Er hatte auch alles für sein Abendessen zurechtgestellt und sich einen Kaffee gekocht. Nun klopfte er leise gegen Fräulein Gwendas Tür und fragte die öffnende Mutter höflich, ob vielleicht ein paar Zeitungen zur Hand seien, es könnten ruhig auch ältere sein. Er werde sie morgen früh zurückgeben.

Er bekam einen ganzen Packen Blätter und zog sich mit ihnen in seine Stube zurück. Aber er aß an diesem Abend sein Brot und trank seinen Kaffee, ohne etwas davon zu merken. Sondern er las, las in den Zeitungen, neuen und älteren, las selbstvergessen, so wie er nur als Fünfzehnjähriger seinen Karl May gelesen hatte, ohne Gedanken an irgend etwas anderes. Er las alles: Innen- und Außenpolitik, Eingesandtes und Feuilleton, Kulturnotizen und Inserate: er verschlang die Zeitungen von der ersten bis zur letzten Seite.

Und während er so tat, öffnete sich die Welt vor ihm, in der er bis dahin blind gelebt hatte, jedes Ding war klar zu erkennen. Da war er durch die Straßen dieser Stadt gelaufen und hatte sich nicht ein einziges Mal Gedanken darüber gemacht, wer denn eigentlich die Panzersperren beseitigt, die Schuttgebirge fortgeräumt und die Verkehrsmittel wieder in Gang gesetzt hatte. Er hatte sie auf den Straßen arbeiten sehen, und es war ihm höchstens ein bißchen komisch vorgekommen, daß die Leute wieder arbeiteten – wozu denn? Oder er hatte gedacht: ›Das sind die ehemaligen Nazis, die *müssen* arbeiten. Wir, die wir nicht müssen, wir warten erst einmal ab, irgendwie wird sich die Lage schon ändern …‹

Doch diese Arbeiter waren Leute in keiner schlimmeren und in keiner besseren Lage als er; während er aber faul herumgelegen und sich mit Fleiß krank gemacht hatte, war von ebenso Enttäuschten angepackt worden, und durch die Arbeit hatten sie Verzweiflung und Enttäuschung überwunden!

Er las von den Theatern, die wieder spielten. Von Gemälde-Ausstellungen und Konzerten, von neuen Filmen aus aller Welt. Er las von der Aktion, die durch Selbsthilfe Holz aus den Wäldern holte, durch Selbsthilfe zerstörte Wohnungen wieder instand setzte, Dächer deckte und ausgeglühte Maschinen arbeitsfähig machte. Er las Inserate, in denen Dinge angeboten wurden, die es seit langem nicht mehr gegeben hatte. Es waren erst wenige, aber es waren doch Anfänge, es konnten ja erst Anfänge sein.

"Totenstadt" hatte er Berlin nur genannt, ein "Ruinenchaos", in dem er nie würde arbeiten können, und wie wurde in dieser Stadt schon wieder gearbeitet –! Jeder, der nicht mitmachte, mußte sich schämen. In welchem Zustande blinder Eigensucht, von egoistischem Drohnendasein hatten sie doch in den letzten Monaten gelebt! Sie hatten immer nur genommen, genommen, und sie hatten nie auch nur an die kleinste eigene Leistung gedacht!

Als Doll an diesem Abend, in dieser Nacht das letzte Zeitungsblatt aus der Hand gelegt, sich auf die Couch gebettet und das Licht gelöscht hatte, brauchte er keine feigen Robinson-Phantasien, um sich die Zeit bis zum Einschlafen zu kürzen. Sondern wieder und immer wieder zog alles, was er gelesen, durch sein Hirn, und je öfter er sich wiederholte, was alles schon erreicht worden war, um so unbegreiflicher schien es ihm, daß er bei alledem tatenlos, mißgünstig, leer beiseite gestanden hatte. Bis in seinen späten Traum hinein verfolgten ihn diese Vorwürfe.

Elftes Kapitel.
Anfang mit Streit

Trotz der quälenden Träume wachte Doll frisch und ausgeruht auf, und wie am Vortage verwendete er alle Mühe auf seine Säuberung, damit er nicht durch störende Gedanken an ein ungepflegtes Äußeres gehemmt werde. Er hoffte sehr auf einen Erfolg des geplanten Weges: daß ihm nicht wieder so ein kleiner tyrannischer Bonze wie auf dem Wohnungsamt allen Mut nehmen werde.

Doll war bei seiner Lektüre am Vorabend des öfteren der Name eines Mannes in der Zeitung begegnet, dessen er sich sogar noch aus den vornazistischen Zeiten erinnerte. Diesen Mann, den er von Angesicht zu Angesicht allerdings nur selten gesehen hatte, der aber manches seiner Bücher als Lektor eines großen Verlagshauses betreut hatte, diesen Mann namens Völger wollte er aufsuchen, und er hoffte sogar, ihn auf der Redaktion jener Zeitung zu finden.

Doll fuhr gerade in die Ärmel seines geliehenen Sommermantels, da klingelte es heftig, fünf-, sechsmal an der Eingangstür, und als er dem so stürmisch Einlaß

Begehrenden die Tür öffnete, stand niemand anders vor ihm als seine eigene Frau, die Alma –! Sie trug in jeder Hand eine vollgestopfte Einholtasche und über dem Arm noch Kleider und Rockartiges, und ihrem Gesichtsausdruck war anzusehen, daß sie keineswegs fröhlicher Stimmung war.

Doll, der doch das Kommen seiner Frau schon am vergangenen Abend gefürchtet hatte, stand ihr jetzt ganz verblüfft gegenüber. Seine Zeitungslektüre und der geplante Gang zum Lektor Völger hatten bewirkt, daß er an diesem Morgen kaum an seine Frau gedacht hatte und gar nicht an ihr Kommen. "Du, Alma –?!!!" sagte er also wie aus allen Himmeln gefallen.

"Ja, ich, Alma!!!" äffte sie ihm mit zornigem Spott nach. "Und wenn es auf dich ankäme, wäre ich bestimmt noch nicht hier, sondern läge weiter Wochen und Wochen im Krankenhaus! (Willst du vielleicht endlich die Flurtür zumachen und mir was von meinen Sachen abnehmen –?!!! Du siehst doch, ich habe alle Hände voll!) Das ist ja ein großartig gehaltenes Versprechen, wenn du diesen jungen Arzt gegen mich aufhetzt! Und dann läßt du dir von einem solchen Kerl noch Zigaretten schenken – na, danke!"

Bei diesen heftig und böse hervorgestoßenen Worten war sie ihm voraus ins Zimmer gegangen. Jetzt stellte sie achtlos ihre Taschen ab, warf ihr Kleiderzeug über einen Stuhl und setzte sich in einen Sessel. Gleich aber war sie wieder hoch, holte aus der Tasche ein Päckchen und brannte sich eine Zigarette an. Trotz ihres Zornes bewies sie, daß kameradschaftlicher Geist bei ihr nichts Angelerntes, Künstliches war, denn sie hielt ihm sofort die Packung hin und sagte einladend: "Bitte!"

Doll, der am gestrigen Abend zu seinem eigenen Ärger dem jungen Arzt die Zigarette nicht abgeschlagen hatte, tat es jetzt – wieder falsch! – bei seiner Frau und sagte zornig: "Ich habe den jungen Arzt nicht gegen dich aufgehetzt! Außerdem habe ich mir von ihm nicht Zigaretten schenken lassen, sondern habe auf sein dringendes Bitten aus reiner Höflichkeit eine einzige genommen!"

"So –?" fragte sie zornig zurück. "Und von mir nimmst du keine? Freilich, zu der eigenen Frau braucht man nicht höflich zu sein. Dann bringt man es auch ohne weiteres fertig, hinter ihrem Rücken und gegen ein fest gegebenes Versprechen, den Arzt zu überreden, daß er mich noch wer weiß wie lange im Krankenhaus behält."

"Ich habe dir nichts Derartiges versprochen! Du aber hast mir fest versprochen, nicht eher von dort fortzugehen, bis wir mit dem leitenden Arzt gesprochen hätten!"

"Siehst du, da sagst du es selbst: Wir wollten mit dem Chefarzt reden, du aber gehst hin und steckst dich hinter den Stationsarzt! Natürlich! Dir kam es vor allen Dingen darauf an, daß ich dort blieb! Vermutlich kannst du mich hier nicht gebrauchen –!"

"Alma –!" sagte Doll leise. "Alma, wir wollen uns nicht streiten. Wir wollen nur an die Zukunft denken. Und ich weiß keine Zukunft ohne dich. Dafür aber mußt du gesund sein, nur diese Sorge hat mich bestimmt. Ich habe gestern abend in den Zeitungen gelesen – ach, Alma, was alles in der Welt geschehen ist in den zwei Monaten, die wir hier faul herumgelegen haben! Von jetzt an wollen wir wieder mitmachen. Ich wollte, grade, als du kamst, zum Vogler gehen, meinem früheren Lektor, der immer für meine Bücher eingetreten ist. Du bist entlassen, nun gut, das läßt sich nicht ändern. Aber lege dich jetzt hin, schone dein Bein ..."

Ihr Gesicht hatte sich entspannt und war freundlich geworden, seit er ohne Streitlust mit ihr gesprochen hatte. Aber bei seinem letzten Vorschlag schüttelte sie wie ein trotziges Kind den Kopf, und wie ein trotziges Kind antwortete sie: "Ich kann nicht verstehen, warum ich nicht mit dir kommen soll. Mein Bein ist in Ordnung – oder doch beinahe. Ich will hier nicht rumliegen und mich langweilen!"

Er antwortete noch ganz sanftmütig. "Eben weil dieses ewige Rumliegen sich nicht wiederholen soll, bitte ich dich noch um Schonung. Denn wenn erst das tatenlose Leben wieder anfängt, ist an kein Aufstehen und Arbeiten mehr zu denken, höchstens noch um Morphium zu besorgen, und schon haben die Schulz und das Dorle wieder das Regiment. – Tu mir die Liebe und schone dich, Kind, ehe es wieder so weit kommt!"

Sie aber schüttelte den Kopf und wiederholte hartnäckig: "Ich habe mich lange genug geschont, nun will ich auch wieder mitmachen. Bei allem, was du tust, will ich dabei sein!"

"Du hast bis heute morgen noch fest im Bett gelegen, du kannst nicht einfach wieder loslaufen!" antwortete er beharrlich. "Du ahnst nicht, welche Todesangst ich habe, daß das alte Leben wieder anfängt. Und diesmal haben wir gar keine Reserven, keinen Diamantring mehr zu verkaufen. Ja, du mußt dir einmal ganz klarmachen, daß wir jetzt arme Leute sind, Alma, und daß wir uns vieles nicht mehr leisten können, Ärzte nicht und keine teuren amerikanischen Zigaretten und vielleicht nicht einmal Weißbrot, das sich viel zu schnell wegißt und lange nicht so sättigt wie dunkles."

"So –?" rief sie auch hitziger. "Darum hast du eben keine Zigarette von mir genommen –? Du willst jetzt also den armen Mann spielen –?!! Und dann soll auch ich keine Zigaretten mehr rauchen dürfen und nur Schwarzbrot essen, von dem du doch weißt, daß es mir immer Gallenbeschwerden macht –?! Wenn du es so willst, bitte schön, aber ich darum noch lange nicht! Erst einmal kann ich noch eine Menge von meinen Sachen verkaufen, und wenn die alle sind, so weiß ich immer noch einen besseren Ausweg, als im Elend zu verkommen."

Er antwortete jetzt auch sehr ärgerlich: "Ja, freilich, das ist sehr bequem zu sagen: ich will nichts entbehren, und vor jeder kleinen Not mit Weglaufen zu drohen. Ich lasse mir aber nicht drohen, auch von dir nicht, und wenn du weglaufen willst, dann je eher um so besser –! Dann gehe ich meinen Weg eben alleine!"

"Siehst du!" rief sie triumphierend. "Das habe ich mir doch gleich gedacht, daß du nicht ohne Grund mir und dem jungen Arzt zugeredet hast, mich möglichst lange im Krankenhaus aufzuhalten! Ich bin dir einfach eine Last, und du möchtest mich los sein. Bitte schön, ich will es dir nicht schwer machen, ich gehe jederzeit. Ich komme alleine viel besser durch als mit dir!"

"Was du für einen Unsinn redest!" rief er. "Kein Wort habe ich davon gesprochen, daß du mir eine Last bist und daß ich besser ohne dich lebe! Davon hast du angefangen! Aber um all das handelt es sich gar nicht! Es handelt sich einfach darum, ob du jetzt vernünftig sein und dich schonen willst. Ja oder Nein?"

"Nein natürlich!" antwortete sie spöttisch. "Wenn du mich ein bißchen nett darum gebeten hättest, würde ich es vielleicht getan haben, aber so bestimmt nicht!"

"Ich habe dich zu Anfang nett genug darum gebeten, aber du willst einfach nicht. Wenn du also wirklich nicht willst ..."

Er sah sie abwartend an, aber ihr Zorn war eher noch im Zunehmen. "Wie oft soll ich dir noch sagen, daß ich nicht will! Von dir lasse ich mich noch lange nicht tyrannisieren! Siehst du, jetzt brenne ich mir schon wieder eine Zigarette an, grade, um dich zu ärgern!"

Und sie zündete sich eine neue Zigarette an.

"Schön, schön!" antwortete er. "Jedenfalls weiß ich nun Bescheid!"

Damit ging er an ihr vorüber. Ihre Augen waren vor Zorn ganz dunkel geworden; er aber ging aus dem Zimmer, er machte die Tür hinter sich zu, zog auf dem Flur seinen Mantel an, setzte den Hut auf und ging aus der Wohnung.

Heute stürmte es draußen nicht, es regnete auch nicht, aber nie war ihm die Straße, in der sie wohnten, mit ihren ausgebrannten Ruinen und den Schuttgebirgen so düster und todesdrohend erschienen. Genau so sah sein Leben aus: alles hatte der Krieg zerstört, und nur Ruinen und zu häßlichem Schutt verbrannte Erinnerungen waren ihm verblieben. Und wahrscheinlich würde es so immer weiter gehen; in diesem Punkte hatte sie vielleicht sogar recht: es gab keinen Weg aus diesem Trümmerfeld. Was er da eben an der eigenen Frau erlebt hatte, das konnte einem wahrhaftig allen Mut zum Weitermachen nehmen! Und er hatte recht, aber sie hatte unrecht! Auf seiner Seite stand die Vernunft, und alles, was sie da eben von Nichtverzichtenwollen geredet hatte, war barer Unsinn gewesen!

Gewiß, gewiß, sie war eine junge, verwöhnte Frau, und er hätte ihr nicht gleich mit der Tür ins Haus zu fallen brauchen, das mit den Zigaretten und dem Weißbrot, das hätte schon noch Zeit gehabt. Er hätte auch ein bißchen geduldiger und behutsamer sein können. Aber zum Himmel! er war auch nur ein Mensch, und die Zeit drückte mit all ihrer Not schwer auf seine Schultern, schwerer als auf die ihren, die wie ein Vogel lebte und von heute auf morgen alle Sorgen vergaß! Warum mußte er immer auf alle andern Leute Rücksicht nehmen, und auf ihn nahm nie jemand Rücksicht?

Nein, es war schon gut, wie es gekommen war. So wie sie sich eben getrennt hatten, so stand es wirklich um sie, wenn die Verliebtheit einmal nicht die Gegensätze übermalte. In nichts einig, fremd, ganz fremd, allein ein jedes. Und allein würde er jetzt auch seine Straße weitergehen; er würde in nichts ihr mehr hineinreden, mochte sie rauchen und verkaufen, was sie wollte! Kein Wort mehr! Aber auch kein Wort zu ihr darüber, was er jetzt beim Lektor Völger hörte und erreichte.

Mit solchen Gedanken beschäftigt war er auf der Untergrundbahnstation angekommen, hatte sich eine Karte gelöst und wartete mit andern auf den Zug. Der lief ein, und durch die schmale Gasse, die von den Wartenden notgedrungen gebildet wurde, drängten sich die Aussteigenden. Dann schob er sich mit den andern in den schon überfüllten Wagen.

Plötzlich fragte eine Stimme spöttisch nahe bei ihm: "Vielleicht jetzt eine Zigarette gefällig?"

Er fuhr herum und sah verwirrt in das Gesicht seiner Frau, die ihn überlegen und kühl musterte. Er antwortete ihr nicht, sondern schüttelte nur unmutig zu den angebotenen Zigaretten den Kopf. Dies war denn doch zu viel, Zorn erfüllte ihn wieder. Nach einer solchen Auseinandersetzung ihm heimlich zu folgen und ihn jetzt noch öffentlich zu verspotten, war mehr, als er ertragen wollte.

Es war höchst ärgerlich, daß sie nun mit ihm ging, auf diesem vielleicht entscheidenden Wege, als gehörte sie wirklich dazu. Sie störte ihn. Er wollte überlegen, was er dem Lektor Völger zu sagen hatte, aber er kam mit seinen Gedanken nicht von dieser Frau los!

Er mußte von der U-Bahn in die S-Bahn umsteigen und später noch in die Elektrische – aber sie ließ sich nicht abschütteln. Er gab es sich zu, er benahm sich nicht gerade chevaleresk, in die Elektrische war er zum Beispiel erst im allerletzten Augenblick eingestiegen, als sie schon fuhr. Sie hatte sich aber nicht überrumpeln lassen, sie war doch noch aufgesprungen, und, vor Schadenfreude triumphierend, hatte sie gar noch für ihn bezahlt. Sein schwächlicher Protest wurde von beiden, weder von ihr noch vom Schaffner, beachtet.

Gewiß, sie war nicht nur Schadenfreude. Zweimal hatte sie versucht, das Vergangene vergangen sein zu lassen und ein harmloses Gespräch mit ihm zu beginnen. Er aber hatte die Lippen fest aufeinandergepreßt und nicht mit einer Silbe geantwortet.

Jetzt, als sie aus der Elektrischen ausgestiegen waren und das letzte Stück zu Fuß gehen mußten, versuchte sie es ein drittes Mal. Sie gingen gerade über eine hölzerne Notbrücke, neben ihnen lag die schön asphaltierte breite eiserne Brücke im Wasser, von Hitlers Mannen sinnlos gesprengt. Sie sah neugierig auf die glatte Bahn, die steil abwärts, aber unzerrissen vom Ufer her ins Wasser führte, in der Tiefe kaum halbmeterhoch überspült wurde und zum andern Ufer wieder steil hochführte. Ganz selbstvergessen sagte sie: "Zu schade, daß ich kein Kind mehr bin: gleich rutschte ich da auf dem Hosenboden runter! Heute noch – mit dem Rodelschlitten ginge es auch oder mit dem Fahrrad. Ach was, für hundert amerikanische Zigaretten versuchte ich es auf der Stelle!"

Ihre letzten Worte verdarben den Eindruck der ersten, über die er wider Willen innerlich hatte lächeln müssen. Wirklich, er hatte sie da deutlich runterrutschen sehen, mit all ihren weißen Zähnen lachend, und die rotblonde Mähne wehte hinter ihr drein. Sie hätte es getan, so was brachte sie fertig. Aber der Schlußsatz, der mit den amerikanischen Zigaretten, störte die leichtere Stimmung gleich wieder.

Sie aber hatte dieser Satz gerade auf den entgegengesetzten Gedanken gebracht. Sie zog die Packung Chesterfield aus der Tasche, sah hinein und hielt sie ihm hin: "Nun, wie ist es? Die letzte Gelegenheit! Zwei sind gerade drin – halbpart!"

Noch fester preßte er die Lippen zusammen und schüttelte den Kopf, so sehr es ihm in den Fingern zuckte, zuzugreifen, denn sein Rauchhunger war gewaltig.

"Dann nicht!" sagte sie gleichmütig und nahm sich eine Zigarette. Und sie fuhr fort, wobei sie die Zigarette anbrannte: "Wenn du albern und dickköpfig sein willst wie ein kleines Kind, bitte, von mir aus! Darum schmeckt mir meine Zigarette nicht schlechter!"

Sie hatte den Rauch tief in die Lungen gesogen, genießerisch, und stieß ihn nach seiner Seite hin wieder aus, wohl nicht ganz unabsichtlich. Mit der früheren spöttischen Überlegenheit sagte sie: "Aber du wirst dich schon geben. Bei deinem Lektor wirst du mich schon vorstellen und mit mir reden müssen, so albern du dich jetzt auch anstellst!"

Die ganze Zeit hatte er schon daran gedacht, sie hatte mit ihrer Bemerkung in das Zentrum seines Mißmuts getroffen. Wütend brach er nun doch sein Schweigen, wütend sagte er: "Statt daß du aufdringlich neben mir her läufst und mich in meinen Gedanken störst, wärest du schlauer auf das Wohnungsamt und die Kartenstelle gegangen! Du hast dich ja so gerühmt, du könntest das im Handumdrehen erledigen! Aber an so was denkst du natürlich von selbst nie, es ist ja auch bequemer, mir alles zu überlassen."

Sie antwortete spöttisch: "Wegen der Wohnung und der Karten mach dir bloß keine Sorgen! Du denkst, weil du nichts erreicht hast, wird es mir auch so ergehen. Da laufe ich heute nachmittag hin und bekomme, was wir haben müssen!"

Er sagte voll verstelltem Mitleid über ihre prahlerische Ahnungslosigkeit: "Nachmittags sind ja die Ämter geschlossen!"

Und sie, noch überlegener: "Für mich nicht, mein Lieber! Du wirst lachen: für mich nicht!"

Und wieder er: "Ich werde ganz bestimmt nicht lachen, und du wirst ganz bestimmt nichts erreichen!"

Damit fand dieses neue Streitgespräch erst einmal sein Ende. Sie waren in dem großen Verlagshaus angekommen, früher einmal eines der größten und imponierendsten Bauwerke von Berlin. Von außen sah der hochgetürmte Bau noch stattlich und – bis auf die zerbrochenen oder leeren oder verpappten Fensterhöhlen –

vom Kriege unberührt aus. Nur die Schuttgebirge um den Bau herum verkündeten bereits, daß er innen wohl nicht mehr ganz intakt sein werde.

Und wirklich, als sie eintraten, kamen sie sofort in einen rauchgeschwärzten, nach Verbranntem stinkenden Raum, der erst durch eingestürzte Zwischenwände seine riesige Ausdehnung bekommen hatte.

Sie gingen dann durch eine niedrige Eisentür und rochen plötzlich keinen Brand mehr, sondern atmeten den feucht-säuerlichen Geruch von frischem Kalk. Eine breite, nur spärlich beleuchtete Treppe führte empor, die Farben an den Wänden schienen eben erst von den Malern aufgestrichen, alles roch neu, nach einer freilich etwas ärmlichen Erneuerung. Jedenfalls hatte man diesen Teil des Hauses gerade erst instand gesetzt.

Im zweiten Stock des Hauses kamen sie in jene Redaktion, wo Doll den Lektor Völger oder doch Auskunft über ihn zu finden hoffte. Fast stockend brachte er die Frage nach dem früheren Betreuer seiner Werke vor; plötzlich war es ihm, als sei er seit dem Zusammenbruch immer nur diesem Augenblick zugeeilt, durch den er – hoffentlich! – eine abgerissene Vergangenheit an eine neue glückliche Zukunft anknüpfen konnte. Plötzlich, in der Sekunde zwischen Frage und Antwort, zitterte er vor einem "Nein", vor einem "Hier nicht bekannt", als werde durch eine solche Antwort die Tür zu einer besseren Zukunft endgültig zugeschlagen.

Und er atmete tief auf, als er hörte: "Ich will fragen, ob Herr Völger jetzt zu sprechen ist. Wen darf ich melden –?" Er fühlte eine Mattigkeit in seinen Gliedern, während er seinen Namen nannte, ihm war, als sei er, schwindlig geworden, gerade noch vor einem Sturz in den Abgrund gerettet worden.

Dann wurden sie in einen großen, unordentlich aussehenden Raum geführt, der eher dem Zimmer eines Maschinisten als dem eines Redakteurs glich. Doll sah in das alte, von Sorgen gezeichnete Gesicht eines Greises mit dünnem weißem Haar. ›O Gott!‹ dachte er erschüttert, während er die ihm dargereichte Hand schüttelte, ›das ist doch nicht Völger, dieser uralte Mann! Das kann nicht Völger sein!‹ Und während er schon die ersten Worte des andern hörte, dachte er immer noch: ›Aber vielleicht ist er ebenso erschrocken über mein Aussehen. Nie hätte ich ihn wiedererkannt! Dieser verdammte Krieg – was hat er aus uns allen gemacht –!‹

Hörte dabei den andern voller Bewegung sagen: "Doll, daß ich Sie hier bei mir sehe! Sie wissen doch: Sie waren totgesagt. Wir dachten alle, also der auch! Und nun sind Sie hier bei mir! Setzen Sie sich doch, bitte sehr, gnädige Frau! Ja, es sieht hier wüst aus ..."

Und er hörte sich ebenso aufgeregt und durcheinander antworten: "Das macht nichts, daß man mich totsagte! Es heißt doch: ein Totgesagter lebt noch hundert Jahre, und gerade das will ich!" Er fühlt dabei den beobachtenden Blick Almas, freut sich, daß sie sich so still verhält, sich in diesem Augenblick nicht vordrängt, und sagt ganz gegen seine ursprüngliche Absicht: "Hier übrigens meine Frau, Herr Völger!" Und setzt, da er Erstaunen bei dem andern zu bemerken glaubt, hinzu: "Wir haben kurz vor Kriegsende geheiratet."

"Jaja!" antwortet der andere und nickt mit dem weiß gewordenen Kopf. "Es hat überall große Veränderungen gegeben – auch bei mir!" Sein Blick streift die junge Frau, und es klingt beinahe, als habe auch er sich in seiner Ehe verändert. Aber er fährt dann fort: "Und nun sitze ich doch wieder, wie vor Beginn des Tausendjährigen Reiches, in diesem Hause, zerrupft und alt geworden, und tue meine Arbeit wie früher. Manchmal ist es mir, als sei alles, was ich in den letzten zwölfeinhalb Jahren erlebt habe, ganz unwirklich, eine undeutliche Erinnerung an einen bösen Traum ..."

"O nein!" widerspricht Doll. "So weit bin ich noch nicht. Für mich sind all diese Schrecknisse noch sehr wirklich. Aber freilich, Sie haben schon wieder Ihre Arbeit ..."

"Und Sie –? Haben Sie nichts arbeiten können seit dem Zusammenbruch –?"

"Nichts! Bedenken Sie, ich war Bürgermeister! Und dann lange krank." Und er beginnt von den Ereignissen der letzten Monate zu sprechen, von der Hoffnungslosigkeit, der ständig wachsenden Apathie ...

Der andere wird bei diesem Bericht unruhig, und er benutzt die erste sich bietende Gelegenheit, um Doll zu berichten, wie schlecht es ihm ergangen sei, wie schlimme Erfahrungen er mit seinen Mitmenschen gemacht habe!

Bei dieser zerstreut angehörten Erzählung fallen Doll sofort noch viel bösere Erlebnisse ein, die er gehabt. Er hört kaum zu, bis der andere zu Ende gesprochen hat, und bringt dann überstürzt den eigenen Schreckensbericht vor.

Und beide halten inne, beide sehen sich mit einem matten Lächeln in die sorgenvollen Gesichter, beide haben sich selbst ertappt. "Wir machen es", sagt Völger, stärker lächelnd, "genau wie unsere lieben Mitmenschen, über deren Torheit wir doch sonst so gerne lächeln. Jeder hat das Allerschrecklichste erlebt!"

"Ja!" stimmt Doll zu. "Und dabei haben wir alle ungefähr das gleiche durchgemacht!"

"Gewiß", sagte Völger wieder, "jeder hat bis zu der Grenze seiner Leidensfähigkeit gelitten."

"So ist es!" stimmt Doll zu.

Und nun schweigen sie beide. Doll schwankt, ob er nun aufstehen und gehen soll. Völger hat ihm keine Aussicht auf Arbeit gegeben, er hat ihn nicht einmal gefragt, ob Doll einen Beitrag für die von ihm mitredigierte Zeitung liefern will. Wenn Völger es auch nicht spürt, Alma weiß, mit welchen Erwartungen ihr Mann hierhergekommen ist. Völger denkt vielleicht, der Doll hat einem alten Bekannten nur einmal Guten Tag sagen wollen. Aber sie weiß, daß von diesem Besuche an ein neues Leben beginnen soll ...

Und doch! Und doch! Gerade wegen Alma mag er den Völger nicht einfach fragen, ob er nicht eine Arbeit für ihn weiß. Gerade vor Alma will er nicht bitten. Nein, das einzige, was er nach diesem langen, so deutlichen Schweigen des andern tun kann, ist: aufstehen, sich verabschieden, fortgehen. Moriturus te salutat! Der dem Tode Geweihte grüßt dich! Fortgehen und still und mit Anstand sterben! – Und blitzartig fällt Doll ein anderer Schriftsteller ein, der Arzt, der Schriftsteller gewesene Arzt, dieses übergangene Totenköpfchen, wie hat er gesagt? Es ist, als wäre man schon tot. Und Doll steht auf, er streckt die Hand aus: "Ja, mein lieber Völger, ich will dann gehen. Sie haben sicher viel zu tun ..."

"Ja", sagt Völger und nimmt die gebotene Hand. "Ja, immer viel zu tun, viel zuviel. Aber es hat mir sehr gut getan, daß ich Sie wiedergesehen habe, Sie, den Totgesagten. Der Granzow wird auch glücklich gewesen sein, als er Sie gesehen hat. Grüßen Sie ihn auch schön von mir. Er hat Ihnen sicher gesagt, daß ich hier sitze –?"

"Nein!" antwortete Doll, noch ganz ohne Ahnung von dem, was er nun gleich erfahren wird. Er läßt es darum auch unerörtert, wer denn eigentlich dieser Granzow ist, den Völger grüßen läßt. "Nein, ich habe Ihren Namen in der Zeitung gelesen, Völger. Bin auf gut Glück hierhergekommen."

"Aber Sie haben den Granzow doch gesehen –?!"

"Nein", sagt Doll vorsichtig. "Noch nicht!"

"Noch nicht!" ruft der andere. "Sie wissen vielleicht nicht einmal, daß Granzow Sie schon seit Wochen suchen läßt, seit das Gerücht aufgetaucht ist, Sie seien in Berlin?! Das wissen Sie noch nicht, Doll –?!"

"Nein", antwortet Doll wieder. "Und um Ihnen gleich die ganze Wahrheit zu gestehen: ich weiß nicht einmal, wer Granzow ist."

"Was –?!" ruft Völger und ist so ehrlich entsetzt, daß er die Hand des andern, die er immer noch festgehalten hat, mit einem Ruck fallen läßt. "Sie müssen doch wissen, wer Granzow ist! Zum mindesten müssen Sie seine Gedichte kennen! Oder den großen Roman ›Wendelin und die Mondsüchtigen!‹ Freilich ..." fährt er fort, als Doll dabei bleibt, mit dem Kopf zu schütteln, "freilich, der Granzow ist zwölf Jahre in der Emigration gewesen, und die Nazis haben 33 natürlich gleich seine sämtlichen Bücher verboten. Aber trotzdem – aus der Zeit vor 33 müßten Sie ihn doch kennen!"

"Wirklich nicht!" beharrt Doll. "Sie müssen bedenken, ich habe fast immer auf dem Lande gelebt und kenne sehr wenige Schriftsteller persönlich."

"Aber Sie müssen jetzt von ihm in den Zeitungen gelesen haben", versucht es Völger noch einmal. "Er ist doch schon im Mai aus der Emigration zurückgekehrt und hat den großen Bund aller Künstler begründet. Sie *müssen* das gelesen haben, Doll!"

"Ich war Bürgermeister in einer Kleinstadt mit einer Arbeitszeit von durchschnittlich vierzehn Stunden täglich", antwortet Doll dem Beharrlichen lächelnd. "Ich habe kaum die Zeit gehabt, die an mich gerichteten Briefe zu lesen, geschweige denn eine Zeitung. In Wahrheit habe ich seit dem Umsturz gestern abend zum erstenmal in eine Zeitung gesehen, und der einzige bekannte Name, auf den ich stieß, war der Ihre, Völger. Darum bin ich heute hier. Aber", fährt er fort, "aber vielleicht sagen Sie mir, warum mich dieser Granzow suchen läßt, den ich nicht kenne und bestimmt nie gekannt habe –?"

"Aber Doll!" sagte Völger. "Granzow will Sie natürlich in seinen Bund ziehen; man erwartet viel von Ihnen, Sie sind doch der Mann, einen volkstümlichen Roman über die letzten Jahre zu schreiben ..."

"Nein, nein", antwortet Doll, und seine Miene hat sich plötzlich verdüstert. "Dafür bin ich ganz und gar nicht der Mann, an dieses Thema rühre ich bestimmt nicht." Er schüttelte noch einmal den Kopf und fuhr fort: "Wissen Sie, Völger, ich habe natürlich – wie alle – erst einmal im Dreck gelegen. Aber auch später, als ich mich schon wieder ein bißchen hochgekrabbelt hatte und an das zu denken anfing, was ich wohl später tun wollte, kam es mir ganz unmöglich vor, Bücher zu schreiben wie vordem, als sei nichts geschehen, als sei uns nicht eine ganze Welt zusammengebrochen. Ich dachte, man müsse nun ganz anders schreiben, nicht so, als habe es das Tausendjährige Reich nie gegeben, und man brauche nur an das anzuknüpfen, was man vor 33 geschrieben hat. Nein, etwas ganz Neues muß man beginnen, inhaltlich schon ganz gewiß, aber auch in der Form ..."

Er machte einen Augenblick Pause und sah dann den aufmerksam zuhörenden Völger etwas unsicher an. Er schloß unvermittelt: "Aber ich weiß nicht – ich habe bisher noch keine Möglichkeit entdeckt. Vielleicht schreibe ich nie wieder ein Buch. Es sieht alles so trostlos aus. Wer sind wir denn noch, wir Deutsche, in dieser durch uns zerstörten Welt –? Zu wem sollen wir sprechen, zu den Deutschen, die keine Lust haben, uns anzuhören, oder zum Ausland, das uns haßt –?"

"Nun", sagte Völger, "nun, ich an Ihrer Stelle würde mir darum keine Sorgen machen, weder um das Wie der Form noch um die Leser. Ich bin davon überzeugt, eines Tages werden Sie wieder schreiben, einfach weil Sie schreiben müssen! – Und jetzt gehen Sie zu Granzow, ich gebe Ihnen seine Adresse. In der Mittagsstunde treffen Sie ihn am ehesten."

Kurze Zeit darauf trennten sie sich. Die junge Frau hatte zu dieser denkwürdigen Unterredung nicht ein Wort beigesteuert, ein höchst ungewöhnlicher Vorgang bei der "Brandung". Und auch jetzt, als die beiden allein zurückgingen, schwieg sie. Doll war dieses fortgesetzte Schweigen jetzt gar nicht mehr recht. Wenn er sich auch unfähig fühlte, den vorgeschlagenen Roman zu schreiben, wenn er auch die Hoffnungen, die Völger und vermutlich Granzow auf ihn setzten, enttäuschen mußte, so war er doch erfreut über den Empfang, den man ihm bereitet, über die Tatsache, daß man nach ihm in der großen Stadt Berlin suchte. (Wie eine solche Suche gemacht wurde, darüber war er sich freilich nicht klar.)

Er hatte sich lange Monate so klein und mutlos gefühlt, daß ihn das erste bißchen Anteilnahme, der erste Sonnenstrahl Sympathie erwärmte und erhellte. Er fühlte sich anders, er ging anders, mit einem anderen Blick sah er auf die ausgeglühten Maschinen, die in der brandigen Halle lagen. "Vielleicht werdet ihr eines Tages doch noch für mich arbeiten", sprach er bei sich. "Wenn ihr jetzt auch ausgeglüht und verdorben scheint, das richtet sich schon wieder – alles läuft sich eines Tages wieder zurecht im Leben ..."

Er trat in den grauen Novembertag hinaus, zwischen die Schuttgebirge. Der Wind jagte üblen Aschenstaub und angebrannte Papierfetzen hoch. Ihm aber war es, als wehe Maienluft, als sängen alle Vögel, als seien die Bäume grade im Ergrünen! Er war doch noch wer! So lange hatte er sich wie ein reiner Garnichts gefühlt, von allen hatte er sich treten lassen, aber er war doch noch wer! Völger hatte es ihm bestätigt, Granzow glaubte an ihn. Es ging ihm genau wie den Maschinen, eines Tages würden sie wieder arbeiten!

Mit stummer Aufforderung sah er zu seiner Begleiterin hin. Warum sprach sie nicht? Jetzt wäre es an der Zeit gewesen, ihn ein bißchen merken zu lassen, daß auch sie glücklich war über diesen Empfang.

Sie sah aber gar nicht zu ihm hin. Ihr Blick galt allein den Schaufenstern der Läden, den kümmerlichen Auslagen mit einem bißchen überteuerten Ersatzzeug und unverkäuflichen Paradestücken. Und nun – sie hatte ihm nicht einmal einen Wink gegeben – war sie gar in einem dieser Läden verschwunden, nein, nicht in einem Laden, sondern in einer Gastwirtschaft.

Er ärgerte sich doch wieder kräftig über sie, über ihre rücksichtslose Art, wie sie ihn da einfach stehen ließ, ohne ein erklärendes Wort, vollkommen sicher, daß er auf sie wartete! Aber sie konnte sich irren, die Haltestelle der Elektrischen war nahe. Wenn sie wieder herauskam aus der Kneipe, konnte er abgefahren sein, und sie würde an der entscheidenden Unterredung mit Granzow nicht teilnehmen.

Es behagte ihm gar nicht, es steigerte seinen Zorn ständig, daß grade seine Lebensgefährtin ihm diesen ersten glücklicheren Tag verbittern mußte. Kaum sah er darum ihr Gesicht wieder auftauchen, so marschierte er los, stracks auf die Haltestelle zu, und gönnte ihr nicht Blick noch Wort, als sie wohlgemut und gänzlich unbekümmert sich neben ihn stellte.

Natürlich rauchte sie schon wieder! Darum also war sie in dieser Budike gewesen, um sich neue Zigaretten zu kaufen! Ohne jede Rücksicht auf die Zukunft schlug sie das letzte Geld auf den Kopf. Und jetzt, wo er – zur Feier des Tages – vielleicht doch eine Zigarette genommen hätte, bot sie ihm natürlich keine an!

Das Schicksal fügte es so, daß für die beiden in dem nicht sehr gefüllten Wagen zwei Sitzplätze nebeneinander frei waren auf einem jener Bänkchen am Eingang, die in der Längsrichtung des Wagens stehen. Auf der andern Seite der Eingangstür, also durch die ganze Breite des Wagens von ihnen getrennt, saß neben einem dicken Herrn mit bleichem, aber pausbäckigem Gesicht eine sichtlich nicht zu ihm gehörige alte Dame, der Doll im Innern sofort die Bezeichnung "der verweste Säugling" verlieh. Diese bestimmt nie verheiratet gewesene alte Jungfer mit den rosigen Unschuldsbäckchen eines Babys war vom Alter und den Zeichen des nahenden Todes so entstellt, daß ihr kindliches Aussehen beinahe etwas Lasterhaftes und Urböses bekam.

Das alte Wesen, verschollen mit Rüschen, Borten und Knöpfchen geziert, schien schon durch den Anblick der unbekümmert rauchenden Alma gereizt. Sie schnob ein paarmal verächtlich durch die Nase, sah dann ihren pausbäckigen Nachbar, denn wieder die junge Frau und nun Doll selbst an, der sich dadurch, daß er eben beim Schaffner für seine Frau mitbezahlte, als ihr verantwortlicher Begleiter auswies.

Doll schaute kühl und ausdruckslos zurück, worauf "der verweste Säugling" heftig zu murmeln anfing. Dabei richtete sie den Blick ihrer blaßblauen Augen bald auf Alma, bald auf die anderen Insassen des Wagens, wie um sie aufzufordern, an ihrem Protest teilzunehmen. Sichtlich war die alte Dame nicht mehr lange imstande, ihre Gefühle stumm walten zu lassen. Eine Explosion stand nahe bevor.

Vielleicht wollte Alma diese Explosion beschleunigen, vielleicht hatte sie aber auch in ihrer Unbekümmertheit auf dieses stumme Spiel gar nicht geachtet, jedenfalls zog sie plötzlich aus ihrer Handtasche einen Kamm. Sie schüttelte ihre Locken, daß sie aufflogen, und fing an, sie durchzukämmen.

Dies war für die alte Dame zu viel. Mit lauter Stimme, fast schreiend, rief sie zu Alma hinüber: "Machen Sie das gefälligst zu Hause, Fräulein! Sie sind hier in keinem Frisiersalon!"

Unwillkürlich nickte der Pausbäckige beistimmend zu diesen Worten, und überhaupt schien, wer im Wagen den Vorgang beobachtet hatte, auf der Seite der alten Dame zu stehen. Die junge Frau aber antwortete kühl und vollkommen höflich: "Ich sitze weit genug von Ihnen entfernt, um Sie nicht zu belästigen, gnädige Frau!"

Als sie aber die zanksüchtige Miene des verwesten Säuglings und die ablehnenden oder schadenfrohen Gesichter der Wageninsassen sah, reichte sie plötzlich den Kamm weiter an Doll. "Du hast es auch nötig, mein Lieber. Dein Scheitel ist ganz verwirrt."

Doll nahm nach einem kurzen Zögern den Kamm und fing an, sich zu kämmen. Die schadenfrohen Gesichter der andern hatten bei Almas impulsiver Handlung einen abwartenden oder lächelnden Ausdruck angenommen. Auch der pausbäckige Herr neben der Alten lächelte. Die Angreiferin aber lief vor Zorn erst tiefrot an, dann wurde sie plötzlich gelblichweiß, und laut stieß sie die scheltenden Worte hervor: "Immer dieselben aufgedonnerten Weiber, die!"

Worauf Alma unter dem atemlosen Schweigen des ganzen Wagens kühl antwortete: "Und immer dieselben ollen Pappeulen, die!"

Nicht nur Doll fand die Bezeichnung "Pappeule" für die verschollene Alte ausgezeichnet, der ganze Wagen lachte. Der Pausbäckige trampelte sogar vor Vergnügen mit den Füßen, warf allerdings sofort einen ängstlichen Blick auf seine Nachbarin. Doch war die nicht mehr zu fürchten, sie hatte die Schlacht verloren. Sie lehnte sich in die verpappte dunkle Wagenecke zurück und schien nur noch zu röcheln, rasch zu Ende zu verwesen, wie Doll seiner Frau erklärte.

Zwischen den beiden Eheleuten aber war nach diesem Intermezzo alles in bester Ordnung. Als habe es nie das kleinste Zerwürfnis zwischen ihnen gegeben, plauderten sie miteinander. Doll nahm jetzt ohne weiteres eine Zigarette, zog mit Genuß den lange entbehrten Rauch in die Lunge und nickte sogar zustimmend mit dem Kopfe, als Alma fast wie entschuldigend sagte: "Ich bin noch einmal leichtsinnig gewesen – zur Feier des heutigen Tages."

Eine Stunde später stehen die beiden in einem großen, fast üppig ausgestatteten Vorzimmer. Dieses Haus ist dem vorher besuchten, was Erhaltung und Einrichtung anlangt, weit überlegen. Und wie dieses Vorzimmer mit seinen alten Bildern an den Wänden, dem dicken Velours auf dem Fußboden, der geordneten Bürosachlichkeit, in die zwei angestellte Damen doch etwas Heimisches, Gemütliches gebracht haben – wie also schon dieses Vorzimmer dem Völgerschen weit überlegen ist, so übertrifft der Empfang, den sie hier finden, bei weitem den ihnen bei Völger gewordenen. Doll hat eben erst seinen Namen genannt, eben erst ist eine der beiden Damen mit der Meldung im Nebenzimmer verschwunden, da tut sich schon die Tür dieses Nebenzimmers auf (das aber ein ganz in Weiß und Blau gehaltener Saal ist), und ein großer, fetter, grauer Mann stürzt auf Doll zu.

"Doll!" ruft er, ergreift seine Hand, und alles an ihm scheint vor Erregung zu zittern. "Doll! Endlich bei mir!"

Er zieht den ganz Überwältigten mit sich aus dem Vorzimmer in den blauweißen Saal, während Frau Doll schweigend folgt. "Doll! Also Sie sind doch nicht tot! Was wir uns für Sorgen Ihretwegen gemacht haben!"

Und Doll, seine Hand zwischen den feuchten, weichen, großen des andern, kann nichts sagen als den Namen, den er vor anderthalb Stunden zum ersten Male gehört hat: "Granzow! Ja, wirklich, Granzow!"

Sie sehen sich beide mit Tränen in den Augen an. Es ist wie ein Wiedersehen von alten Freunden. Und wirklich haftet diesen Tränen nichts Unechtes an. Das Gefühl hat sie überwältigt, die Erinnerung an die vergangenen zwölf Jahre, in der Emigration oder der Knechtschaft verbracht, durchweht sie noch einmal. Sie sind doch Überlebende einer Katastrophe! Beide empfinden des anderen Freude, sich zu sehen, sich kennenzulernen. Wäre alles mit rechten Dingen zugegangen, sie hätten sich längst gekannt.

Doll hat dabei ein etwas schlechteres Gewissen als Granzow, der doch wenigstens Dolls Bücher kennt, ein leises Schuldgefühl erfüllt ihn. Etwa dieses: hoffentlich erzählt ihm Völger nie, daß ich nicht einmal seinen Namen gekannt habe. Aber dieses leise Schuldgefühl vergeht gleich wieder. Granzow ist offensichtlich ganz uninteressiert an der eigenen Person. Er will nur von Dolls hören, von ihrem Ergehen in den vergangenen Jahren, wo und wie sie gelebt haben, wo sie jetzt leben, wie es ihnen geht. Nur Freude, gütige Freude liest Doll in den Augen Granzows, der aufmerksam jedem seiner Worte zuhört. ›Und was bin ich schließlich? Ein kleiner Romanschreiber, der sich längst aufgegeben hatte und hoffnungslos versackt war. Aber das darf ich ihn nicht merken lassen, jetzt werde ich mich schon wieder aufrappeln ...‹

Während solche Gedanken durch Dolls Kopf schießen, sitzen sie längst zu dreien um den großen Tisch auf dem blausamtenen Rundsofa. Auf dem Tisch stehen Schachteln mit Granzows Zigaretten, aus denen Dolls sich zwanglos bedienen können. Auch Kaffee ist bestellt und bereits gebracht worden, nicht Kaffee, sondern richtiger Café, zwar etwas dünner, aber: "Ja, Sie müssen schon entschuldigen, Doll. Unsere Kantine ist noch nicht ganz auf der Höhe. Aber das wird sich schon ändern, jetzt wird alles besser ..."

Und dieses "Jetzt" klingt fast so, als beziehe es sich auf den wiedergefundenen Doll, als datiere von dieser Minute an eine neue Ära – was doch entschieden in diesem Zusammenhang nicht gemeint sein kann.

Die Unterhaltung geht jetzt ruhigere Wege. In der Hauptsache sprechen die beiden Dolls, erzählen ihre Erlebnisse während der letzten Monate. Ja, hier ist es nicht wie bei Völger, hier redet auch Frau Alma, kein Gedanke mehr an betonte Zurückhaltung. Und sie tut recht damit, denn während Völger außer einem erstaunten ersten Blick keinerlei Notiz von Frau Doll genommen hat, findet Granzow sichtlich Gefallen an der lebhaften jungen Frau: er wendet ihr ebenso gerne wie dem Doll sein lächelndes oder bekümmertes Gesicht zu.

Ja, dieser Granzow ist ein glänzender Frager und Zuhörer. Hier kann unmöglich geschehen, was bei Völger geschah, daß beide Teile es nicht abwarten können, die eigenen Leiden zu erzählen, er ist, wie man so sagt, ganz Ohr. Er nickt eifrig mit dem Kopfe, wenn von dem Entschluß berichtet wird, die Kleinstadt für immer zu verlassen. Er schüttelt ihn bekümmert, als er von dem Zustand erfährt, in dem sie ihre Berliner Wohnung gefunden haben. Er klopft energisch mit der Hand auf den Tisch; als Doll von dem tyrannischen Beamten auf dem Wohnungsamt erzählt. Kurz, er scheint intensiv an jeder Lebensphase der Dolls teilzunehmen, und diese haben den Eindruck, daß er nicht nur hört und gleich wieder vergißt, sondern daß er schon beim Zuhören Schlüsse zieht, Entscheidungen fällt ...

Und mit diesem Eindruck haben sie recht, denn in einer Pause des Gespräches sagt Granzow: "Ich denke, ich übersehe jetzt Ihre Lage und weiß, was geschehen muß." Sie blicken ihn gespannt an. Er fährt fort: "Erstens müssen Sie eine anständige Wohnung bekommen, am besten in einer Gegend, die nicht zu kaputt ist. Zweitens muß man für einen Lastzug sorgen, der Ihre Sachen aus der Kleinstadt holt. Und drittens müssen Ihnen doch Lebensmittelkarten gegeben werden, möglichst Karte Eins oder doch die Zwei."

Er lächelt väterlich-freundlich, als er ihre erstaunten, noch ungläubigen Blicke sieht. Sie hatten ja nur einmal ihr Herz ausschütten wollen, sie waren völlig bereit gewesen, sich selbst zu helfen. Nur ein bißchen Anteilnahme, ein wenig Aufmunterung wünschten sie. Und nun schien ihnen etwas bevorzustehen wie wirklich tatkräftige Hilfe!

"Ja", fuhr Granzow lächelnd fort, "das alles wird sich schon machen lassen. Ich will gleich mal hören ..." Und der große schwere Mann steht auf, verläßt rasch das Zimmer, läßt die beiden allein.

Sie sehen sich in die aufgehellten Gesichter. "Es ist nicht möglich", sagte Doll. "Und doch ist es so. Es soll uns wirklich noch einmal geholfen werden!"

Und sie: "Ich habe meine zerschmissene Wohnung noch immer gerne gehabt, aber wenn wir eine Wohnung für uns allein bekommen ..."

Und wieder er: "So einfach war es: nur mit diesem einen Menschen sprechen. Und wir wären beinahe zugrunde gegangen, Alma!"

Er fühlt es wie ein Schaudern in seinen Gliedern, und auch sie sitzt ganz still, zurückdenkend an den Weg, den sie bis hierher in den blauweißen Saal gingen. Die schlimme Zeit ist durchwatet, nun geht es wieder aufwärts. In diesem Augenblick denkt Doll mit keinem Gedanken daran, daß es vielleicht doch nicht ganz so einfach ist, daß es nicht mit einer Wohnung, mit Lebensmitteln und Sachen getan ist. Vergessen hat er jetzt, daß Krieg war, die Leidenszeit vorher, daß er ein leergebrannter Mensch ist, ohne Inhalt ... Daß auch der hilfsbereite Granzow ihm diesen Inhalt nicht geben kann, daß er ihn sich selber schaffen muß, wieder einen Glauben gewinnen, nicht nur an sich, nein, vor allem auch an den deutschen Mitmenschen, an die ganze Welt, an den Sinn von Arbeit und Ausdauer, ein festes Vertrauen auf eine dem Menschen gedeihliche Zukunft – daß er von alledem nichts in sich hat.

An das alles denkt er in diesem Augenblick nicht. Sondern er sagt, während er sich aus ihren Armen löst: "Jetzt haben wir eine Chance, und, weiß Gott!, wir wollen sie nutzen! Auf uns soll es nicht ankommen, Granzow soll sich nicht mit uns blamieren!"

"Bestimmt nicht", antwortet sie.

Granzow kommt lächelnd zurück. "Das läuft!" sagt er. "Am besten kommen Sie übermorgen noch einmal, dann kann ich Ihnen Näheres sagen! Würde Ihnen übermorgen ein Uhr recht sein –? Schön, sagen wir also Donnerstag um ein Uhr bei mir!"

Er schaut die beiden behaglich lächelnd an, wie ein Vater seine Kinder, mit denen er sehr zufrieden ist. Flüchtig fährt es Doll durch den Kopf, daß Granzow kaum älter als er sein kann, und doch kommt er sich so jung, so knabenhaft, so unreif neben ihm vor. "Und nun muß ich Sie noch etwas fragen, Doll", fährt Granzow nach einer Pause fort. "Aber Sie müssen mir nicht antworten, wenn es Ihnen nicht behagt. Also: wie steht es mit Ihrer Arbeit? Sie verstehen: alle warten darauf ... Haben Sie in der letzten Zeit etwas getan? Oder haben Sie Pläne für eine Arbeit –?"

"Ja", beginnt Doll zögernd. "Ich habe da –"

Und Granzow sagt hastig: "Nein, wirklich, Doll, wenn es Ihnen irgendwie widerstrebt, über Ihre Pläne zu sprechen ... Es ist nicht Neugierde, die mich fragen läßt."

"Oh, ich verstehe", antwortet Doll jetzt rascher. "Und es widerstrebt mir auch gar nicht, davon zu sprechen. Nur fürchte ich, es wird für Sie enttäuschend sein, Granzow. Denn ich habe eigentlich gar keine Pläne. Freilich, ich habe in dem letzten halben Jahre vor dem Zusammenbruch angefangen, meine Erinnerungen an die Nazis niederzuschreiben ..."

"Aber das ist ja ausgezeichnet!" ruft Granzow.

"Ich weiß nicht. Ich glaube nicht, daß es ausgezeichnet ist. Sehen Sie, ich habe keine großen Scheußlichkeiten erlebt, und die kleinen Nadelstiche, die ich erfahren, so minuziös aufzuzeichnen ... Vielleicht hätte das Buch dadurch ein wenig Interesse, weil es zeigt, wie ein Mensch nur durch Nadelstiche bis an den Selbstmord getrieben werden kann ..." Doll hat bis hierher zögernd, fast widerwillig gesprochen. Nun fährt er rascher fort: "Aber das alles ist so weit weg. Seitdem ist der Umsturz gekommen, ich habe so viel erlebt, darüber habe ich meinen Haß gegen die Nazis völlig verloren und gegen einen allgemeinen Menschenhaß eingetauscht. Die Nazis existieren für mich nicht mehr ..."

"Oh! Oh!" protestiert Granzow. "Aber, Herr Doll! Ich glaube im Gegenteil, daß die Herren Nazis noch recht lebhaft existieren. Ich bekomme das manchmal sehr deutlich zu spüren."

"Ja, vielleicht vereinzelte, ganz unbelehrbare." Granzow schüttelte energisch mit dem Kopf. "Aber", fuhr Doll fort, "wie dem auch sei, das Buch ist erledigt für mich." Und auf eine bittende Gebärde des andern hin: "Ich kann mich, vorläufig wenigstens, nicht einmal dazu überwinden, hineinzusehen, es abzutippen ..."

Er schwieg und sah Granzow an. Dieser sagte hastig: "Nun, bester Doll, niemand wird Sie zu etwas zwingen, das Ihnen widerstrebt. Kommt Zeit, kommt Rat. – Und wie steht es mit Ihren Plänen für die Zukunft –?"

"Nichts!" sagte Doll schuldbewußt. "Manchmal habe ich wohl an Romanschreiben gedacht, auch an bestimmte Themen. Aber alles kam mir so belanglos vor. Ich hatte immer das Gefühl, als müsse ich nach diesem völligen Zusammenbruch, auch meiner selbst, völlig neu und anders beginnen." Er sprach rascher, er wiederholte ja nur das, was er vor anderthalb Stunden dem Lektor Völger gesagt hatte. "Nein", meinte er abschließend, "es tut mir leid, daß ich Sie so enttäuschen muß, Herr Granzow, gleich beim erstenmal. Vielleicht kommt meine Arbeitslust wieder, wenn sich meine äußeren Verhältnisse erst ein wenig gewandelt haben. Ich brauche außer der äußeren auch eine gewisse innere Ruhe zum Produzieren."

"Gewiß!" stimmte Granzow zu. Sie redeten noch ein paar Minuten miteinander, aber nicht mehr über Dolls Arbeit. Die alte fröhliche Kennenlernestimmung kehrte noch einmal zurück. Dann nahmen sie Abschied voneinander, mit dem Versprechen, sich übermorgen um ein Uhr wiederzusehen.

Als sie aber aus dem Hause traten, fragte ein Chauffeur in grauer Uniform: "Herr Granzow hat mir gesagt, ich soll Sie nach Haus fahren. Wohin darf ich Sie bringen –?"

Noch mehr Aufmerksamkeiten, noch mehr Verwöhnung! Aber noch stärkere innere Verpflichtung, so viel guten Glauben nicht zu enttäuschen.

Eine Weile saßen sie schweigend, von Glück überwältigt, im Wagen, vor sich den Fahrer. Dann stieß die Frau ihren Mann sachte an. "Du –!" flüsterte sie.

Und er fragte: "Ja, bitte –?"

"Ach, Junge –" sagte sie, "ich halte es ja vor Glück nicht mehr aus. Daß uns noch einmal geholfen wird! Ich möcht schreien! Schreien möcht ich vor Glück –!" Und sie plapperte wie ein verwöhntes Kind: "Jetzt mußt du deine Alma schrecklich fein gerne haben! Jetzt mußt du ihr schnell ein langes Küssing schenken! Tausend Küssings! Sonst schrei ich!"

"Der Chauffeur!" gab er zu bedenken und war doch so bereit, ihr den Willen zu tun.

"Chauffeur ganz alter Mann!" plapperte sie. "Chauffeur immer nur Wagen fahren, Chauffeur nix sehen! Du junger Mann, du Almakind tausend Küssings schenken, sonst schrei ich!"

Und so küßten sich denn Dolls lange, lange ... So viel Zeit war vergangen, seit sie in einem Auto gesessen, daß sie nicht einmal daran dachten, daß ein Chauffeur einen Spiegel hat, in dem er sehen kann, was im Innern eines Wagens vorgeht. Wie Kinder glaubten sie sich völlig unbeobachtet.

Es war kein diskreter, aber es war ein Berliner Chauffeur. "Und wissen Sie, Herr Granzow", sagte er, als er seinen Herrn an diesem Abend nach Haus fuhr und am Schluß seines Berichtes angelangt war, "und wissen Sie, die haben sich nicht wie jesetzte Eheleute abjeknutscht, sondern wie janz junget Jemüse. Und wat er is, der is doch schon ziemlich anjejangen, der muß doch so in unser Alter sind, Herr Granzow. Der is richtig, wenn der mit so'nem Temperament seine Bücher schreibt, dann fang ick ooch noch mal mit Lesen an, Herr Granzow –!"

Zwölftes Kapitel.

Die Genesung

In einem nördlichen Vorort Berlins sitzt ein Mann am Fenster einer kleinen Stube. Es ist Hochsommer, Juli; um es genau zu sagen, es ist der 5. Juli des Jahres 1946. Obwohl es erst morgens um die neunte Stunde ist, hat sich die Taufrische der Nacht ganz aus der Luft verloren. Es ist heiß, und es wird heute noch viel heißer werden, falls nicht etwa ein Gewitter doch einige Kühlung bringt.

Aber vorläufig sieht es am Himmel nicht nach Gewitter aus. Er strahlt von einem blendenden Sonnenglanz, ist völlig wolkenlos und nicht so sehr blau, sondern gleicht eher weißem, mattem Silber mit dem schwächsten Anflug von Bläue. Wenn der Mann von seinem Schreibwerk hochsieht und aus dem Fenster schaut – er tut das nicht selten, seine Schreiberei scheint ihn nicht sehr zu fesseln –, so muß er zuerst die Augen etwas zusammenkneifen, um die Blendung des Sommerhimmels zu mildern. Dann aber sieht er unter diesem hitzedunstenden Himmel etwas auch in einem Berliner Vorort Erfreuliches: grüne Baumkronen, Häusergiebel und rote Dächer, aber nicht eine Ruine. Nicht einmal auf ein frisch geflicktes Hausdach trifft sein Blick, auch die Fensterscheiben der Häuser scheinen sämtlich heil zu sein. Eine wahre Wohltat für die Augen in dieser Trümmerstadt!

Ja, der schreibende Mann sieht oft hoch von seiner Arbeit. Er sitzt da, den Federhalter in der Hand, bereit, sofort wieder anzufangen. Erst aber lauscht er auf die Stimmen im Hof. Es sind immer nur Frauenstimmen und fast stets junge Stimmen, die er hört, und sie reden alle in der abgeschliffenen, ein wenig wegwerfenden Art, wie es die echten Berliner tun. Wendungen wie: "In det Haus is mir det heut zu heiß!" oder: "Ick will Sie det mal erklären!" solche Wendungen sind nicht selten. Aber der Mann lächelt nicht darüber, er fühlt sich auch nicht das kleinste bißchen erhaben über eine so ungebildete, fehlerhafte Sprechweise. Er hat gelernt, daß er keine Ursache hat, sich über irgend etwas oder über irgend jemanden erhaben zu fühlen.

Obwohl die Stimmen jung klingen, und obwohl der Mann nur aufstehen und an das Fenster treten müßte, um einen Ausblick auf die Sprecherinnen zu gewinnen, tut er das doch nicht. Er weiß, es sind sehr Hübsche unter diesen Mädchen und Frauen, und sie sonnen sich dort in dem freiesten Zustand des Ausgezogenseins, aber er ist nicht neugierig, sondern er fühlt sich alt, sehr alt und müde. Im letzten Jahre ist sein Haar stark ergraut, aber ginge es danach, wie alt er sich fühlt, müßte es schneeweiß sein.

Oft hört der Mann auch einen andern Laut als dieses Frauengeschwätz bei seiner Schreiberei. Er setzt wieder die Feder ab und lauscht und horcht hinaus. Es ist ein sehr seltsamer Laut, den er da hört, er klingt halb wie das Gurren einer

Taube, halb wie das Flöten einer – nicht ganz rein singenden – Amsel. Dieser seltsame, ihm in den ersten Wochen seines Aufenthaltes hier völlig unverständliche Laut wird von einem großen Hund hervorgebracht, halb Dobermann, halb Schäferhund, ein Tier, das von der Schießerei und den Flammen und dem irren Tumult bei der Eroberung Berlins wohl geisteskrank geworden ist, und das nun angekettet da unten irgendwo unter dem Grün der Bäume liegt, von einer schwachsinnigen Bewohnerin dieses Hauses Elsastraße 10 betreut. Am Abend macht Hermann, wie diese Schwachsinnige statt Hermine im ganzen Hause gerufen wird, den Hund los, und die Nacht über bewacht das Tier dann Elsastraße 10, und wehe dem Fremden, der es wagen würde, über den Zaun zu steigen! Der Hund würde ihn ohne weiteres zerfleischen, es ist ein wahnsinniger Hund, nichts könnte ihn zurückhalten, nicht einmal seine Betreuerin Hermann.

Es ist seltsam, daß dieser Hund, der aus seinen glücklicheren Tagen den nicht mehr zu ihm passenden Namen "Mucki" führt, daß dieser Hund in der Nacht bellen kann, während er am Tage, an der Kette nur wie ein Vogel flötet und gurrt. Nun, er hat den Krieg eben nicht gut überstanden, er ist innerlich verletzt, er klagt und ist zum Morden fähig, nützlich ist er nicht mehr. Der Mann denkt manchmal, wenn er diesen seltsamen Laut hört, wie vielen Menschen es wohl ähnlich geht wie diesem Mucki?

Ja, der Mann findet mancherlei Anlaß, von seiner Arbeit hochzusehen und so das mühselige Fortschreiben in seiner kritzeligen Handschrift für einige Minuten zu unterbrechen. So sieht er gerne auch einmal zu einer hart tickenden Wanduhr hinüber, um sie wegen der Zeit zu befragen, ob er denn noch immer nicht aufstehen und die Blätter zusammenlegen darf? Diese Wanduhr mit einem ausgeblaßten blauen Zifferblatt und einem messinggelben Pendel ist der einzige Einrichtungsgegenstand in der engen Stube, der über das Allernotwendigste hinausgeht. Ein Tisch, ein Stuhl, ein Bett, ein enger Wandschrank und ein alter, ganz verschossener Samtsessel, damit ist die Einrichtung dieser Stube erschöpft.

Doch nein, ein Gegenstand darf nicht vergessen werden, obwohl er meist unsichtbar bleibt. Es ist ein schwarzes Samtkissen, auf das mit Farben eine Art Gemälde aufgetragen ist. Auf diesem Gemälde ist ein dreigetürmtes Schloß zu sehen, mit lila Dächern und vielen Fenstern, die unten rot und oben gelb sind, während die Mauern des Schlosses aus dem unbemalten schwarzen Samt gebildet werden. Ein Turm trägt an langer Stange eine weiße Fahne, der zweite ein Kreuz, ebenfalls in Weiß, der dritte nur eine Art überlangen Spieß. Sonst sieht man auf diesem Gemälde noch Bäume mit weißen Stämmen und vielerlei Blattgrün, weiter Felsen in Rosa, Lila und Feuerrot, auch tauchen an einigen Stellen völlig unmotiviert weiße Geländer auf. Das Ganze wird von einem gelben, kreisrunden Himmelskörper überschwebt, der sowohl Mond wie Sonne sein kann.

Der Mann haßt dieses Kissen mit einem grimmigen Haß. Er verflucht es schon darum, weil es völlig unversehrt in all seiner stupiden Abscheulichkeit diesen Krieg überdauert hat, der so viel Schönes zerstörte. Er versteckt das Kissen, um es nicht ständig vor Augen zu haben, in den Tiefen seines Bettes oder im Wandschränkchen. Es wird aber immer wieder von der reinigenden Frau entdeckt, die es sofort gefällig auf dem verschossenen Samtsessel ausbreitet, sichtlich erfreut von diesem Werke bildnerischer Kunst. Der Mann könnte die Frau bitten, das Kissen zu lassen, wo es versteckt ist, aber das tut er auch nicht. Er spricht nie ein Wort zu dieser Frau, die ihn doch mit immer gleicher Freundlichkeit nach der Stubenreinigung auffordert: "Sie dürfen wieder arbeiten!" oder: "Sie dürfen jetzt Kaffee trinken."

Übrigens kann man den Schreiber vielleicht nicht einmal sehr tadeln, weil er so oft in seiner Arbeit pausiert. Er schreibt eigentlich nur aus Pflichtgefühl, ohne Glauben und Elan, vielleicht auch darum, um sich und andern zu beweisen, daß er wieder sehr wohl imstande ist, einmal Begonnenes zu Ende zu führen. Diese vor etwa einem halben Jahre angefangene Arbeit schien ihm zuerst ein glückliches Unternehmen. Dann kamen Unterbrechungen, durch Streit, durch Krankheit, auch einfach durch die Unlust zu arbeiten, und je weiter sich der Zeitpunkt der Fertigstellung hinausschob, um so geringer wurde des Schreibers eigenes Interesse an der Schrift.

Immerhin ist an diesem 5. Juli die Situation doch ein wenig anders als geschildert. An diesem Morgen war der Mann aus seinem tiefen Nachtschlaf erwacht und hatte plötzlich gewußt, wie er sein Schreibschifflein aus dem Meer der Tatsachen endlich in einen friedlichen Hafen lenken sollte. Er konnte noch nicht mit Bestimmtheit sagen, ob dieser Hafen in zwei oder acht oder erst in zwölf Tagen erreicht sein würde, aber auch zwölf Tage konnten ihn jetzt nicht mehr schrecken, da er den sicheren Hafen wußte. Seine Unterbrechungen an diesem Tage stellten sich rein als üble Angewohnheit aus den Vortagen dar, sie waren kein bewußter Vorwand mehr, faul zu sein.

Der Mann wirft wieder einen Blick auf die Wanduhr mit dem verblaßt blauen Zifferblatt und stellt fest, daß er für diesen Vormittag mit dem Schreiben Schluß machen darf. Er legt sein Schreibgerät zusammen, verwahrt es in dem Wandschrank und ergreift einen Holzklotz, an dem ein Schlüssel hängt. Mit diesem

Schlüssel und einigem Waschzeug geht er über einen Vorplatz auf eine Tür zu, an der ein gut lesbares Schild hängt: ›Für Go. und Lues verboten!‹

Der Mann will die Tür aufschließen, als er sieht, daß in ihr bereits ein Schlüssel steckt, auch an einem Holzklotz befestigt, das genaue Abbild des Gerätes, das er in der Hand hält. Er murmelt etwas von "unglaublicher Schweinerei" und will die Hand auf die Klinke legen, als die Tür von der andern Seite geöffnet wird und ein Mädchen oder eine junge Frau, in nichts als ein sehr kurzes Hemd gekleidet, an ihm sichtlich schlechten Gewissens vorbeidrängt und in einer nahen Zimmertür verschwindet.

Der Mann schaut ihr einen Augenblick nach, halb entschlossen, wegen der unbefugten Benutzung seiner Toilette kräftig Krach zu schlagen. Das Schild ist doch wahrhaftig deutlich genug! Aber er besinnt sich anders. Er hat noch nie, seit er in diesem Hause wohnt, geschimpft, er wird sich anders helfen. Er zieht den Schlüssel aus dem Schloß, betritt mit den beiden Schlüsseln den Toilettenraum und riegelt hinter sich zu.

Während er hier eine gründliche Waschung vornimmt, überlegt er, ob er sich wegen dieser empörenden Mißachtung der Verbotstafel bei Muttchen Trüller beschweren oder ob er einfacher diesen zweiten, nur für die Benutzung durch die Krankenschwestern bestimmten und fahrlässig steckengelassenen Schlüssel einziehen soll. Er entschließt sich für den zweiten Weg: Muttchen Trüller ist schon überlastet genug und auch die kräftigste Standpauke von ihr wird höchstens einen Tag Wirkung tun. Was aber die Kranken anbetrifft ...

Ja, was diese Kranken selbst anbetrifft, die eigentlich meist überhaupt nicht krank sind, was also diese sechzig Frauen anbetrifft, mit denen er als einziger Mann dieses närrische Haus Elsastraße 10 bewohnt, so ist an die jede Ermahnung, Standpauke, Bitte, Verbot, verloren. Im Gegenteil, sie sind alle des besten bösen Willens voll, jedes Verbot zu übertreten und jede erdenkliche Schwierigkeit zu machen.

Als der Mann vor gut acht Wochen hier Einzug hielt und sich plötzlich zwischen sechzig meist jungen und hübschen Frauen untergebracht sah, hatte er eigentlich erwartet, daß ihn hier ein höchst unterhaltsames und auch lehrsames Leben erwarte. Nicht, daß er etwa Absichten auf diese Damen gehabt hätte, o nein, vor solchen Absichten bewahrte ihn schon die Art ihrer Erkrankungen, die sie – meist unter leichtem polizeilichem Druck – in dieses Haus gebracht hatten. Diese Krankheiten, deren Namen so unverschämt deutlich auf dem Verbotsschild an seiner Toilettentür genannt waren, hatten die Frauen sich draußen in der Stadt

Berlin zugezogen, leichtsinnig, wissentlich oder – in seltenen Fällen – auch unwissentlich. Sie waren von Ärzten festgestellt und ihre Heilung in Gang geleitet.

Aber diese Frauen hatten sich der Behandlung entzogen, sie waren beim Arzt an den festgesetzten Tagen nicht wieder erschienen, oder sie befolgten die Anordnungen der Ärzte nicht, so daß sie eine ständige Gefahr für jeden, der mit ihnen umging, darstellten. Da kam dann der sachte polizeiliche Druck, sie wurden an der Pforte dieses Hauses abgeliefert, das sie erst nach ihrer völligen Gesundung verlassen durften. Manche waren nicht einmal leicht aufzufinden, sie wußten, was ihnen bevorstand. Sie hatten ihr Quartier gewechselt, mit arglistiger Schläue entzogen sie sich ihrer Heilung, um schließlich doch bei irgendeiner Razzia aufgegriffen zu werden.

Nun ja, trotz alledem oder vielleicht gerade deswegen hatte der Mann gehofft, durch diese Damen einige Unterhaltung und Belehrung zu finden, bunte Lebensschicksale zu erfahren. Aber bald sah er ein, daß alle diese Mädchen hoffnungslos dumm und verlogen waren. Hörte man ihre Geschichten, so waren sie eigentlich alle durch die Arglist der Ärzte, der Gesundheitsämter, der Polizei in dieses Haus gekommen, und erst hier hatten sie sich angesteckt durch die gemeinen Weiber, mit denen sie in einem Saal liegen mußten!

Wenig Scharfsinn gehörte dazu, ihre Verlogenheit zu durchschauen, und was ihre Faulheit anging, so war sie einfach empörend! Obwohl sie, von den Tagen abgesehen, an denen sie ihre Spritzen bekamen oder einen "Tablettenstoß" machten, keineswegs bettlägerig krank waren, gab es viele unter ihnen, die in den ganzen acht oder zwölf Wochen, die ihre Behandlung dauerte, kaum je aus dem Bett aufstanden. Da lagen sie, jung und blühend, mit kräftigen Gliedern, aber verfault bis ins innerste Mark ihrer Knochen, zu keiner nützlichen Arbeit gewillt. So faul waren sie, daß die eine der andern, der vom "Tablettenstoß" übel geworden war, nicht einmal die Brechschale hinhielt. Sie sollte nur ruhig auf den Boden kotzen, dafür war die Schwester da, das wegzumachen. Dann wurde nach der Schwester geklingelt, und kam sie nicht gleich, so blieb der Dreck liegen. Unsauberkeit und Gestank störten sie nicht, aber jede kleinste Arbeit war ihnen verhaßt.

Für so was waren sie nicht hier auf der Welt, in der es einem hübschen jungen Mädchen so leicht gemacht ist, einen Mann auszunehmen wie eine fette Weihnachtsgans! Und sie erzählten sich prahlerisch von ihren Triumphen, von kühnen Griffen nach Brieftaschen, von ihrer magnetischen Anziehungskraft als Barfrauen, von ihrem ganzen vertanen, nutzlosen Dasein, das sie für um so ruhmreicher ansahen, je nutzloser es war. Und dann gingen sie hin und stahlen einander die Zigaretten, sie warfen die verordneten Medikamente aus dem Fenster oder in die Toiletten (denn sie waren zu "klug", sich von diesen Ärzten vergiften zu lassen –!), und wenn ihre Angehörigen sie am Sonntag besuchten, waren sie voll von jämmerlichen Klagen, wie schlecht sie hier ernährt würden, wie sie doch hungern müßten –! Und laut allwöchentlicher Wiegung wurden sie immer fetter vor Faulheit und Verfressenheit!

Nein, die Erwartungen des Mannes hatten sich nicht erfüllt. Es war nichts Romantisches an diesen Frauen, kein versöhnender Schein fiel auf sie. Sicher war er nicht sehr geduldig mit ihnen. Es hatte eine große Aufregung unter ihnen gegeben, als dieser Mann in das Frauenhaus kam; sie waren ihm freundlich entgegengekommen, und in den ersten Wochen hatte es an Besucherinnen nicht gefehlt, die ihn unter allen möglichen Vorwänden auf seiner Stube aufgesucht hatten. Aber er hatte es rasch aufgegeben, mit ihnen zu plaudern. Es ärgerte ihn immer wieder, daß sie ihn für so dumm hielten, ihre Lügengeschichten zu glauben.

Und dann waren sie gierig. Er sah es ihren Blicken an, wie sie sein Essen musterten und mit dem eigenen verglichen. Gewiß, er genoß als Privatpatient des leitenden Arztes, der ihn aus Platzmangel nicht anders als in diesem Hause hatte unterbringen können, eine Sonderstellung, aber im allgemeinen bekam er nichts anderes zu essen als sie. Muttchen Trüller konnte nicht für einen allein kochen! Sie aber musterten die Größe seiner Brote, sie schätzten die Dicke des Aufstriches ab, und dann sagten sie: "Ja, wer so leben kann –!" Oder: "Mir kann es ja egal sein!"

Und dann wollten sie immer etwas von ihm: eine Zigarette oder Feuer für eine Zigarette oder ein Buch oder eine Zeitung oder Benzin für ihr Feuerzeug – sie trieben es so weit, daß er ihnen auch die einfachste Gefälligkeit abschlug.

Es kam ein Zwischenzustand, in dem sie ihn nicht mehr besuchten, ihm kaum die Tageszeit boten, und dann brach der offene Krieg gegen ihn aus. Eines Tages hatte ein betrunkener Kerl versucht, über das Gartengitter in das Haus einzudringen, und darauf hatte der Mann erklärt, das könne keinen wundernehmen, der beobachtet habe, wie sie vom Balkon ihrer Zimmer schamlos jeden vorübergehenden Mann anriefen oder verspotteten, nach der Gewohnheit der Dirnen, die sie ja meist auch waren. Da war ihre Empörung über diesen Lügner und Verräter riesengroß geworden. Nie hatte eine von ihnen auch nur ein einziges Wort vom Balkon gerufen, und als der Arzt trotzdem das Abschließen der Balkontüren anordnete, da schworen sie dem Mann, sie würden ihn eines Nachts verprügeln, daß kein Knochen in seinem Leibe heil bliebe!

Nun, sie hatten ihn nicht verprügelt. Sie hatten sogar das Schweigen, das in den ersten Wochen nach diesem Vorfall über ihn verhängt war, bald wieder aufgegeben. Sie waren in nichts beständig, auch in ihren Abneigungen nicht. Sie sprachen wieder mit ihm, dann und wann kam auch mal eine und bettelte um eine Zigarette, und wenn es keine Zigarette sein könne, um ein paar Kippen. Aber der Mann vergaß nicht so leicht, sie waren für ihn erledigt, für jetzt und immer, mochte er auch wenige Gerechte um so vieler Ungerechten willen verurteilen.

Der Mann ist längst mit dem Waschen fertig geworden, er hat sein Zimmer ein bißchen aufgeräumt und die beiden Toilettenschlüssel im Wandschrank eingeschlossen. Er grinst ein wenig, wenn er daran denkt, mit welchem Eifer Schwester Emma und Schwester Gertrud nach diesem Schlüssel suchen werden!

Nun zieht er trotz der heiß strahlenden Sonne einen Mantel an: er scheut sich, seinen fleckigen, zerdrückten Anzug auf den Straßen sehen zu lassen. Er geht die Treppe hinunter und wendet sich der Küche zu. In der Küche ist Muttchen Trüller dabei, mit ihren Trabanten für rund achtzig Hausinsassen das Mittagessen vorzubereiten. Sie ist dunkelrot im Gesicht, ihr kräftiger, immer von einer gelblichen oder lila Spitzenrüsche bedeckter Brustkasten arbeitet gewaltig, die schweren Kochtöpfe werden federleicht in ihrer Hand, sie arbeitet, daß der Schweiß in kleinen hellen Perlen auf ihrer Stirn steht, aber ihre Laune ist vortrefflich.

Sie lächelt strahlend, als sie des Mannes ansichtig wird, und sagt: "Nun, Herr Doll, so früh wollen Sie ausrücken? Sie wollen sich doch abmelden?"

"Ja, ich will mich abmelden, Muttchen Trüller, freie Bahn dem Gesunden –! Und wenn der Lastzug heute wirklich kommt, werde ich nicht einmal zum Mittagessen zurück sein. Hoffentlich kommt er."

"Ich will's Ihnen wünschen. Aber daß Sie kein Mittagessen haben sollen, ist natürlich Unsinn. Ich bin froh über die zwanzig Pfund, die ich Ihnen rangepäppelt habe! Wenn Sie bis drei Uhr nicht zurück sind, schicke ich Ihnen Essen. Und für Ihre Familie gleich mit!"

"Ach, tun Sie doch so was nicht, Muttchen Trüller!" sagt der Mann. Und leiser, damit es die andern nicht hören: "Sie wissen doch, ich stecke bei Ihnen schon zu tief in der Kreide. Wer weiß, wann ich alle meine Schulden bezahlen kann!" Und er seufzt tief auf.

"In einem halben Jahr werden Sie alles bezahlt haben!" verkündet Muttchen Trüller strahlend. "Wenn ich so einen Mann wie Sie sehe: wieder gesund, voller

Kräfte, braucht sich bloß hinzusetzen und loszuarbeiten und verdient Geld wie Heu – und dann seufzen an solch schönem Sommertag!"

Unter diesen gutartig scheltenden Worten hatte sie Doll bis an die Tür des Hauses gebracht, zu jener Schwelle, die von den Frauen und Mädchen, die hier wohnten, erst nach der völligen Gesundung überschritten werden durfte. "Also alles Gute, Herr Doll –! Vielleicht kommt der Lastzug heute wirklich. Und – Sie wissen ja – wenn Sie was hören sollten, geben Sie mir sofort Bescheid."

"Aber versteht sich doch von selbst, Muttchen Trüller", antwortet Doll und geht auf die Straße, in die strahlende Sonne hinaus.

›So ist sie!‹ sagt er zu sich im Weitergehen, ›und so wird sie auch bleiben. Nie wird sie vergessen, jeden, der aus ihrem Hause geht, daran zu erinnern, daß er sofort Nachricht gibt, wenn er etwas hört. Es mag die Rede gewesen sein von was immer, zum Schluß denkt sie an diese Mahnung.‹

Eigentlich denkt sie immer daran, auch wenn von ganz andern Dingen die Rede ist. Im Untergrund ihres Seins arbeitet unablässig die Sorge um den verlorenen Sohn, der Gedanke an ihn, die Liebe zu ihm. Sie, die Leiterin und Besitzerin dieses etwas närrischen Krankenhauses an der Elsastraße, ein Frauenhaus unter Weibsregiment, sie denkt immer nur an den Sohn, empfindet sich nie anders als seine Treuhänderin. Fünfviertel Jahr ist sie nun ohne Nachricht von ihm, seit den Kämpfen um Berlin ist Erdmann verschwunden. Vielleicht geriet er in Kriegsgefangenschaft, vielleicht liegt er irgendwo an den Straßen dieser ungeheuren Ruinenwüste, von einer verirrten Kugel getroffen, von einer stürzenden Mauer erschlagen, unter Trümmern begraben. Längst schon, fünfviertel Jahre bereits.

Aber die Mutter wartet auf ihn, und sie wird immer weiter warten, wenn es denn sein muß, Jahr um Jahr. Und mit ihr warten viele Mütter und Frauen auf die Söhne, die Männer, auf die Geliebten, die vielleicht nie zurückkehren werden. Unterdes ist diese hannöversche Bauerntochter, die sich aus eigener Kraft hochgearbeitet hat, unermüdlich tätig. Sie hält ihre stets auf Unfug sinnenden Patientinnen stramm an der Strippe, sie arbeitet Tag und Nacht, sie hat für jeden ein freundliches Wort, sie nimmt an allen Kümmernissen teil und sucht jedem zu helfen. Sie hat wirklich keine Zeit, Depressionen zu haben und arbeitsunlustig zu sein. Sie ist in all ihrer Schlichtheit ein Vorbild.

Doch nie vergißt sie, jedem Fortgehenden zu sagen: "Wenn Sie was hören, nämlich von meinem Sohne Erdmann, so geben Sie mir gleich Nachricht."

Die Welt draußen, ausgenommen die allernächsten Straßen, in denen ihre Kaufleute wohnen, ist eine ferne, fremde Welt für Muttchen Trüller, die immer in ihrem kleinen Krankenhaus sitzt, stets mit den allerdringendsten Sorgen um des Leibes Nahrung und Notdurft beschäftigt. Fünf langsame Gehminuten von diesem Hause ab beginnt die große, ferne Welt für sie, in der sich alle Tage Wunder begeben können. Wo man den verlorenen Sohn Erdmann gewissermaßen auf der Straße trifft und zu ihm sagt: "Du, höre mal, Erdmann, jetzt wird es aber Zeit, daß du dich mal wieder bei deiner Mutter sehen läßt. Sie wartet seit fünfviertel Jahren jede Sekunde im Wachen und Schlafen auf dich. Sie wohnt immer noch Elsastraße 10."

Nicht, als ob der Sohn Erdmann solch ein Mensch wäre, den man erst mahnen muß, zu seiner Mutter zu gehen. Im Gegenteil! Der Erdmann hätte sich schon ohne Mahnung bei der Mutter gemeldet.

Aber die Welt da draußen, dieses ungeheuer große, verworrene Berlin, ist so wunderlich, so voll von Wundern! Der Besucher kann jemanden treffen, der vom Sohne gehört, der ihn vielleicht irgendwo gesehen hat. Er kann Nachrichten gehört haben über die Heimlassung von Kriegsgefangenen, die erstaunlichsten und unglaubhaftesten Gerüchte – Muttchen Trüller ist für alles empfänglich. Ihr starkes Herz fängt nicht so leicht zu flattern an, sie ist nicht gleich entmutigt. Ihrem Hoffen genügt schon die Geschichte von einem Heimkehrer, der ganz unvermutet kam.

Sie wartet und hofft. Und mit ihr warten und hoffen Hunderte, Tausende von Frauen, niemand spricht von ihnen. Im Kriege waren sie gut genug, ihre Söhne und Männer herzugeben und dann still deren Arbeitsplatz einzunehmen. Jetzt warten sie wieder still, jede an ihrem Fleck arbeitend. Nur daß sie dem Fortgehenden sagen: "Und wenn Sie etwas hören, nicht wahr –?"

Gutes, tüchtiges, unverwüstliches Muttchen Trüller, Mutter des Volkes, ewige Mutter, ewig Gläubige, unverzagt Wartende, stets Helfende –!

Der Mann in den schäbigen, zerknitterten, fleckigen Kleidern unter dem hellen Sommermantel, der auch nicht gerade mehr frisch ist, ging während solcher Gedanken an mancher Kneipe vorüber, in denen meist, wie er sehr gut weiß, Zigaretten schwarz zu kaufen sind. Ihn gelüstet es sehr nach Rauchen, aber er bezwingt sich. Teure amerikanische Zigaretten zu elf Mark das Stück kommen im Hause Doll schon längst nicht mehr in Frage – das hat er seiner jungen Frau sehr richtig prophezeit. Aber auch "billige" deutsche Zigaretten zu fünf Mark werden im besten Falle auch nur mit einem Stück pro Tag bewilligt; *eine* deutsche Zigarette nach dem Abendessen, die Lungen mit ihrem Rauch genußsüchtig gefüllt – und dann wieder alle für 24 Stunden –!

Alle –? O nein, Dolls rauchen, sie werden immer rauchen. Auch jetzt trägt Doll die Tasche voll etwas Rauchbarem! Sie sammeln die Rosenblätter aus Muttchen Trüllers Garten, und nicht etwa nur die abgefallenen, nein, auch voll erblühte sammeln und trocknen sie! Sie entscheiden: "Diese Rose würde doch in den nächsten Stunden ihre Blätter fallen lassen!", und dann pflücken sie sie, stopfen Dolls Taschen mit den Blättern, und aus seiner Stube machen sie eine Trockenanstalt. Diese Stube duftet ständig nach Rosen. Sie haben auch schon Kirschblätter geraucht und in schlimmsten Zeiten einen schrecklich schmeckenden Blutreinigungstee, aus dem sie die Wacholderbeeren und die "Strünke" heraussuchten.

Ja, so genügsam sind sie geworden, auch die junge Frau, die nie in ihrem Leben verzichten lernen wollte! Sie besaßen dermaleinstens ein Auto, jedes für sich eines, und Geld, und was man sich für Geld kaufen kann; solche Dinge, die guten Güter dieser Erde waren kein Problem für sie. Nun ist die Lehre, daß sie ein besiegtes Volk sind, ihnen in Fleisch und Blut übergegangen. Sie lachen über ihren stinkenden "Tabak", sie verdecken wohl noch ihre fleckige Kleidung, aber sie schämen sich nicht mehr. Was ist da zu wollen –?! Wir sind ein besiegtes Volk, wir haben einen totalen Krieg verloren, wir sind total zu Bettlern geworden.

Übrigens ist dieser Vorstadt, durch die Doll jetzt geht, nicht viel von Krieg anzumerken. Ab und an ein zerschlagenes Dach, auch eine ganze Häuserruine, aber im allgemeinen sieht alles heil und zwischen dem vielen Sommergrün nicht gar zu verkommen aus. Nur die Menschen auf den Straßen: allen hätte man zwanzig Pfund Gewicht mehr und fünfzig Falten im Gesicht weniger gewünscht. Es gibt unter ihnen noch eine unvorstellbare Armut, Lumpen statt Kleidern, Schuhe, immer wieder zerrissen und geflickt und zusammengebunden, die über alle Landstraßen Europas geschleppt worden zu sein scheinen.

Eine ganze Weile geht vor Doll ein junges Mädchen, sie besitzt nichts von jener Anmut, die die Jugend auch der Reizlosesten verleiht, sie geht schwer auf ihren blutigen, schwärenden, schmutzigen Beinen, als schleppe sie sich nur noch. Ihr Kleid ist wohl aus einem Paar glatter Mehlsäcke angefertigt. Als die Trägerin es sich anfertigte, hatte sie, obwohl schon im Elend, doch noch ein wenig Hoffnung, sie brachte ein paar ärmlich gestickte Zierkanten an und setzte ein weißes Krägelchen auf: ich bin jung, ihr dürft mich schon mal ansehen, auch wenn ich nur ein Kleid aus Sackleinen trage!

Aber das alles ist längst verdrückt und so beschmutzt, daß der weiße Kragen fast schwarz aussieht, jedenfalls nicht heller als das Sackleinen. Sie hat auf ihrem langen Wege alle Hoffnung verloren, sich längst aufgegeben. –›Diese Leute, die da mit mir auf der Straße gehen‹, denkt Doll, ›kann man überhaupt in zwei Gruppen einteilen: die einen, die nichts mehr hoffen können, und die andern, die nichts mehr zu hoffen wagen.‹

Aber sie alle, die einen wie die andern, schleppen irgend etwas: jämmerliches, von den Bäumen gebrochenes Reisig, zerplatzte Koffer, deren Inhalt man nicht kennenzulernen begehrt, vollgepfropfte Handtaschen, geheimnisvolle Aktentaschen, deren Schlösser längst entzwei sind, so oft wurden sie überfüllt, und die jetzt von einem Strick gehalten werden.

›Wir gehen ja doch zugrunde‹, denken die einen. ›Aber vorher lasset uns noch einmal essen! Ach, essen, daß man von guten Dingen wirklich satt ist, daß die Zufriedenheit durch einen strömt zusammen mit dem hellen Blut, das endlich ein wenig anständige Nährstoffe erhalten hat!‹

›Wir müssen Kräfte sammeln für unsere tägliche Arbeit, damit wir diese Zeit heil überstehen!‹, das steht in den Mienen der andern geschrieben. Aber alle sind sie vom Kriege gezeichnet und allen ist ein Zug der Vorsicht zu eigen, ein Vorbehalt: vielleicht geschieht auch mit uns plötzlich etwas Schreckliches – wie gut, dann haben wir wenigstens gehofft! Doll selbst ist ein gemäßigter Pessimist: er glaubt nicht daran, daß er persönlich zugrunde gehen wird, auch seine Familie nicht, aber er gesteht der Zukunft jede Möglichkeit zu, so unangenehm wie nur denkbar zu werden.

Nun biegt er von einer Hauptstraße in eine stille, grüne Villenstraße ein. Aber er kann nicht ohne weiteres hineingehen in diese Straße – da ist ein Schlagbaum, rot-weiß geringelt, und ein Schilderhaus, rot-weiße Schrägbalken, und an dem Schilderhaus stehen ein russischer Posten und ein deutscher Polizist Wache, daß niemand Unbefugtes in diesen Bezirk, in dem eigentlich nur Offiziere der Besatzungsmacht wohnen, eindringt. Doll hat zwar die erforderlichen Ausweispapiere, er darf ohne weiteres passieren, aber er geht darum doch nicht gerne durch diese Sperre: alles, was ihn zu nahe an Krieg und Militär erinnert, ist ihm unangenehm. Es soll vorbei sein, für immer, mit allen diesen Geschichten, nicht nur hier, nein, auf der ganzen Welt! So könnte man etwa das ungeduldige Gefühl ausdrücken, das ihn angesichts dieses rot-weißen Schilderhauses erfaßt.

Dabei weiß er gut, daß diese Gefühle dumm sind. Das alles muß noch sein, die Welt, und vor allem seine Landsleute, sind noch nicht reif für ein Leben ohne ständige Aufsicht, ohne die Drohung der Gewalt. Zu lange war der Geist entthront. Zumal seine lieben Landsleute würden wohl einer dem andern den Schädel einschlagen, ließe man sie ohne Aufsicht!

Nun hat Doll nur noch zwanzig Schritte zu gehen bis zu einer hübschen, gelblich getönten Villa, die mit ihren Beeten davor, in denen jetzt freilich Kartoffeln wachsen, mit ihren heilen Fenstern und ihren Stores einen recht gepflegten Eindruck macht. Diese Villa ist nicht sein heutiges Tagesziel, das liegt noch drei, vier Minuten weiter, aber er hat sich nun einmal fest vorgenommen, in sie beim Fortgehen einmal rasch hineinzusehen. Denn in ihr wohnt ein Mann, der ihm im letzten schweren Jahr sehr viel geholfen hat, ein Mann, den er viele Male enttäuscht hat und der sich doch immer gleichmäßig gütig und hilfsbereit erwies. Ein guter, getreuer Freund, ein uneigennütziger – ein seltenes Geschenk des Lebens schon in normalen Zeiten, und wie das erst heute –!

Doll hat diesen Mann in den letzten Monaten sträflich vernachlässigt, er hat getan, als existiere dieser Mann, der sich noch immer um ihn Sorgen macht, nicht mehr auf dieser Welt. Mit keinem Zeichen hat er sich bei ihm gemeldet. Es ist die höchste Zeit, sich einmal wieder bei ihm sehen zu lassen –!

Aber obwohl dem so ist, widersteht Doll kaum der Versuchung, eine Straßenecke und noch eine weiter zu laufen, um zu sehen, ob der Lastzug aus der Kleinstadt nicht vielleicht doch schon angekommen ist. Wenn der Lastzug da ist, muß er beim Abladen und Einrichten helfen. Dann entfällt dieser Besuch –!

Er steht zögernd da, und dann gibt er sich innerlich einen Stoß: nein, jetzt gibt es keine Drückebergerei mehr, Lastzug hin und Lastzug her! Er drückt auf den Klingelknopf, einen Augenblick später schnarrt das Gartentor. Er drückt es auf, geht durch den Vorgarten und sagt zu dem Mädchen: "Ist Herr Granzow wohl zu sprechen?" Und da er lange nicht mehr hier war, setzt er erklärend hinzu: "Doll."

"Ich weiß doch!" sagt das Mädchen ein bißchen gekränkt und verschwindet in das Innere des Hauses.

Doll braucht nicht lange zu warten. Er hat es nicht nötig, dem Mädchen bis in das Zimmer des Dichters zu folgen, ängstlich über die Schwelle zu treten, nach der Miene des Besuchten zu spähen. Wie so oft wird es ihm leicht gemacht, leichter wohl, als er verdient ...

Auf der Schwelle seines Hauses erscheint in dunkler Hose und blütenweißem Hemd Granzow, wie er von der Arbeit kommt, in der einen Hand die Feder, in der andern eine Zigarette. Und wie einstmals ruft er: "Doll –! Großartig, daß du dich einmal wieder bei mir sehen läßt! Du bist also wieder gesund –? Wohnst du schon ganz drüben –? Du erwartest Alma, die einen Lastzug mit deinen Sachen bringt –? Noch einmal: großartig! Ich sage dir, du kommst in Gang, du kommst sogar großartig in Gang! – Aber tritt doch ein, bleib nicht hier in der Hitze stehen. Sicher rauchst du! Hier, nimm! Da ist Feuer! Aber setze dich doch! Also: nun erzähle: wie geht es dir? Was macht ihr alle –?"

So kommt die Unterhaltung in Gang, kein Wort des Vorwurfs, kein Gedanke überhaupt daran. Nur Güte, Interesse, Hilfsbereitschaft. Und natürlich kommt dann der Moment, wo sich Granzow vorlehnt und leise und behutsam fragt (als wolle er etwas leicht Verletzliches nicht beschädigen): "Und was macht die Arbeit –? Hast du sie wiederaufgenommen –? Kommst du voran –?"

"Ach, Granzow ...!" antwortet Doll, etwas verlegen. "Ja, ich habe wieder mit Arbeiten angefangen. Ich schreibe jeden Tag mein Pensum, aber du verstehst: eben nur mein Pensum, weil es mein Pensum ist. Wie ein Junge, der seine Schularbeiten macht. Der letzte Schwung, der Elan, das wirklich Schöne, die Eingebung fehlen. Und die Tagesarbeit – diese Kurzgeschichten für die Zeitungen, bloß um Geld heranzuschaffen ... Doch ja, manchmal macht es mir sogar wieder Spaß. Aber ich komme nicht voran. Diese endlose Schuldenlast aus unserer schlimmsten Zeit –! Das tägliche Leben frißt alles auf. Und nun jetzt wieder dieser Transport vom Lande, der kostet doch auch Tausende!" Er sieht Granzow zweifelnd an.

Der hat mit dem alten aufrichtigen Interesse diese Klagelitanei angehört. "Ach, deine Schulden!" sagt er jetzt. "Ich habe davon gehört. Man sagt auch, daß du anfängst, deine Bücher zu verkaufen. Das solltest du nicht tun, Doll! Ihr habt jetzt genug verkauft. Schon viel zuviel. Macht Schluß damit!"

"Aber was soll ich denn tun –?!" ruft Doll verzweifelt. "Das klingt sehr schön: mach Schluß mit der Verkauferei! Ich täte es liebend gerne. Du weißt, wie sehr ich an meinen Büchern hänge. Fünfzehn Jahre habe ich gebraucht, sie zusammenzubringen. Jede Mark, die übrigblieb, habe ich da reingesteckt! Aber ich muß jetzt einfach verkaufen. Diese Schulden fangen an, sehr unangenehm zu werden!"

"Ich versteh! Ich versteh!" sagt Granzow beruhigend. "Aber ich würde die Bücher trotzdem nicht verkaufen. Warum sprichst du nicht einmal mit einem Verleger ein offenes Wort –?"

"Aber bei dem Mertens stehe ich doch schon so in der Kreide!"

"Das wird schon nicht so schlimm sein", Doll, meint Granzow. "Der Mertens ist doch ein vernünftiger Mann. Sprich mit ihm, mehr als Nein kann er schließlich doch nicht sagen, und dann ist deine Lage nicht anders als jetzt. Aber er wird nicht Nein sagen. Vielleicht, sehr möglich wartet er nur auf eine Frage von dir. Oder soll ich mit Mertens reden –?"

"Um Gottes willen, nein!" ruft Doll erschrocken aus. "Du sollst doch nicht alles Unangenehme für mich erledigen, Granzow! Nein, wenn einer mit Mertens redet, so bin ich es!"

"Du wirst also mit Mertens reden –?"

"Wahrscheinlich. Ziemlich sicher. Lächle nicht so skeptisch. Wirklich, ich werde es wohl tun."

"Und wenn du es nicht tust, so werde ich es für dich tun. Jedenfalls: Bücher und Sachen werden nicht mehr verkauft, Doll! Entschuldige, daß ich dir da reinrede. Aber der andere Weg ist wirklich besser."

"Gut", sagt Doll, jetzt fest entschlossen. "Ich werde also mit Mertens reden. Du kannst dir das nicht vorstellen, Granzow, wie es sein würde, alle diese Sorgen mit einem Schlag loszuwerden! Ich habe früher nie Schulden gehabt, es ist einfach ekelhaft!"

"Und dann wirst du auch richtig frei arbeiten können", fährt Granzow fort. "Du wirst sehen, eines Tages schreibst du doch noch das Buch, auf das alle warten! Sicher, ganz bestimmt, und großartig machst du das!"

Und er bleibt dabei, so zweiflerisch Doll auch den Kopf bewegt. Dann sprechen sie von Granzows Reise nach Süddeutschland. Ja, sie erzählen einander, sie plaudern, sie sind die alten neuen Freunde geblieben, wenn auch Enttäuschungen bereitet wurden. Sie haben nicht viel Gemeinsames, aber dieses eine vereinigt sie immer wieder: der Glaube, daß sie arbeiten müssen, für sich und für dieses Volk. Und sie hängen an ihrer Arbeit, alles dreht sich bei ihnen um diese Arbeit, die ihnen nie Tagewerk wird.

Doll steht wieder auf der Straße, noch eine "Aktive" von Granzow rauchend. Er geht um zwei Ecken und steht jetzt am Eingang der kleinen Villenstraße, in der er selbst wohnt. Nein, kein Lastzug steht vor seinem Haus. Es war gut, daß er den Besuch bei Granzow ohne vorheriges Nachschauen gemacht hat, daß er sich einen inneren Ruck gab – sonst müßte er sich jetzt schämen wegen seiner Drückebergerei.

Nun geht er langsam auf das Haus zu, er schließt auf, tritt ein. Die Kinder wohnen jetzt hier allein, betreut von einer alten Aufwartung, aber im Augenblick sind sie in ihren Schulen: alles ist öde und leer. Schlimmer als das: alles ist liederlich und verkommen, unsauber oder staubig. Niemand nimmt sich in Liebe dieses Hauses, das ein Heim sein könnte, an. Im Zimmer des kleinen Mädchens ist jetzt, da es auf Mittag zugeht, das Bett noch nicht gemacht. Wäschestücke, saubere und schmutzige, liegen auf den Möbeln und der Erde. Ein überdimensionaler Teddybär, groß wie ein sechsjähriges Kind, hockt in der Ecke und sieht den Besucher mit seinen braunen Augen blöd an.

Der steht unschlüssig vor dem weit offenen Kleiderschrank: soll er versuchen, ein bißchen Ordnung zu schaffen –? Aber mit einem Seufzer gibt er es auf, ehe er noch begonnen. Ordnung das wäre nicht, die paar Wäschestücke zu dem Tohuwabohu im Schranke zu stopfen. Ordnung, das hieße, diesen Schrank erst einmal von innen und außen gründlich zu säubern, wie alle Möbelstücke, und dann das ganze Zimmer zu scheuern, die Scheiben zu putzen ...

Wie gesagt: er zuckt die Achseln. Was hätte solche Ordnung für einen Sinn, da niemand im Hause ist, der ein Interesse daran hat, sie aufrechtzuerhalten –?! Um wenigstens etwas zu tun, öffnet er die Fenster ...

Dann steigt er die Treppe in den Oberstock hinauf. Das Zimmer des Jungen ist abgeschlossen – recht so! Der Sohn hält es selbst in Ordnung – soll ihm auch keiner darin herumwuseln!

In dem ehelichen Schlafzimmer sieht es noch immer so aus wie vor einer Woche, als Alma in die Kleinstadt fuhr. Das Bett liegt, wie sie aus ihm gestiegen, auf dem Boden verstreut ein paar Zeitungen, ein unsauberer Aschenbecher, aus dem alle Kippen entfernt, aber ihr Papier liegen gelassen ist, ein benutzter Waschtisch, und auch hier Wäsche und Kleidung auf den Möbeln und am Boden, der Schrank weit offen gähnend!

Es ist leicht, auf die alte Zugeherin zu schimpfen, daß sie nichts tut. Aber die paar Stunden, die sie am Tage kommt, gehen mit dem Einholen der Lebensmittel, mit dem Anstehen, mit dem Essenkochen fast ganz drauf. Nein, es liegt nicht an der Aufwartung, es liegt ...

Wieder, wie schon unten im Kinderzimmer, zuckt Doll mit den Achseln, aber hier nimmt er sich nicht einmal die Mühe, die Fenster zu öffnen. Er geht hinüber in jenen andern Raum, der einmal sein Arbeitszimmer werden sollte. Dann kam einiges dazwischen, aber dieses helle Zimmer soll noch immer sein Arbeitszimmer werden ...

Er setzt sich in den Schreibtischsessel und sieht sich um. Ein paar eilige aufs Geratewohl an die Wand gestellte Bücherbretter, nur halb gefüllt. Der Schreibtisch ist noch immer in der Mitte des Zimmers, wie ihn die Umzugsleute dorthin stellten. Der Kopfteil eines großen Bücherschrankes steht wie ein zweiter Tisch auf der Erde und ist, wie der Schreibtisch, mit Büchern beladen, mit jenen Büchern, die als unverkäuflich zurückblieben. Dolls Blick fällt auf eine große chinesische Deckelvase, die, ein Prachtstück in Purpur, Grün, Blau, auf einer schwarzen Säule in der Zimmerecke steht.

Doll hebt grüßend zu ihr die Hand. Diese Vase ist das einzige Wertstück, das sie aus einem halben Weltuntergang gerettet haben. Als letzter Rest mancher Kostbarkeiten ist sie ihnen geblieben, eigentlich unverständlich, warum, wahrscheinlich nur, weil sie zu schlaff und energielos waren, sie in einen Antiquitätenladen in den Berliner Westen zu schleppen. Sonst ist eigentlich alles fort, an dem früher einmal ihr Herz hing, ja, auch Almas Herz, und was übrig blieb, ist mehr eine Höhle als ein Haus, ein Unterschlupf, in dem man ißt und schläft, in dem man aber nicht wohnt, kein Heim.

Und war doch schon einmal nahe daran gewesen, ein Heim zu sein. Damals, nach jener ersten Rücksprache mit Granzow, als ihm so unerwartet und so viel geholfen wurde, als sie aus dem halbzerstörten Zimmer mit dem ewig zirpenden Zellophanfenster in dieses Haus ziehen konnten, von der zweifelhaften Schulz, der Schauspielerin Gwenda, all den mißbrauchten Ärzten fort; damals, als es nicht an Zuspruch, Lebensmitteln und Feuerung fehlte, damals als Doll die Verbindung mit dem Verleger Mertens aufnahm, für Zeitungen schrieb, einen Roman begann – damals hatten sie sich auch mit Eifer daran gemacht, ein Heim einzurichten. Damals hatte dieses Haus schon ganz menschlich ausgesehen ...

Wie war es denn gekommen, daß alles zurückging, daß kaum Gewonnenes schon wieder in Verlust geriet? Doll auf seinem Schreibtischsessel, in der staubigen Höhle, sieht nachdenklich auf die sonnenflimmernde Straße hinaus ...

Vielleicht war der erste Rückschlag gekommen, als Alma in die Kleinstadt gefahren war, die notwendigsten Sachen zu holen; als sie entdeckten, daß sie ausgeraubt und ausgeplündert, daß sie arme Leute geworden waren. Oh, sie hatten ihre Rache an dem verhaßten Bürgermeister genommen, diese Kleinstädter; während er abwesend war, hatten sie ihm nicht einen Strumpf oder Schuh gelassen, auch kein Hemd, keinen Anzug, kein Kleid für die junge Frau – nur die ältesten, schäbigsten Fetzen hatten sie hängen lassen. Er hatte es noch einmal, und diesmal am eigenen Leibe, erlebt, wie verwildert und verkommen dieses Volk war: Plündern und Stehlen sahen sie als ihr gutes Recht an, hatte ihnen doch der Krieg so vieles genommen! Wer sollte ihnen da verwehren, sich selbst zu helfen?! Auf den nie durchgeführten Satz "Gemeinnutz geht vor Eigennutz" war der andere gefolgt: "Hilf dir selbst – und mit allen Mitteln!"

Und nun erst recht bei einem so verhaßten Manne wie diesem ehemaligen Bürgermeister –! Sie hatten ihm seine Rede heimgezahlt, damals vom Balkon der Kommandantur, als er mit den Nazis unter ihnen abrechnete. Sie hatten seine Verhöre nicht vergessen, die Haussuchungen, die Beschlagnahmungen, jede verweigerte Bitte war ihm als Verbrechen angerechnet worden!

Nun gut, Dolls hatten sich darüber getröstet. Sie hatten zueinander gesagt: "Was hätten wir noch, wenn eine Bombe hineingeschlagen wäre –?! Dann besäßen wir gar nichts mehr! So haben wir doch wenigstens noch die Möbel, soweit die Herzchen sie nicht verfeuert haben, und einen Teil der Teppiche und unversehrt fast deine Bücher!"

Sie hatten sich getröstet, sie hatten das Heim einzurichten begonnen, er hatte seine Arbeit wieder aufgenommen – aber vielleicht war doch eine Verletzung in ihnen zurückgeblieben? Nichts mehr von dem alten Schwung, kein Feuer mehr – ‹Ich werde alt›, dachte Doll oft. Nicht, daß er den verlorenen Werten nachtrauerte: was einmal für Geld gekauft ist, kann wieder für Geld gekauft werden. Und nicht, daß es ihn sehr verdrossen hätte, daß er nur noch zwei Paar alte Socken, hundertfach gestopft, besaß, und nur noch einen Anzug, der recht schäbig aussah.

Nein, das störte ihn kaum. Aber vielleicht störte ihn die Erfahrung, daß immer weiter, wie in den vergangenen zwölf Jahren, das Schlechte triumphierte, daß alles eigentlich immer minderwertiger wurde. Es schien keine Besserungsmöglichkeit mehr für dieses Volk zu geben. Er hatte oft das Gefühl, unter dem Druck der Entbehrungen wurden sie nur noch nazistischer. Wie oft hörte er die Worte: "Ja, unter dem Führer gab es dies und jenes viel reichlicher –!" Ihnen allen, und vielen darunter, die früher keine Nazis gewesen waren, schien plötzlich die Zeit unter der Hitler-Tyrannei wie eine gelobte, wie eine gute Zeit. Die Schrecken des Krieges mit seinen Bombennächten, die in Blut und Tod gesandten Männer und Söhne, die Schändung Unschuldiger – all das war schon wieder vergessen. Sie rechneten nur, daß sie früher ein wenig mehr Brot oder Fleisch bekommen hatten. Sie schienen unverbesserlich, manchmal war es fast unerträglich, unter ihnen zu leben; zum ersten Male dachte Doll – jetzt nach dem Kriege! – ernstlich an Emigration.

Aber das alles war noch kein Grund, wieder so tief in die Apathie zu verfallen, das kaum Errungene zu zerstören, das so schwer Bewahrte wieder fortzugeben. Vielleicht war es auch die Arbeit, diese Arbeit, die mehr Pflicht als Freude geworden war, diese Arbeit ohne Schwung, ohne Intuition, ohne Liebe, eine Arbeit, von der sein Herz nichts wußte. Er hatte immer seine Arbeit geliebt, sie als den Sinn seines Lebens betrachtet. Und nun sah er sich sie gleichgültig vollbringen, und oft überkam es ihn, daß er vielleicht nie mehr wie früher würde arbeiten können, daß sein Schwung für immer gebrochen war.

So war es gekommen, und tausend kleine, widrige, in diesen Zeiten unvermeidbare Erlebnisse waren dazugekommen. Auch die Fähigkeit, mit dem Gelde einigermaßen vernünftig umzugehen, schien er verloren zu haben. Immer war es eine Misere mit dem Geld, es reichte nie, und da es doch trotz aller Sparsamkeit nicht reichte, warum sollten sie sich mit dem Rauchen einschränken? Warum keine englischen und amerikanischen Zigaretten rauchen? Es war ja doch alles egal!

Und wie zur rechten Zeit waren wieder die Gallenbeschwerden der jungen Frau gekommen, ob sie nun organisch begründet oder nur eingebildet waren. Und mit diesen Beschwerden waren zu Dolls die Mittelchen zurückgekehrt, und diesmal hatte Doll nicht dagegen protestiert, nein, diesmal ging alles auf halbpart. Dann konnten sie träumen, dann wurde die Welt rosig, alles Widrige war vergessen, sie spürten kaum Hunger und Kälte, sie standen nur noch aus dem Bett auf, um neuen "Stoff" zu besorgen.

Aber die Geldbeschaffung wurde immer schwieriger. Doll arbeitete nichts mehr – so begann der große Ausverkauf. Möbel gingen dahin und Perserbrücken, Bilder und Bücher, es war ein unersättliches Loch, in das sie ihr Leben schütteten. Ihre Kraft, ihr Mut, ihre Hoffnung, ihr letzter Besitz, alles ging dahin, ging diesen einen Weg.

Vor der Welt verbargen sie listig genug ihre Leidenschaft; sprachen sie mit Granzow, so schritt die Arbeit mit großen Schritten vorwärts, Doll entwickelte plaudernd ein Projekt nach dem andern, erfand die tollsten Geschichten – und vergaß alles wieder, kaum daß er das Granzowsche Haus verlassen hatte. Nur noch für ihre Träume in der Bettengruft lebten sie, jedes für sich allein liegend, jedes seinen eigenen Traum träumend ...

Bis es eben nicht mehr weiterging, bis alles verkauft war, bis außer dem Verlust alles Eigentums noch eine Berglast von Schulden aufgetürmt war, bis der Körper auch bei stärksten Dosen kaum noch reagierte, bis sie nur mit Ekel dachten: fort aus diesem blöden, unnützen Leben! Aber sie gingen nicht fort, wie dieses ganze Volk nicht fortging, wenn auch Ursache genug war, zu gehen! Sie landeten schließlich wieder in einem Krankenhaus, er in jenem merkwürdigen Frauenhaus Elsastraße 10, von dem schon berichtet worden ist. Sie, jung wie sie war, überwand den Mißbrauch von Rauschmitteln schon nach kurzer Kur – nun war sie schon längst in der Kleinstadt, um den Rest ihrer Sachen zu holen.

Noch einmal sollte der Versuch gemacht werden, wieder von vorne anzufangen. Noch einmal, und unter viel schwierigeren Umständen als vorher. Ein großes Kapital von Freundschaft, Vertrauen, Besitz, auch von Glauben an sich selbst war verwirtschaftet.

Er steht auf aus seinem Schreibtischsessel in diesem staubigen, verkommenen Zimmer, in dem ihn die Reste seiner Bücherei wie anklagend anschauen. Er reckt sich, tritt auf den Balkon, sieht auf das Sonnengrün hinaus. Die Bäume haben keinen Krieg erlebt, das Gebüsch nicht, auch das Gras nicht. Das Leben geht weiter. Das tröstet wenig, aber es tröstet eben doch ein wenig. Warum soll er nicht noch einmal ein Buch schreiben, das alle lesen, das ein Erfolg wird? Bald, vielleicht jetzt, da er hier auf dem Balkon steht, biegt der Lastzug mit den letzten Büchern und Möbeln um die Ecke. Sie werden einen Start haben, noch einmal – und dieses Mal werden sie nicht wieder kurz vor dem Ziel ausbrechen!

Ihn fröstelt plötzlich in der Sonne. Es leidet ihn nicht mehr in diesem Hause, das ihn an ein Grabmal so vieler begrabener Hoffnungen erinnert. Er verläßt das Haus eilig, passiert wieder die rot-weiße Sperre und ist wenige Minuten später in einer Elektrischen.

›So‹, denkt er entschlossen. ›Der Granzow soll nicht glauben, ich drücke mich um alle Entscheidungen, ich lasse andere für mich gehen. Ich will Gewißheit haben, noch vor dem Eintreffen des Lastzuges.‹

Später geht er mitten durch das Zentrum der Zerstörung, wenige Menschen sieht er nur in diesen Straßen, die noch vor sieben Jahren vollgestopft waren, kaum den Verkehr bewältigen konnten. Jetzt kann er mitten auf der Fahrbahn gehen, nicht einmal um die Autos braucht er sich zu kümmern: kommt wirklich mal eines, fährt es wegen der tiefen Löcher in der Straßendecke langsam und vorsichtig.

Auch Doll geht langsam. Die Sonne prallt auf die Ruinen (hier ist alles Ruhe), es riecht noch immer staubig, brandig. Manche Berliner haben sich das so schön ausgemalt, wie schon nach allerkürzester Zeit das Gewächs über das Getrümmer triumphieren würde. Aber wir leben hier nicht nahe einem tropischen Urwald, und zudem haben die Steine die Muttererde verschüttet; es wächst noch immer nichts! Kaum je sieht man ein grünes Hälmchen ...

›Ja, mein Lieber‹, spricht Doll zu sich, ›und warum wunderst du dich eigentlich, beklagst dich fast –? Es wächst eben nicht so schnell aus Ruinen – auch bei dir nicht, gerade bei dir nicht! So ganz frisch bist du auch nicht mehr, und denke nur ein Jahr zurück, wie zerstört du da warst! Erinnerst du dich nicht mehr, wie du damals in diesem riesigen Bombentrichter lagst, der die Welt oder doch Deutschland war, und auf die Hilfe der Großen Vier hofftest –? Nun also –! Ich finde doch, seitdem hast du dich ein bißchen aufgerappelt. Ein wenig Gras wächst schon auf der Ruine. Sei nicht so ungeduldig, geh deinen Weg weiter!‹

Also geht er seinen Weg weiter, und der führt ihn nach nur wenigen hundert Schritten inmitten all dieser Zerstörung in ein großes, leidlich erhaltenes Bürohaus – früher hauste die Arbeitsfront darin. Er steigt Treppen hinauf, niemand fragt ihn nach seinem Begehren, er braucht keine Anmeldezettel auszufüllen, ob er geboren, getauft, existent ist – er geht zu einem wirklich modernen Geschäftsmann.

Er öffnet eine Tür und steht ganz einfach, ohne Vorzimmerdame, Sekretär oder Empfangschef, vor seinem Verleger Mertens.

Zehn Minuten später verläßt er wieder das ehemalige Haus der Deutschen Arbeitsfront. Granzow hat recht behalten: dieser Mertens ist kein kleinlicher Mann. Kein langes Gefackel, kein Geschwätz, keine Vorwürfe. Fragen, kurzes Überlegen und ein Ja.

Unter dem Arm trägt Doll einen Packen, ihm dedizierte Neuerscheinungen des Verlages, die Brusttasche ist ihm geschwollen von Geld. Er braucht die Lücken in seinen Bücherbrettern nicht zu vergrößern, und seinen Schuldenberg ist er doch los. Nun muß er bloß ein wenig beständig und mit Glück arbeiten, und alles wird wieder gut.

Trotzdem Doll nahe seinem Heim, direkt bei der Straßenbahnhaltestelle, ein kleines, wenig besuchtes Postamt weiß, fragt er sich hier doch durch die Ruinenstraße bis zu einem andern Postamt durch. Er kann es nämlich nicht abwarten, zu tun, was jetzt getan werden muß. Der Weg zu diesem Postamt im Zentrum durch die Ruinenstraße ist viel länger, und das Postamt selbst ist noch ziemlich zerstört und arg überlaufen.

Lange muß er dort anstehen, bis man ihm Federhalter und Postanweisungen und Zahlkarten aushändigt. Dann geht er an eines der Pulte und fängt an, die Anweisungen auszuschreiben. Es sind große Summen, auf die sie lauten, es wird lange Zeit, viele Monate Arbeit brauchen, um sie wieder abzutragen. Und was für gute Dinge alles hätten sie sich für dieses Geld kaufen können, ihre Wohnung würde heute wie eine Menschenbehausung aussehen, nicht wie eine Tierhöhle, wenn sie das Geld nicht so sinnlos für diesen elenden "Stoff" verschleudert hätten, für dieses Dreckszeug, das sie dazu noch krank machte!

Aber daran denkt Doll in diesem Augenblick nur flüchtig, mit einem wirklichen Genuß schreibt er diese Anweisungen, mit einem tiefen Gefühl der Erleichterung streicht er die Namen seiner befriedigten Gläubiger von der Schuldenliste, die er immer bei sich trägt. Er kann heute noch nicht alle zahlen, in einer Woche wird er sich den Vorschußrest aus dem Verlagshause holen – aber dann ist auch Schluß mit allen diesen Geschichten!

Als Doll nach gut einer Stunde wieder auf die Straße tritt, ist seine Brieftasche auf ein normales Maß zusammengeschrumpft, sein Herz aber scheint größer und stärker geworden, so leicht ist ihm zumute. Er sieht nicht mehr, daß auf den Trümmern kaum Grünes wächst, er sieht die Trümmer überhaupt nicht mehr. Er ist von schweren, ihn lange quälenden Sorgen befreit, er sieht einen Weg vor sich ... Plötzlich hat er es eilig, wieder heimzukommen. Diese traurige, schmutzige Höhle, plötzlich nennt er sie Heim! Und siehe, als er um die Ecke biegt und das letzte Ende der Villenstraße übersieht, da ist es dort lebendig geworden! Ein Lastzug hält vor seiner Tür, er sieht die Kinder den Männern beim Schleppen helfen – ach du lieber gnädiger Himmel du, gerade tragen sie seine Bücher ins Haus! Die Regale werden sich doch wieder füllen, die Höhle wird zum Heim werden, sie haben es noch einmal geschafft! Fast läuft er das letzte Stück ...

Er findet Alma rauchend in einem Sessel sitzen, wie sie die Möbelträger dirigiert. Sie hat die Zeit seiner Abwesenheit benutzt, die Spuren der staubigen Lastwagenfahrt zu beseitigen, jetzt sieht sie wieder frisch und jung aus ...

"Da staunst du", ruft sie ihm entgegen, "jawohl, ich habe noch den Lastwagen und den Anhänger voll bekommen. Nun ist alles hier. Wir brauchen nicht noch mal zu fahren. Das Drecknest ist für immer erledigt. Alle deine Bücher sind hier – freust du dich? Habe ich es gut gemacht?"

Natürlich freut er sich, er gibt ihr auch einen Kuß. Aber dann erkundigt er sich doch eilig, ob Alma wohl auch für ihn eine Zigarette habe –?

"Aber eine ganze Packung –!" ruft sie. "Armer Junge, räuchert es dich so –? Hier: nimm! Und ich habe noch etwas für dich: zwei Flaschen Schnaps habe ich in der Tasche! Die Leute sollen auch davon haben, sie haben tüchtig gearbeitet. Zieh bloß kein Gesicht, daß ich zu viel Geld ausgegeben habe. Der Schnaps ist dort im Nest billig: noch nicht vierzig Mark kostet die Flasche! – Übrigens bringe ich dir das ganze Reisegeld wieder mit. Und mehr als das!"

"So?!" sagt er. "Wieso bringst du denn das ganze Reisegeld wieder mit –?! Und sogar noch mehr! Befördern sie denn jetzt auf der Bahn die Leute umsonst, und zahlen die Hotels zu, wenn einer bei ihnen schläft –?"

"Aber, das ist doch ganz einfach!" ruft sie. "Ich habe dort noch rasch all den Schraps verkauft, der nicht mehr auf den Wagen ging. Altes Zeugs, das wir nicht gebraucht hätten: Matratzen, Rohholzmöbel. Und jetzt wollen wir mit einem Schnaps auf ein besseres Leben anstoßen. – Prost!" Sie stießen an, sie tranken. Sie dehnte sich wohlig. "Oh, das tut gut nach der langen staubigen Fahrt! Bin ich froh, daß auch das hinter mir liegt! Und daß ich alles geschafft habe! Bis nachts drei Uhr haben wir noch aufgeladen – ja, wir sind fleißig gewesen, du darfst mir ruhig noch einen Kuß geben zum Danke! Wie glücklich ich bin!"

Er küßte sie, dieses verwöhnte Kind, das jetzt bereit war, den Weg der Arbeit und der strengsten Sparsamkeit mit ihm zu gehen. Er sah sie an, wie sie da lächelnd saß, in all dem Glück, ihrer Jugend und Gesundheit, froh über das Erreichte. Am späten Abend geht Doll zurück in das Krankenhaus, um die letzte Nacht dort zu schlafen. Am nächsten Morgen wird er in die Villenstraße ziehen und sich sein Heim neu aufbauen. Er ist wieder gesund, er spürt Arbeitslust in sich, er glaubt an seine Zukunft. Und man kann nicht an die eigene Zukunft glauben, ohne an die Seinen, den näheren Kreis, das ganze Volk, ohne an die Menschlichkeit zu denken. Er glaubt an das Weiterbestehen, an das Wiederhochkommen Europas, weil er an das eigene Wiederhochkommen glaubt. Die Apathie ist endgültig von ihm gewichen, er liegt nicht mehr im Bombentrichter. Nicht durch die Großen Vier – geheimnisvoll wuchsen ihm die Kräfte zu, sich aus dem Trichter herauszuarbeiten, nun ist er oben. Er lobt das Leben, das dauerhafte, immer wieder beschmutzte, das herrliche Leben! Die Völker werden in Ordnung kommen, auch Deutschland, dieses geliebte, dieses elende Deutschland, dieses krank gewordene Herz Europas wird wieder gesunden.

Und wie Doll nun in dieser späten Abendstunde durch die Straßen der Stadt Berlin geht, empfindet er zum ersten Male, daß wirklich Friede ist. Er geht an heilen Häusern vorbei, an Ruinen vorbei, unter Baumkronen weg, er ist glücklich. In Einklang mit sich selbst. Im Gleichgewicht. Gesund geworden – für ein friedevolles Leben gesund geworden.

Das Leben geht weiter – sie werden diese Zeit überleben, sie, die durch Gnade Übriggebliebenen, die Hinterbliebenen. Das Leben geht immer weiter, auch unter Ruinen. Die Ruinen sind unwichtig, aber das Leben ist wichtig. Das Leben mit einem Grashalm in der Stadtmitte zwischen tausend zerstörten Steinblöcken. Es geht immer weiter. Und vielleicht lernen die Menschen sogar etwas. Lernen aus ihren Leiden, ihren Tränen, ihrem Blut. Lernen widerwillig, zögernd oder begeistert. Lernen, daß es nur anders weitergehen kann, daß man anders denken lernen muß ...

Doll jedenfalls ist entschlossen, mitzulernen. Er sieht seinen Weg vor sich, die allernächsten Schritte, und sie bedeuten Arbeit, Arbeit, Arbeit. Hinter diesen Schritten fängt wieder das Dunkel an, das für jeden Deutschen heute die Zukunft verfinstert, aber daran will er nicht denken. Man hat es ja in den letzten Jahren so gut gelernt, auf Abruf zu leben, nur von einem Tag zum andern, warum soll man diese Lehre heute nicht gebrauchen? Weiterleben und arbeiten! Das ist die Parole!

Der späte Abendwind weht tröstlich in den Kronen der Bäume. Der Atem der weiten Welt weht ihn, den kleinen Menschen, an. Er lehnt eine Weile an solchem Baum, er hört auf das Geflüster oben in den Zweigen. Es ist nichts, bewegte Luft, die die Blätter zum Rauschen bringt. Nichts. Nicht mehr. Aber es genügt. Nie hat er in den letzten Jahren Zeit gehabt, unter einem Baum zu stehen und auf sein Flüstern zu lauschen. Nun hat er sie, denn es ist wieder Friede – Friede! Begreife es im Innern, Mensch, du brauchst nicht mehr zu morden und zu töten. Waffen sind unnötig, es ist wirklich Friede!